AF192041

Vorwort

Herzlich willkommen zu meinen hässlichen, blutigen und wahnsinnigen
Alpträumen. Viel Spaß!

Absonderliche Geschichten

In der Mitte des Waldes

Von Grafenau zog Arnulf querfeldein ohne einen Zielpunkt. Einfach geradeaus. Irgendwo dort gab es Wölfe und er wollte sie fotografieren. Eine Schnapsidee. Er war kein Förster oder Jäger, sondern ein verschrobener Besserwisser und nicht gerade der Menschenfreund schlechthin und er liebte die absolute Ruhe, diese nur selten vorkommende Abgeschiedenheit, die es im tiefsten Wald gab. Je undurchdringlicher und dunkler, desto besser fühlte er sich. Niemand redete auf ihn ein und nervte ihn. Das hieß natürlich nicht, dass er komplett verschlossen war. Bei weitem nicht. Er war durchaus kommunikativ, aber das spannende Drauflos ohne Orientierung übte einen schwer zu beschreibenden Reiz auf ihn aus. Immer auf der Suche nach unbekannten und wunderschönen Plätzen mitten in der Natur, die natürlich nirgends mehr wirklich unberührt auf ihn wartete. Oft stieß er auf herumliegenden Müll. Auch war nie eine Ortschaft oder eine Straße oder ein Wanderweg weiter als wenige Kilometer entfernt. Das größte Tier , das er bis dato ablichtete, war ein Hirsch. Ein Bär wäre ihm lieber gewesen. Aber den fand er bisher noch nicht und das war wohl auch besser für seine Gesundheit. Mit Machete und Kampfmesser fühlte er sich unbesiegbar. Tagelanges Herumirren ohne Zivilisation wie in den großen Ländern der Erde gab es in Bayern ohnehin nicht und gefährlich wie in den Rocky Mountains war es daher kaum. Etwas sehr viel Seltsameres als eines dieser wilden Tiere wartete auf die Entdeckung durch ihn, die schon so manche Menschen vor ihm gemacht hatten. An jenem Tag, genau sein 11. Ausflug in die leidlich unbekannte Wildnis, zog eine dichte Wolkendecke auf und verdeckte Mond und Sonne, an denen er sich gewöhnlich spielend leicht orientieren konnte. Ein paar Wölfe huschten dann tatsächlich irgendwo durch das dichte Grün. Mit der Kamera war er nicht schnell genug. Lautlos hockte er da und drosselte seinen Atem. Absolute Stille breitete sich aus. Als er sich wieder erhob, war er unschlüssig über die Richtung, in die er gehen sollte. Arnulfs Enthusiasmus verflog, als er weiterwanderte. Schon 5 Uhr nachmittags, stellte er mit dem obligatorischen Blick auf die Armbanduhr fest. Na klar, eine Stunde schnurstracks geradeaus und er landete wieder irgendwo an einer Straße oder einem Acker. Deutschland war überall dicht genug besiedelt, um Gefühle von Einsamkeit im Keim zu

ersticken. Und er lief weiter, ließ Geäst knacken und immer wieder mussten seine Hände Zweige teilen und manchmal schlug er das Dickicht mit der Dschungelmachete entzwei. Hier ein Fuchs und dort ein Reh. Und dann blieb er stehen und sah etwas Unwirkliches inmitten des Grüns. Hektisch fingerte er das Opernglas hervor und konnte kaum glauben, was er sah. Ein paar Buden, eine Mischung aus Fachwerkhäusern und Holzbaracken, lagen in der Senke vor ihm. Es gab Gärten, verwachsene Wege und freie Plätze. Ein Dorf mitten im dichten bayerischen Urwald. Ausgerechnet hier? Arnulf erinnerte sich an Gerüchte über vergessene Dörfer und Bauern, die sehr zurückgezogen lebten. Ihm fiel der kerzengerade Hauptweg auf, der sich konstant durch die Mitte bahnte und dessen Ende bergauf wegen des dichten Bewuchses verborgen war. Wie ein Späher beobachtete er aus einer Entfernung von höchstens fünfzig Metern die gesamte Fläche dieser eigenartigen Siedlung, wenn die Sicht nicht durch das Blattwerk überall wild herumgewachsener Bäume verdeckt war. Immer wieder schloss er die Augen und strengte sich erneut an, denn es sollte ihm nichts entgehen. Ein großer fetter Mann und eine kleine nicht minder füllige Frau mittleren Alters überquerten den Hauptweg und verschwanden dann irgendwo zwischen den kleinen Gebäuden. Dann legte er los und stapfte vorwärts. Kurz vor Erreichen dieses eigenwilligen Stadtgebietes wurde er süßlichen Duftes gewahr. Schon wieder blieb er stehen und bewegte sich nicht. Eine reflexhafte Drehung um die eigene Achse half nicht dabei, einen Grund für dieses Aroma auf diesem Fleck festzustellen. Er atmete den Duft ein. Da war etwas von Erdbeeren, Kirschen, Lavendel, gemischt zu einem Parfüm, wie es Damen auftrugen und Männer liebten, wenn es sich nicht zu extrem ausbreitete. Arnulf gewöhnte sich rasch an dieses Odeur und inhalierte es bald ein und genoss es. Dazu wurde er hungrig. Er wusste sofort, dass diese Luft ihn zum Essen animierte, ja vielleicht war es die Absicht dahinter. Wie eine große Schrebergartensiedlung mutete das Dörfchen an. Nichts erinnerte an die Welt außerhalb des Waldes. Fast spürte er ein vorherrschendes Mittelalter. Aber der Schein trügte, denn die Gartengeräte, die er an der Wand der vordersten Hütte angelehnt vorfand, waren zwar nicht gerade elektrisch, dennoch gut gepflegt und stammten aus professioneller Fertigung und nicht aus einer alten Schmiede.
Dann holte er Luft und musste einen kleinen Schreck verarbeiten. Unbeweglich stand ein grinsender Kerl von 1,80 direkt neben der Werkzeugsammlung und betrachtete den Neuankömmling.
„Hallo mein Freund", begrüßte ihn der vollbärtige Mann in seinem schlichten braunen Handwerkeranzug.

8

„Auch hallo", grüßte der Waldwanderer zurück und fand den geräumigen Bierbauch, wenn er denn von gebrauter Brühe stammte, unappetitlich.
„Schön, dass mal wieder jemand den Weg zu uns findet."
„Ja, sehr schön. Was ist das hier? Eine Aussteigersiedlung? Sind sie sowas wie die Amischen?" fragte er und löste seine Augen endlich von dem hervorstechenden Wanst. Das Starren auf die Wampe war unhöflich, aber Arnulf hielt grundsätzlich nicht viel von guten Manieren, wenn ihm etwas suspekt war. Und das war es und nichts war eigenartiger, als dieses Dorf mitten im bajuwarischen Urwald.
„Amisch? Nie gehört. Aber seien sie willkommen. Ich freue mich, nein, wir alle hier freuen uns sehr, wenn uns jemand von draußen besucht. Wir sind keine Absteiger."
„Aussteiger! Ich sagte Aussteiger."
Arnulfs barscher Ton erzeugte keine mimische Reaktion des wohlgenährten Herrn.
„Wie auch immer, mein Freund. Wir leben hier schon sehr lange und, ja, wir sind etwas abseits. Vor ein paar hundert Jahren sind unsere Vorfahren aus ihrem Dorf geflohen. 1846 war es, als sie sich hier niedergelassen haben. Sie wollten nicht mehr für einen Hungerlohn arbeiten und haben sich hier etwas aufgebaut. Dass jemand herkommt, ist wirklich selten. Wir sind sehr gastfreundlich, kommen sie."
„Haben sie hier überhaupt nichts Modernes? Leben sie wie im Mittelalter, ohne Strom und...?"
„Nein, das nicht. Wir haben einige neue Dinge. Kommen sie! Entschuldigung, ich habe mich noch nicht vorgestellt. Ich bin Rüdiger, der Bürgermeister unseres kleinen Paradieses."
„Arnulf Gräfe", stellte sich auch der Besucher vor, der immer noch ein misstrauisches Gesicht machte und schüttelte dem Besitzer des Häuschens, in das er nun gebeten wurde, die Tatze.
Eine gemütliche und gepflegte Bauernstube hieß ihn willkommen.
„Wir haben Radio und elektrisches Licht durch einen Generator, der den ganzen Ort versorgt. Was in der Welt vor sich geht, wissen wir hier ganz genau...mit Ausnahmen natürlich, und es zeigt uns, dass wir mit unserer Abgeschiedenheit richtig liegen. Manchmal holen wir uns ein paar Sachen aus dem Dorf, das ein paar Kilometer im Süden liegt."
„Sie haben extremes Übergewicht. Entschuldigung, ich möchte nicht unhöflich sein."
Rüdiger nahm die Bemerkung betreffend seiner Körpermasse seinem Gast nicht übel und überhaupt war er enorm gut gelaunt und Arnulf konnte sich

nicht erinnern, jemals einen freundlicheren Menschen getroffen zu haben. In der Regel eckte der hünenhafte Recke bei den meisten Leuten an, denen er begegnete. Trotzdem schätzten viele auch seine Aufrichtigkeit, die Direktheit, denn Lügen gehörte eher selten zu seinem Smalltalkarsenal.

„Das Essen ist hier sehr gut. Man ist permanent hungrig. Den ganzen Tag könnte ich essen und niemals aufhören."

„Ja, merke ich. Seit ich hier bin, habe ich auch Hunger."

„Mein Freund, wir leben in einer Schatzkammer. Sie würden es nicht für möglich halten."

Eigentlich wollte ihm Arnulf zu verstehen geben, dass er nicht sein Freund war, denn er hielt nichts von derartigen Floskeln. Aber diesmal war er ausnahmsweise zurückhaltend.

„Meine Frau kocht unglaublich gut."

„Hier? Ohne Supermarkt?"

„Es gibt alles hier. Gemüse und Obst bauen wir an und halten Tiere, wir sammeln Pilze. Gestern haben wir noch Erdbeeren geerntet."

Es knarrte verdächtig und in die alte Holzstiege gegenüber der Eckbank kam Bewegung. Eine Frau um die vierzig quälte sich die Treppe herunter. Nur mit Mühe schaffte sie es ohne Sturz nach unten und stöhnte während des Abstiegs. Arnulfs Augen wurden glasig. Er hatte wieder etwas zum Anstarren gefunden, wurde ja auch Zeit. Sie hatte einen langen blonden Zopf und ein zwar nicht mehr ganz junges aber nichtsdestotrotz sehr schönes Antlitz. Arnulf war verzaubert. Auch ihre Oberweite versetzte ihn in Staunen. Da störte ihn nicht einmal mehr der Bauch, den sie vor sich herschob. Aber bei ihr machte das Übergewicht nichts. Mit offenem Mund fraß er sie förmlich auf und seine Augen tasteten jedes Detail ihrer Figur ab.

„Wir haben einen Gast."

Der Bürgermeister schien plötzlich nicht mehr anwesend zu sein. Jener unverhoffte Besucher aus der anderen Zivilisatiion erhob sich blitzartig und streckte der Dame des Hauses seine Rechte entgegen. Arnulf verstand selbst nicht, was mit ihm geschah, denn wie von sinnen küsste er die Hand der First Lady des Dorfes und sah sie durchdringend an.

„Arnulf Gräfe, freut mich sehr, sie kennenzulernen."

Sie bekam nur schwer Luft und pflanzte sich auf einen der Holzstühle, der verdächtig knarrte.

„Möchtest du ein Glas Wasser?" fragte Rüdiger höflich.

Sie ignorierte ihn und wandte sich dem Touristen zu.

„Isolde. Ich bin Isolde."

Der Bürgermeister konnte die Situation schwer einschätzen und kratzte sich

10

am Doppelkinn.

„Ich habe keinen Durst."

Sie schnaufte und atmete aus und ein wie eine Dampfmaschine.

„Entschuldigen sie. Ich kann nicht mehr. Ich bekomme sehr schwer Luft."

„Das verstehe ich. Ich bin zufällig hierher gekommen. Ich war auf der Suche nach Wölfen. Die treiben sich irgendwo im Wald herum."

„Um Gottes Willen. Warum suchen sie denn Wölfe? Wollen sie gefressen werden?"

Ihr Mann stellte einen Krug mit Wasser auf den Tisch und befüllte zwei Gläser. Isolde schob ihr Glas sofort weg. Ihr Mann war dennoch nicht taub.

„Danke. Ich mache nur eine Fotosafari. Für den Fall, dass ich angegriffen werde, habe ich ein Messer. Und eine Machete. Aber ich will ja niemandem den Garaus machen. Wölfe haben mehr Angst vor Menschen, als umgekehrt."

„Das glaube ich nicht. Aber sie sind ja...wie groß sind sie?" fragte Isolde und ihre Augen und jene des Gastes wurden magnetisch und nichts konnte sich zwischen sie stellen. Ihr Mann schien sie nicht mehr zu interessieren.

„1,95. Ich bin sehr sportlich. Durchtrainiert, wissen sie:"

„Ich muss nochmal in den Garten, kündigte der Bürgermeister an.

„Ja, Schatz, wir unterhalten uns hier."

„Wunderbar", antwortete ihr Ehemann, der nicht das geringste Anzeichen von Eifersucht zeigte. Warum auch, schließlich interessierte sich seine Frau ja auch nur besonders auffällig für einen wildfremden gutaussehenden Mann, der sich ebenfalls ganz besonders zu ihr hingezogen fühlte. Arnulf sah den Herrn das Haus verlassen und dachte nur ganz kurz darüber nach, was dieser Kerl für ein hirnverbrannter Idiot sein musste.

Der nun gefällige Hüne hingegen spielte optisch in einer anderen Liga und wäre am liebsten über die Hausherrin hergefallen und ganz sicher sie auch über ihn. Sie fasste seine Hand und drückte sie.

„Ich will von hier weg. Können sie mich mitnehmen, wenn sie weiterziehen?"

Oh Gott, dachte Arnulf, das war genau das, was er hören wollte.

„Ich schaffe es alleine nicht. Ich bekomme kaum Luft und...ich bin zu schwer."

„Sie haben Angst, dass sie...aber warum nehmen sie nicht einfach ab?"

In Gedanken sah er sie als schlanke Frau vor sich und sie musste unglaublich toll aussehen ohne diesen Bauch, diese Belastung, die sie womöglich schon bald umbringen konnte.

„Das schaffe ich nicht. Keiner schafft das hier. Es ist wie verhext. Wir fressen uns voll. Möchten sie etwas essen?"

„Ehrlich gesagt habe ich einen Bärenhunger."

„Wir haben etwas vorbereitet. Das ist normal, ich meine, die Portionen sind normal für uns hier. Ich muss nur eben meinen Mann fragen, ob er schon Hunger hat. Aber...Unsinn...natürlich hat er."

Arnulf hatte etwas nicht verstanden, dachte er und seine Stirn wurde faltig.

„Was heißt „keiner schafft das hier"?"

„Das ist hier so. Liegt an der Luft und am Boden. Die meisten sind hier glücklich. Wir sitzen abends am Lagerfeuer oder machen Spiele. Es ist ein hübscher Ort. Aber er ist winzig."

Er hörte, wie es in ihrem Bauch rumorte.

„Entschuldigen sie. Das kommt vom Magen. Er braucht Nahrung."

„Ja, der knurrt bei mir auch manchmal."

Arnulf lächelte, aber er tat es verkrampft. Sein Humor musste sie beeindrucken, dachte er. Frauen liebten humorvolle Männer. Das hatte er gelesen.

„Bitte übernachten sie bei uns. Wir verschwinden im Morgengrauen. Mein Mann schläft immer bis zehn."

Es rumorte in seinem Gehirn. Das ging rasant. Eben war er noch draußen zwischen den Büschen und teilte Gestrüpp, um vorwärts zu kommen. Es war eigenartig, alles war eigenartig, aber nicht schlimm, so fand er. Sein Denken kreiste um diesen Ort. Vielleicht wollte sie ihn nur benutzen, um Hilfe bei der Flucht zu haben.

„Haben sie mit ihrem Mann mal darüber gesprochen, dass sie von hier weg möchten?"

„Sicher haben wir das. Aber er bleibt lieber hier. Er sagt, wir hätten hier ein Paradies. Wenn ich etwas bräuchte, würde er es mir besorgen. Ich könnte ja gehen und er ist sicher, dass ich zurückkomme. Niemand muss hier bleiben, wenn er nicht will."

„Sie haben diesen Ort noch nie verlassen?"

„Nein, ich meine ja, ich bin hier geboren. Die Welt draußen kenne ich aus Büchern."

„Bücher? Gibt es eine Schule?"

„Einen Lehrer und es gibt noch vieles, was sie nicht vermuten würden. Ich werde jetzt das Essen vorbereiten und sie können sich ja in der Zeit hier umsehen."

Arnulf starrte auf die Tischplatte und antwortete wie in Trance. Langsam hob er den Kopf wieder an und ihr schönes Gesicht geriet wieder in sein Blickfeld.

12

„Ja" sagte er und wirkte geistesabwesend.

„Ist was mit ihnen?"fragte Isolde und näherte sich. Er konnte sie schmecken, ihren Duft, dieses süßliche Aroma und er befeuchtete seine Lippen. Verschlingen wollte er sie, egal wie schwer sie war. Wie ihm geheißen, begab er sich nach draußen. Sein Hunger wurde größer. Die Vorfreude auf das ganz sicher fantastische Abendessen wuchs ins Immense und verwischte den kurzen Wunsch, schnell zum nächsten Ort, der richtigen Zivilisation, weiterzuziehen.

Arnulf besichtigte wie von Isolde vorgeschlagen den gesamten sehr überschaubaren Ort. Es war nur eine Schrebergartensiedlung, so dachte er. Ein breiter Weg zwischen zwei flachen Hecken erlaubte ihm ein paar idyllische Einblicke. Links spielten ein paar schlanke Kinder in einem Garten und rechts beackerte ein vollschlanker Mann in bäuerlicher altertümlicher Kleidung seinen Acker. Der gute Mann kniete beim Ausgraben seiner Kartoffeln, als bete er zu seinem Gott. Arnulf blieb stehen und sezierte mit den Augen die Qualen des stark Übergewichtigen. Der schwitzte und ächzte, kaum fähig war, seine überquellende Wampe zu bändigen. Intuitiv fasste sich der Besucher an seine Bauchmuskulatur. Was musste sein Anblick bei diesem Mann bewirken. In der Nähe muhte es. Vieh gab es hier. Ein in sich abgeschlossenes System war dieser Ort und doch störten wohl die Gedanken mancher Leute. Einen Sinn und Zweck dahinter zu suchen, brachte Arnulf nichts. Es war das Idyll, die Ruhe und die Bescheidenheit, die ein Leben ohne Hektik ermöglichte. Die Kinder waren noch schlank. Arnulf fragte sich, ob es ein Krankenhaus oder nur eine Hebamme gab. Er schlenderte weiter und bog links ein. Dort arbeitete ein Mann an seinem Dach. Auch er hatte große Probleme mit der Atmung, schnaufte wie ein Wasserbüffel. Eine ungepflegte Wiese direkt neben dem mit einem flachen Holzzaun abgetrennten Grundstück war der Versammlungsplatz im Herzen der Ansiedlung. Eine Reihe von Bänken und ein paar runde Holztische dienten zum Verweilen und rechts thronte das noch prächtige, aber verwahrloste Rathaus. Es war etwas größer als die übrigen Gebäude und an den vielen kleinen Blumenornamenten und Verzierungen konnte man den besonderen Status des Gemäuers leicht erkennen. Mehrere Männer saßen davor und musterten den Neuankömmling. Keiner brachte zunächst ein Wort heraus, war der Anwesende doch für sie eine Art Außerirdischer, den man bestaunen musste. Die einzige anwesende Frau ergriff das Wort und erhob sich mühsam, denn auch sie war wie auch die anwesenden männlichen Ortsansässigen stark übergewichtig. Mit der Gattin des Bürgermeisters konnte sie in Arnulfs Augen nicht mithalten, aber ihre freundliche Ausstrahlung konnte Herzen zum Schmelzen bringen.

„Hallo, mein Freund!"

War das einstudiert? Begrüßte sie ihn tatsächlich mit dem selben Satz, wie dieser Rüdiger? Oder hatte er nicht richtig zugehört? Nein, keiner der Leute, die dort saßen, war sein Freund. Noch nicht oder vielleicht nie wollte er eine vertraute Verbindung zu diesen Menschen aufbauen. Sie tranken Bier und hielten die Humpen fest, als wolle man sie ihnen wegnehmen. Brauten sie ihre bittere Brause selbst?

Ein sehr großer Mann im schlichten Bauernlook und einem muffigen Dunst erhob sich und breitete seinen Mundgeruch freundlich über Arnulf aus.

„Schön, mal wieder jemanden von draußen zu treffen. Was hat dich hierher verschlagen, mein Freund?"

Aus purer Höflichkeit schüttelte der Gast aus der anderen Welt die sich ihm entgegengestreckte Hand. Noch ein Freund.

„Ich bin Tierfotograf. Ihr Bürgermeister hat mich eingeladen, äh..."

„Setz dich zu uns. Wir haben selbstgebrautes Bier und frisches Brot. Der Schnaps ist auch von hier, selbstgebrannt."

Widerwillig setzte sich Arnulf zu ihnen und bärtige grinsende Gesichter fielen über ihn her.

„Ja, der gute Rüdiger. Wie hast du uns gefunden?" fragte jener Naturbursche, der ihn zuvor mit Handschlag begrüßt hatte.

„Gefunden? Nein, ich habe sie...euch nicht gefunden."

Er sah sich um und noch weitere Ansässige kamen von allen Seiten auf den Tisch zu und schienen ihn zu umzingeln.

„Euer Dorf hat mich gefunden."

„Dorf? Wir sind eine Stadt. Wir haben alles."

„Tatsächlich? Habt ihr ein Gefängnis? Polizei? Feuerwehr? Ein Parkhaus?"

„Von alledem haben wir gehört, aber wir brauchen es nicht. Niemand ist so dumm, einen Brand zu verursachen. Das hätte fatale Folgen für uns und den ganzen Wald. Polizei haben wir nicht, aber wir haben ein Gefängnis. Willst du es mal sehen? Es ist etwas Besonderes."

Arnulf war inzwischen von mehr als zwanzig Bewohnern unterschiedlichsten Alters umgeben. Zunehmend wurde ihm die Szenerie unheimlich. Aber dieses Gefängnis, oder was man sich hier darunter vorstellte, machte ihn neugierig.

„Ihr habt ein richtiges Gefängnis? Das würde ich mir gern ansehen."

„Gut. Ich zeige es dir, wenn es dich interessiert. Ist gleich um die Ecke. Ich bin übrigens Karl, der Fleischer. Und wie heißt du?"

14

„Arnulf."

Er nahm sich vor, ab sofort auch ausnahmslos jeden zu duzen, der sich ihm hier vorstellte.

Keiner der anderen Stadtbewohner folgte ihnen und die angehäufte Masse aus unschlanken Leibern verteilte sich wieder, hatte offenbar ihre Neugier befriedigt. So etwas Außergewöhnliches war dieser Besucher aus der anderen weniger bekannten Zivilisation ja gar nicht.

Zwanzig Meter Weg weiter gelangten sie auf eine weitläufige Lichtung.

Der Klotz, der dort stand, wirkte nicht sehr einladend.

„Ich habe eine Frage."

„Aber nur zu. Frage alles, was du willst."

„Woran liegt es, dass hier alle Bewohner außer den Kindern so stark übergewichtig sind?"

„Es ist in der Luft. Wir leben in einem Paradies. Und das hat seinen Preis. Dafür müssen wir mit diesen Bäuchen herumlaufen. Ich weiß nicht, wie es funktioniert, aber unsere Lebenserwartung ist darauf abgestimmt."

„Aber wenn man so dick ist, wird man nicht sehr alt."

„Unsere ältesten Bewohner sind um die siebzig. Das reicht doch."

„Und Sport? Was ist damit?"

„Wie denn?"

Arnulf wusste keine Antwort auf diese Gegenfrage. Der sechs mal sechs Meter breite Klotz rückte näher. Ein Würfel mit einer Leiter an einer der vier gleichlangen Seiten. Die Höhe lag bei ungefähr 5 Metern, so schätzte Arnulf. Karl erklomm zuerst die Leiter.

Kurz darauf standen sie beide auf dem Dach des Quadrats, das weder aus Holz, noch aus Beton bestand. Das Material ließ sich nicht bestimmen. Arnulf ging in die Hocke und befühlte die eiskalte Oberfläche.

„Was ist das?"

Er zog seine Hand sofort zurück. Ein Gefühl von Panik erfüllte ihn. Selten, vielleicht niemals zuvor, fühlte er sich derart unangenehm. Da war etwas in diesem festen Stoff, das er nicht beschreiben konnte. Karl deutete auf die Öffnung in der Mitte des Dachs.

„Das ist es."

„Euer Gefängnis ist dieses Gebäude? Ich sehe keine Tür und kein Fenster. Werft ihr die Leute hier nach unten?"

„Aber natürlich", sagte Karl und verzog keine Miene.

„Es ist eine Strafe. Dort werfen wir den Schuldigen hinein und er bleibt dort. Einfach nur ein Gefängnis."

„Und wie kommt man von dort wieder heraus?" fragte Arnulf und beugte sich über die viereckige Öffnung.

„Ich verstehe nicht. Warum sollte jemand wieder zurückkommen?"

Arnulf konnte nichts erkennen und benutzte seine Stabtaschenlampe, um Licht in dieses düstere Loch zu bekommen. Was er sah, war abscheulich und für das gewohnte biedere Auge unvorstellbar. Es war ein vertrockneter Haufen, ein Brei aus menschlichen Überresten. Hände ragten heraus, Schädel starrten ins Leere und ein ekelhafter Gestank drang bis an die Öffnung

„Der Tod ist eure einzige Strafe?" fragte er den Fleischer vorwurfsvoll und sah ihn an, als wollte er ihn selbst zerfleischen.

„Es ist verboten, dort hineinzuleuchten. Du bist nicht von hier, deswegen werden wir dich nicht bestrafen. Aber du solltest uns besser jetzt verlassen."

„Was?"

Arnulfs Augen begannen zu glühen. Er machte ein paar kleine Schritte, bis er sein gegenüber halb umrundet hatte und strahlte ihm mit der Leuchte in die Augen.

„Du bist wahnsinnig. Ihr alle hier seid wahnsinnig. Ich lasse mir nichts verbieten."

Mit einer flüchtigen Bewegung wollte der mutmaßliche Metzgermeister ihm die Lampe aus der Hand schlagen. Geschickt ließ ihn Arnulf ins Leere laufen. Mit einem brutalen Angriff schleuderte er den stark Übergewichtigen in die Öffnung. Nun brauchte der sich nicht mehr über die Holzleiter nach unten zu quälen. Der Tourist aus der Ferne strahlte erneut in die Tiefe und erhellte den leichenverseuchten Grund. Karl röchelte und brüllte vor Zorn. Doch schon sehr bald, wohl als er die Aussichtslosigkeit seiner Lage erkannte, wurde er ruhig. Arnulf beobachtete ihn.

„Nun? Wie ist es da unten?"

„Ich danke dir. Dies ist eine Erfahrung, die ich irgendwann machen wollte. Jetzt ist es also so weit."

Ausgerechnet in diesem Moment ahnte Arnulf, woraus dieser Bau bestand, welches schreckliche Material hier zum Einsatz gekommen war. Ein Monument aus menschlichen Knochen. Er konnte sich nicht vorstellen, wer es gebaut hatte. Und er wollte es nicht wissen. Plötzlich tauchte wieder der süße Hauch auf, der eigentlich nie ganz verschwunden war, sich aber nun verstärkte. und gleichzeitig rutschte das noch immer lebende Mitglied der seltsamen Gemeinde aus nicht ersichtlichem Grund ein Stück zur Seite. Er röchelte und ein paar grässliche Laute drangen an Arnulfs Ohr. Das Licht der Lampe konnte nichts einfangen außer den Beinen des Heruntergestoßenen. Ein kurzer Schrei folgte. Arnulf machte das Licht aus.

16

Gespielt entspannt machte er sich auf den Rückweg und vermied es, den Gesellschaftsplatz vor dem Rathaus ein weiteres Mal aufzusuchen. Niemand lief ihm über den Weg. Der allgegenwärtige süßliche Duft wurde ihm unangenehmer. Und es wurde dunkel. Ihn interessierte nicht, ob jemand den verrückten Fleischer vermisste. Dieses Freilichtirrenhaus musste er verlassen und das schnellstens. Aber er wollte es nicht allein. Als er das Grundstück des Bürgermeisters erreichte, sah er sich ein weiteres Mal um. Aus der Dunkeklheit tauchten überall die Lichter hervor wie unbewegliche Glühwürmchen. Es hatte etwas Unheimliches, aber auch etwas Gemütliches, Geborgenheit verheißendes an sich, dem man sich schwer entziehen konnte, wenn.man eine romantische Ader besaß. Immer klarer tauchte ein üppiges Essen vor seinem geistigen Auge auf.

Der Bürgermeister und seine Isolde empfingen ihn herzlich und Arnulf durfte am Kopfende des sehr schlichten Holztisches Platz nehmen.

Unverhofft knirschte die Eingangstür zur Seite und eine andere weibliche Person gesellte sich zum Abendessen hinzu.

„Hallo ihr Lieben."

„Frieda! Sei willkommen!" sprach Rüdiger und erhob sich. Rasch stellte er einen weiteren Stuhl für den weiblichen Gast an den Tisch. Die Dame, höchstens vierzig, ächzte unter ihrem Gewicht und atmete schwer, was Arnulf nicht überraschte. Ihre wilde knallrote Haarmähne lockerte die langweiligen Farbtöne in ihrer Umgebung auf und das war immer genau dort, wo sie sich gerade aufhielt. Selbst auf einem Friedhof wäre sie der Mittelpunkt gewesen und nicht der Sarg des Verblichenen.

„Hallo, ich bin Arnulf."

Verschmitzt lächelnd sprang Arnulf wieder auf und reichte dem weiblichen Gast seine Hand.

„Sie ist meine Schwester," verriet Isolde.

Arnulf war auch von ihr, trotz der Leibesfülle, recht angetan. Er sah beide Frauen abwechselnd in regelmäßigen Abständen an, während sie sich den Bauch vollschlugen.

Es gab Schweinebraten mit Knödeln und einer Bratensoße. Selbst der Rotkohl, den Arnulf sonst eher mied, schmeckte wie vom Meisterkoch. Das selbstgebraute Bier war ihm zu bitter. Er trank es dennoch.

„Woher kommst du denn genau?" erkundigte sich die feuerrote Frieda und sah den Gast von Außerhalb mit staunenden Augen an, während ihre Zunge in Zeitlupe über die wulstige Unterlippe strich.

„Aus Nürnberg. Ich bin viel unterwegs."

„Von dem Ort habe ich schon gehört. Eine Stadt, aber nicht so groß wie

17

München. Ich habe auch ein Buch über eure Städte."

„Eure? Wir sind doch im selben Land."

Arnulf verbarg seine Verwirrung nicht. Diese Leute waren gewiss keine Außerirdischen und auch keine Vampire oder Sagengestalten.

„Ja. Aber wir leben doch ganz verschieden. Mein Mann ist abgehauen. Ja, abgehauen. Er wollte nicht mehr hier leben."

„Und wo wohnt er jetzt?"

„Er ist tot. Ich habe ihn nach unseren Gesetzen bestraft."

Arnulf verschluckte sich beinah und sah in die Runde. Das anwesende Ehepaar lachte.

„Das war ein Scherz. Natürlich habe ich ihn nicht getötet. Er ist einfach nicht mehr wiedergekommen."

„Tut mir leid. Er hätte sich ja wenigstens mal melden können, denke ich."

„Wie fanden sie meinen Scherz?" hakte Frieda nach.

„Lustig. Sehr lustig. Sie haben einen...makabren Humor. Finde ich gut."

„Hast du Lust, bei mir zu übernachten?" fragte sie Arnulf.

Er holte tief Luft und das mitten beim Zerkauen eines großen Bissens. Diesmal verschluckte er sich wirklich.

„Heute Nacht haben wir ihm schon Quartier angeboten. Morgen kann er bei dir bleiben," bestimmte Isolde.

Ihr Gatte pflichtete ihr bei und setzte ein gequältes Lachgesicht auf.

„Schade. Aber vielleicht will euer Gast ja lieber bei mir schlafen."

Arnulf stand vor einer schwierigen Wahl. Beide Frauen hatten es anscheinend auf ihn abgesehen, aber aus unterschiedlichen Gründen. Eine wollte ihn als Trittbrett in die Freiheit nutzen und die andere war wohl eher auf Sex aus. Sollte er vielleicht noch eine Übernachtung dranhängen? In seiner Fantasie spielte sich eine wilde Szenerie ab.

„Ich bleibe gern wie vereinbart hier. Aber der morgige Tag gehört ihnen, ich meine dir."

Er strahlte nun über beide Backen und hätte er mit sich selbst reflektiert, er hätte diesen Arnulf nicht wiedererkannt. Alles war anders. Mühsam würgte er eine beginnende Erektion ab, die sein durcheinandergewirbeltes Hirn konstruiert hatte und mit intensiven Signalen nach unten sendete. Es war ihm, als durchleuchtete Frieda mit ihren grünen Augen seine Seele. Ihr Name erinnerte ihn vom Klang zwar eher an eine tölpelige Bauernmagd aus dem 19. Jahrhundert, so seine Vorstellung, aber diese Frau war ganz anders gestrickt.

„Erzähl doch etwas von dort, wo du herkommst", sagte Frieda.

„Mich würde eher interessieren, wie sie ...ihr hier lebt. Zum Beispiel frage

18

ich mich, wann die Kinder dick werden. Ihr seid doch alle ...schwer, meine ich und..."

„Mit 16 Jahren ungefähr," antwortete der Bürgermeister ruhig.

„Was macht ihr den ganzen Tag? Kein Fernsehen, kein Telefon, keine Computer und... was ist mit Sport oder...was weiß ich?"

„Wir haben genug zu tun. Arbeiten, essen, schlafen und körperliche Ergüsse."

„Körperliche...Ergüsse?"

Arnulf wusste natürlich, was gemeint war. Lediglich der Begriff war ihm nicht geläufig.

„Ja, den Körper eines Anderen erleben als das, was er ist. Ein Erlebnis. Pures Fleisch fühlen und spüren. Sowas gibt es bei euch wohl nicht mehr." Rüdigers Ton kühlte ab. Arnulf dagegen fand die Vorstellung befremdlich, dass sich ein stark übergewichtiges Paar auf dem Bett austobte. In seiner Vorstellung führte das mindestens zu zwei Herzinfarkten. Die beiden Frauen schwiegen und waren nur schwer fähig, den Appetit zu zügeln. Ihre schon leeren Teller füllte der Hausherr rasch nach. Arnulf kannte ein solches Tempo der Nahrungsaufnahme nicht, bemühte sich aber ebenfalls um einen kräftigen Nachschlag. Natürlich ging in diesem Dorf nicht alles, oder gar nichts, mit rechten Dingen zu. Trotzdem hinterfragte er nichts mehr. Nicht an diesem Abend. Er hoffte, Isolde würde ihm unterwegs vieles erklären, wenn sie wie geplant diesen Ort verließen

Frieda verschwand sehr rasch nach dem fürstlichen Mahl und Isolde schleppte sich wieder die Treppe hoch. Arnulfs Kämmerchen war winzig. Aber das Bett war herrlich weich. Sie zündete eine Kerze an und setzte sich schwerfällig an den Bettrand.

„Ich kann meine Uhr auf eine Zeit einstellen. Wie früh sollen wir aufbrechen?"

Sie stand auf, öffnete das Fenster, sah kurz hinaus und schloss es dann wieder. Arnulf verstand Sinn und Zweck dieser Handlung nicht.

„Um fünf Uhr brechen wir auf. Dann wird es hell. Ich danke dir."

Rasch verschwand sie und der Gast zog lediglich Schuhe und Jacke aus, bevor er sich entspannend auf dem Bett ausbreitete. Die Kerze spendete wohlige Gefühle und Erinnerungen an gemütliche Zeiten. Spontan erhob er sich und trat vor das kleine Fenster. Er öffnete es. Der Duft, an den er sich schon gewöhnt hatte, kam von draußen, strömte ein und überall waren diese kleinen Lichter. Die Vögel verstummten allmählich und andere Töne kamen aus dem Dunkel. Zischende Laute wie aus dem exotischen Dschungel meldeten sich lautstark. Affen schienen zu kreischen. Arnulf erkannte ganz gut die Umrisse der Häuser, derer viel mehr waren, als es nach dem ersten Eindruck den Anschein gehabt hatte. Oder wurde das Dorf einfach nur nachts größer? Nach und nach verlöschten wenig später die Lichter. Der Ort fiel in den Schlaf, obwohl es noch nicht spät war. Aber die Verhältnisse waren hier anders.

Er legte sich auf das Bett zurück. Langsam wurden die Augenlider schwerer. Ganz leise wurde die Klinke der Tür heruntergedrückt und Isolde schlich zu ihm. Er hätte es nicht zu hoffen gewagt. Sie legte ihren Bademantel ab, unter dem sie splitternackt war. Arnulfs Atem beschleunigte sich. Schon fühlte er ihre warme Haut. Die Gelüste des Fleisches strapazierten das schlichte Bett, aber es hielt stand. Und es quietschte auch nicht.

„Schläft dein Mann fest genug?"

„Ja," sagte sie.

„Ich habe ihm die Kehle durchgeschnitten."

„Was? Ihr seid also alle so witzig."

„Ja. Nur ein Scherz. Ich muss auch mal einen machen. Er schläft wirklich nur. Keine Sorge."

Ihr Flüstern hörte sich seltsam an.

„Du hast ja das Fenster geöffnet."

„Na, und?"

Statt zu antworten, schritt sie langsam an die Öffnung für frische Luft. Aufmerksam schaute sie nach draußen und Arnulf verstand nicht, wonach sie Ausschau hielt. Sie zögerte, schloss das Fenster dann aber doch.

„Da ist doch irgendetwas. Oder?"

„Ja, ich werde es dir später erklären."

In ihrem Bauch gluckerte es.

Sanft wurde der Besucher des unheimlichen Dorfes geweckt. Isolde strich ihm beinah liebevoll über die Wange.

Verschlafen streckte Arnulf die Arme aus. Für ein paar Sekunden sortierte er seine Gedanken und war dann sofort bei der Sache.

„Ich ziehe mich schnell um und du wartest bitte draußen vor der Tür."

„Ja, natürlich. Nur aufs Klo und weg. Eine Wasserspülung wäre auch schön, aber..."

Sie drehte sich zur Seite und war überraschend schnell auf den Beinen.

Es dauerte nur Sekunden und er war abmarschbereit. Vorsichtig passierte er die Treppe, die nicht knarrte. Es war neblig. Ein richtig trüber Morgen.

Feuchte Kälte empfing Arnulf und er zog den Kragen hoch, schlotterte ein wenig. Von der bald wohligen Tagestemperatur spürte man noch nichts. Er wartete erst vor dem Eingang und schlenderte dann bis zum Gartentürchen. Endlich kam sie. Der Gang war schwerfällig, aber kontinuierlich kam sie vorwärts."

„Ich kann nur langsam. Das stört dich doch nicht?"

„Nein, nein, überhaupt nicht."

Er hakte sich bei ihr ein und konnte die Schrittfolge leicht beschleunigen. Die Wege zwischen den Gärten und kleinen Plätzen wirkten zunächst unendlich. Nochmal links herum, dann wieder rechts und dann zehn Meter geradeaus. Voller Ungeduld erreichten sie schließlich die breite Allee, die zum Ende des Dorfes führte.

Es war ein arkadenartiger Zugang ohne Tür oder Tor der sich jederzeit passieren ließ. Schließlich standen sie vor dichtem Wald. Keine Straße führte zu diesem Ort. Das war auch so gewollt. Arnulf machte ihr den Weg frei. Er teilte Zweige und Geäst und in gemächlichem Tempo entfernten sie sich immer weiter von dem Zentrum des zweifelhaften Idylls.

Arnulfs Verständnis für das sehr sehr langsame Vorankommen war schier unendlich. Er bahnte das Gebüsch, wenn es mal schwieriger wurde und Isolde pustete und röchelte unter der Anstrengung. Schon nach zehn Minuten setzte sie sich auf einen Baumstamm.

„Kein Problem. Was ich übrigens fragen wollte...du hast doch nichts dagegen, wenn ich dich etwas frage, oder?"

Ihre Atem verlangsamte sich.

„Nein, habe ich nicht, aber ich weiß sowieso, was du wissen willst."

Sie beugte sich zur Seite und übergab sich hinter dem Stumpf. Mehr als zwei Liter Wasser strömten durch ihren Rachen auf den weichen Boden.. Danach rülpste sie und es ging ihr schlagartig besser . Sie atmete auf und holte mehrmals hintereinander Luft. Sprachlos verfolgte Arnulf den Vorgang und wartete.

In ihrem Bauch gluckerte es wieder. Diesmal klang es anders als beim letzten Mal.

„Was will ich denn wissen? Du sagst, du kannst es dir denken. Oder habe ich das falsch verstanden?"

„Du verstehst das Dorf nicht. Aber die Frage ist: Geht dich das überhaupt etwas an?"

Er wog den Kopf hin und her, tastete kurz das Blätterdach über ihnen ab, das unter sanfter Brise hin und her tänzelte.

„Du hast Recht. Es geht mich nichts an. Aber was geht überhaupt irgendjemanden etwas an? Ich bin neugierig. Das ist alles. Und ich möchte helfen. Dir, den Anderen vielleicht auch, wenn ich kann.

„Es ist eine Symbiose. Die Blume spendet uns fruchtbaren Boden. Davon leben wir. Verstehst du?"

„ Was für eine Blume?"

„Die Anemone. Sie verbreitet ihren Duft. Es ist himmlisch."

„Dieser Duft macht euch so dick? Mich würde interessieren, wie das genau abläuft. Und wieso macht sie euch so dick? Das geschieht doch nicht ohne Grund."

„Wir leben in einer friedlichen Welt. Als Gegenleistung müssen wir ihren Kindern Nahrung bieten. Sie ernähren sich von uns."

„Darum das mit dem Fenster."

„Du hast es also begriffen."

„Wo ist diese Anemone? Ich möchte sie sehen?"

„Sie ist unter uns."

Er deutete mit dem Daumen auf den Boden.

„Genau," sagte sie und erhob sich.

„Brauchen Blumen nicht die Sonne zum Leben?"

„Ja, normale Pflanzen."

Er half ihr und sie setzten den endlos scheinenden Weg fort. Für Anulf war es als geübter Wanderer nicht schwer, sich die Route einigermaßen einzuprägen. Nach mehr als zwanzig Kilometern und mehreren Stunden, kreuzten sie eine holprige Landstraße mit einem Hinweis zur E53. Es ging Richtung Deggendorf. Klugerweise ritzte er in einen auffälligen Baum ein großes X.

Isolde übergab sich erneut. Arnulf wusste von einer Klinik, die auf dem Weg irgendwo Richtung der Kleinstadt lag. Dort würde er sie hinbringen. Dass ausgerechnet zu diesem Zeitpunkt niemand hier lang fuhr, wunderte ihn. Nach ein paar hundert beschwerlichen Metern tauchte doch endlich ein Fahrzeug auf. Der Fahrer setzte sie bei besagtem Krankenhaus ab, welches nicht weit von seiner Route abwich.

„Was ist denn mit ihrer Freundin los?", erkundigte sich die Schwester in der Anmeldung.

„Sie ist sehr geschwächt. Was soll ich sagen, es geht ihr nicht gut."

Zwei Pfleger hieften Isolde auf die graue Pritsche im Untersuchungsraum der Notaufnahme.

„Sie hat zuletzt wohl zu stark abgenommen. Der Kreislauf spielt da nicht mit."

Der Arzt formulierte einen weiteren Satz, während er den verwirrt dreinblickenden Arnulf ansah.

„Was ist? Alles in Ordnung mit ihnen?"

„Ja, ja, klar. Sie hat sich unterwegs ständig erbrochen und viel Wasser verloren."

Sie übergab sich erneut und einer der Pfleger hielt ihr eine Schüssel hin.

„Das ist dickflüssig. Und es ist keine Galle oder Wasser. Was ist das?"

„Woher soll ich das wissen? Ich bin kein Arzt. Sagen sie mir, was das ist."

„Sind sie verheiratet oder befreundet?"

„Äh, nein, wir kennen uns erst seit gestern."

„Okay. Warten sie hier. Ich sehe mir das mal genauer an. Auf die Schnelle ist eine genaue Analyse erstmal schwierig."

Der Arzt verschwand mit einer Probe. Arnulf nahm im Wartezimmer Platz und schlief kurz darauf ein. Eine ganze Stunde später rüttelte es an seinem Ärmel.

Er folgte der Schwester zum Behandlungsraum.

„Setzen sie sich", forderte der Arzt ihn auf.

„Wie gut kennen sie die Dame, die sie begleitet haben?"

„Eigentlich kenne ich sie überhaupt nicht. Ich habe sie nur aus ihrem Dorf hierher begleitet. Was ist mit ihr?"

„Sie stand kurz vor dem totalen Kollaps. Dass sie es bis hierher geschafft hat, ist erstaunlich. Ihre Bauchhaut hängt herunter bis zum Knie. Sie wiegt jetzt noch etwas über sechzig Kilo. Die Werte, die jetzt messbar waren, sind miserabel. Die gute Nachricht ist aber, dass sie sich regeneriert und das ist sehr ungewöhnlich in diesem Tempo. Seit der letzten halben Stunde ist auch der Blutdruck stabil im Normalbereich. Die Flüssigkeit, die sie erbrochen hat, ist eine Nährlösung. Kenne ich in der Art nicht, aber eine genauere Analyse ist in der kurzen Zeit nicht möglich. Dafür sind wir hier nicht ausgerüstet. Es ähnelt dem, was man Säuglingen als Ersatz verabreicht, wenn sie keine richtige Muttermilch bekommen können. Und das war Literweise in ihrem Bauch."

„Irre!"

„Da haben sie völlig Recht. Das ist es. Sie kann ein paar Tage hier in der Klinik bleiben, bis sie sich erholt hat. Ich kenne ihre Verhältnisse nicht, aber wenn sie möchten, können sie gern zu ihr."

„Überschüssige Haut? Das haben sie erwähnt."

„Sehen sie, wenn ein Mensch in so kurzer Zeit derart viel Gewicht verliert, egal auf welche Weise, dann spielt der ganze Organismus verrückt und man kollabiert. Abnehmen ist eine Zeitfrage. Aber aus irgendeinem Grund hat sie sehr schnell diese gesamte Flüssigkeit abgestoßen. Dadurch hängt die überschüssige Haut natürlich herunter. Aber das lässt sich leicht operieren. Kümmern sie sich um sie. Was ist mit ihrer Familie?"

Nun stutzte der einsame Wanderer.

„Ich werde sie informieren."

„Tun sie das!"

Arnulf sah seine neue Bekannte von der Tür aus an. Sie schlief bei ruhiger Atmung. Er wollte nicht hierbleiben und auch nicht in der Gegend. Sein Auto hatte er in Nürnberg gelassen. Das machte er immer so, damit er nicht an einen bestimmten Startpunkt bei seinen Wanderungen zurück musste. Ein I-Phone hatte er nicht und so lief er eilig zum nächsten Internetcafe und gab das Wort „Anemone" ein. Er konnte sich nichts darunter vorstellen als eine hübsche Blume. Die auch Windröschen genannten Pflanzen gehörten zur Gattung der Hahnenfußgewächse. Bei der Sternanemone blieb er hängen, die 12 und mehr Blütenblätter besaß. Er starrte auf den Monitor und neutrale Beobachter hätten bei ihm nur seinem Augenaufschlag nach sofort eine Geisteskrankheit diagnostiziert.

Dabei herrschte Ratlosigkeit in seinem Inneren. Seine Neugier steigerte sich kontinuierlich. Sollte er bei jemandem Rat einholen? Bei wem? Wer sollte ihm seine sonderbaren Erlebnisse abkaufen? Der Beweis lag in der Klinik in Deggendorf. Für eine Nacht mietete er sich ein mittelprächtiges Hotelzimmer und tauchte in tiefen erholsamen Schlaf. Seine Unruhe verflüchtigte sich am nächsten Tag nach dem Frühstück. Sein Entschluss stand fest. Er wollte sofort wieder in das seltsame Dorf. Zu Fuß legte er die wenigen Kilometer zurück und fand die Stelle wieder, wo er den Baum markiert hatte. Er wollte Antworten und wenn es sein musste mit Gewalt. Frisch gestählt und energisch marschierte er los. Fast kerzengerade kam er sehr viel schneller vorwärts als zuvor mit seiner Begleitung in entgegengesetzter Richtung. Immer wieder tauchte das Bild der Anemone in ihm auf. Natürlich, so war ihm klar, konnte es keine gewöhnliche Blume sein. Er musste dem Duft folgen. Der würde ihn zu ihr führen. Das war etwas Besonderes für seine Kamera. Vielleicht war es eine Riesenpflanze, die ihn berühmt machte. Aber das ganze Drumherum dazu beunruhigte ihn. Nur wenige der dickbauchigen Personen waren zu erkennen und sie beachteten ihn nicht einmal. Der Duft war ihm vor dem ersten Betreten des Dorfes aufgefallen und am Eingang kam er ihm am intensivsten vor. Und dann dachte er an das Loch, in welches er den Fleischer gestoßen hatte. Auch was dort unten sein Unwesen trieb, interessierte ihn brennend. Rüdiger war nicht im Garten. Und das war gut, wusste Arnulf, denn womöglich hätte er ihm Rede und Antwort stehen sollen und das hätte er

24

nicht getan. Was sollte er sich Gedanken über diesen Kerl machen, den er ohnehin nicht mochte.

Er blieb am Anfang stehen und wandte sich um. Wieder überblickte er den eigenwilligen Ort. Er schnupperte. Der Duft drang von rechts stärker zu ihm. Ein paar Meter weiter in der Richtung wurde der Geruch intensiver. Es existierte kein Trampelpfad oder ein Anhaltspunkt und das Geäst wurde dichter. Mühsam schlug er mit der Machete um sich und je weiter er vorankam, umso schwerer wurde sein Atem. Blätter wandelten sich von grün zu grau. Er wusste, er kam seinem Ziel näher. Die Bäume wechselten ihre Farbe zu einem schmutzigen Graubraun und grün wurde zu grauoliv, erst gesprenkelt und schließlich war er in einer anderen hässlichen Welt gelandet. Es gab kein Vogelgezwitscher mehr und das war logisch. In Arnulfs Kopf spielte sich ein öder Film ab, der in einer widerwärtigen Zone spielte. Selbst der Wind machte einen großen Bogen um das Areal, dessen Größe unbestimmbar blieb. Ein Schandfleck inmitten der Natur hatte sich offenbart. Die Natur wurde pervertiert. Und endlich war es soweit. Arnulf brauchte nicht mehr den Zufallstrampelpfad erarbeiten, denn das Ziel war erreicht: Eine kleine Lichtung. Mehr als zwanzig knorrige Baumstämme ragten als Einheit der Länge nach wie ein abgestürztes Flugzeug schräg aus dem Boden und formten dabei einen offenen Bogen. Er musste ein Stück um die Öffnung herum, um in tiefstes Schwarz hineinzusehen. So hatte er sich den Eingang zum Hades, der sagenumwobenen Totenwelt, vorgestellt. Der Geruch erreichte seinen Höhepunkt. Er wurde fast betäubt von dem Duft nach Erdbeeren, Popkorn und einer Pestilenz aus Kot und Urin und dies vermischte sich und stieg in seinen Kopf. Kein Mensch konnte derartiges aushalten und doch ging er immer weiter, Fuß für Fuß kam er diesem Höllenschlund entgegen. Wie ein Kunstwerk musterte er den scheußlichen verwunschenen Ort. Und das Geäst wucherte wild überall herum, als sei der gute Wald wahnsinnig geworden. Ja, das war es. An dieser Stelle war die Natur dem Irrsinn verfallen. Warum auch nicht? Weshalb durften Pflanzen nicht auch erkranken und sich verändern?

Mit der Lampe leuchtete er den Weg ab, der bei geringem Neigungswinkel schräg nach unten führte. Die Wände waren ein Konstrukt aus Erde und Zweigen und es war schwierig, diesen engen Weg zu beschreiten.. Er musste sich bücken. Mittlerweile stank es nur noch nach saurem Kot, was wiederum Übelkeit erzeugte. Er legte nur eine Strecke von 50 Metern zurück und es wurde heller und der Weg ebener, denn es ging auf die Zielgerade. Arnulf erreichte den ungewöhnlichen Krater, eine kreisförmige von oben trüb erhellte Öffnung. Er konnte kaum glauben, was er dort vor

sich sah, das im Boden verwachsen auf ihn wartete oder auch nicht und es lebte.Diese Anemone war keine Blume. Die etwaige Form reichte nicht für einen Vergleich aus, auch wenn das fleischliche Gewächs fest im Boden verwachsen schien. Es bewegte sich nicht und der neugierige Besucher schaltete die Lampe aus. Und danach geriet dieser Alptraum doch in Bewegung. Es erstreckten sich keine Blütenblätter nach allen Seiten rings um den pulsierenden Mittelpunkt, sondern kräftige sehnige Arme endloser Länge, die sich aufstellten wie gigantische Spinnenbeine. Arnulf erkannte einen Schwall undefinierbarer Innereien in der Mitte. Obwohl er nicht wollte, näherte er sich dem Objekt. Schon griffen mehrere der Arme nach ihm und hoben ihn empor, schwenkten ihn über die verwachsene Einheit. Er roch Blut und frisches Fleisch. Der Besucher leistete keinen Widerstand. Das Wesen aus grauem Fleisch schaute in ihn hinein. Es sprach nicht und doch konnte Arnulf das grauenhafte Ungetüm, dessen Anblick jedem den Verstand rauben musste, verstehen. Er empfing Gedanken.
-Du bist nicht der erste, der mich sehen wollte. Jetzt wird deine Neugier befriedigt. Ich bin älter als alle Menschen. Ich bin aus einer einzigen Zelle entstanden. Ich kann das Fleisch formen wie ich möchte. Und du bist eine bedauernswerte Kreatur. Du hast das Ende eines langen Weges erreicht. Sei willkommen in meiner Gemeinschaft. Du wirst ein Teil von mir. Deine Rolle ist nun die des Dieners. Du wirst mir meine Nahrung bringen. Und du wirst nie wieder allein sein. Sei glücklich.-
Arnulf spürte keinen Schmerz. Er wurde ganz dem System des Fleischformers einverleibt. Er spürte, wie seine Sehnen in den Gliedern langgezogen und sein gesamter Körper umstrukturiert wurde. Seine Kleidung wurde zerfetzt und sein Hals zusammengedrückt. Die Schulterblätter klappten zur Seite und veränderten sich zu zwei weiteren Armen mit spitzen Klauen an den Enden. Damit konnte er klettern. Als letztes wuchs ihm ein bizarrer Fleischsack aus dem Nacken, aus dem wiederum ein dünner Saugrüssel herausbaumelte. Seine Haare fielen überall aus. Sein Kopf war leer geworden und er blieb für immer leer. Nun wurde er gelenkt. Der neue Arnulf hockte sich auf den für ihn reservierten Platz neben seine Brüder und wartete auf die Nacht.

Verschwundibus

Herbert Grau war kein Menschenfreund. Er hasste so ziemlich jeden, der ihm über den Weg lief. Am liebsten hätte er alle Menschen aus der Galaxie geschossen, wenn ihm dies möglich gewesen wäre. Mit Ausnahme vielleicht eines guten Kochs oder dem Kellner, der ihm stets freundlich und ohne Beanstandung den Kaffee kredenzte.

So wie an jenem Nachmittag im Kaffeehaus, als er das tägliche Käseblatt verschmökerte. Morde und sonstige Katastrophen riefen nur noch ein ermüdetes Zucken seiner Wangenmuskulatur hervor. Nichts konnte ihn aus der Ruhe und dem abgespeicherten Trott bringen, wie er so mit seinem übergewichtigen Körper das grünegepolsterte Ledersofa nach unten presste. Fast nichts, bis auf den seltsamen Zeitgenossen schräg gegenüber, der sich dreister Weise in seine Sichtweite pflanzte. Zunächst starrte dieser nur vor sich hin, statt in eine Karte zu schauen oder nach dem Kellner Ausschau zu halten. Wie in Hypnose fokussierte er seine Augen sinnlos auf die Fenster. Plötzlich formte dieser eigenartige Bursche im fortgeschrittenen Alter ein Paar Schlitzaugen und Herbert geriet in sein Visier. Das missfiel ihm. Er sah ihm nicht direkt in die Augen, aber jedes mal, wenn der leicht ergraute Gentleman auf die Zeitung schaute, glotzte jener Mensch, der kein Stammgast um diese Zeit war, ihn an. Der weißhaarige Greis wurde in Nullkommanichts zu seinem neuesten Feind. Er schaffte es kaum, dies zu ignorieren. Mehrmals hielt er die Zeitung direkt vor sein Gesicht, aber das war unbequem und er fand die optische Belästigung einfach unverschämt. Er wollte und brauchte sich nicht vor anderen wegducken oder tarnen. Eine gefühlte Ewigkeit dauerte es bis zum Eintreffen des Heißgetränks für den unerwünschten Sichtnachbarn. Herbert war inzwischen beim Feuilleton angekommen und während sein Gegenüber den ersten Schluck nahm, starrte er gleichzeitig wieder den wohlhabenden Spekulanten an. Diesmal trafen sich ihre Blicke direkt. Herbert funkelte böse, der Alte lächelte daraufhin freundlich und irgendwie aufrichtig. Zu seinem Übel hatte es Herbert womöglich mit einem Menschenfreund zu tun.

Rasch vergrub er seine Augen wieder in der Gazette. Er hoffte, dieser Kerl würde endlich verschwinden oder wenigstens in eine andere Richtung schauen und nicht zu ihm.

Den noch nie zuvor gesehenen Gast wollte er auch nicht auf das Beglotzen

ansprechen. Die Kontaktaufnahme war ihm zuwider. Dabei war er nicht feige oder schüchtern. Wenige qualvolle Minuten später preiste Grau den Herrn, denn der lästige Beobachter brach auf. Der pfeilschnelle Kellner wollte kassieren. Aber was war das? Jetzt fand der kleinwüchsige Patron nicht die richtigen Münzen im Portemonnaie. Am liebsten wäre Herbert hinüber gehechtet und hätte die Geldbörse ausgequetscht wie einen Schwamm, nur damit er endlich nicht mehr im Sichtfeld dieses Kerls war. Der Ober, schon ein alter Bekannter, machte den Ölgötzen und kratzte sich genervt an der Stirn. Herbert fand es dagegen ergötzend, dass die Nervensäge nun die Zeche prellte. Eine Diskussion folgte und nun ging der Gegenüber daran, sämtliche Taschen in Jacke und Hosen durchzustülpen. Für Herbert gab es nur noch eine einzige Lösung, um wieder Frieden zu finden und ein paar Minuten entspannt den zwölfseitigen Sportteil zu genießen. Die Aussicht darauf beflügelte ihn zu einer ausnahmsweise guten Tat. Er raffte sich auf und kramte ein paar Euros aus seiner Sakkotasche.
„Wieviel schuldet ihnen der Mann?"erkundigte er sich.
„Vier Euro und fünfzig Cent.
Herbert legte 5 Euro in Münzen auf den Tisch.
„Stimmt so!"
In der immer noch während Hoffnung, das Kerlchen würde nun verschwinden, setzte sich der finanziell Unabhängige wieder auf seinen Platz.
„Das war sehr nett von ihnen. Vielen Dank. Ich mache es wieder gut."
„Das müssen sie nicht. Einen schönen Tag noch."
Hau endlich ab, dachte Herbert.
Der Fremde brachte aus seiner Jackentasche einen kleinen Holzkasten hervor und platzierte ihn direkt neben der Tasse des Zeitungslesers.
„Das ist eine Wunschbox. Sie müssen sich etwas Bestimmtes wünschen und sie öffnen. Ihr Wunsch geht dann in Erfüllung."
Kaum ausgesprochen, verließ der höchstens 1,70 große Fremde das Kaffeehaus.
Herbert starrte den Kasten an. Er war perplex. Ein Wunsch? Was sollte das für einer sein? Was brauchte er? Gar nichts. Natürlich glaubte er nicht an das, was er als Hokuspokus ansah. Mit Ausnahmen war er auch nicht abergläubisch. Am Freitag den 13. war er vorsichtiger als sonst und er ging schwarzen Katzen generell aus dem Weg, wobei in der Stadt auch keine herumstromerten. So ein winziger Glaube an das Übernatürliche war vorhanden, aber das gab es bei jedem Homo Sapiens. Jeder hatte eine Marotte, die er beibehielt, seien es die Socken, die man beim Ausziehen in

die Pantoffeln steckte oder eine bestimmte Reihenfolge beim Aufstehen, um Unglück aus dem Weg zu gehen.

Dieser minimale Anteil in Herberts Kopf brach sich bahn. Wenn er den Kasten öffnete, erfüllte sich also ein Wunsch. Geld brauchte er nicht. Davon besaß er genug und besondere Güter benötigte er auch nicht. Er nannte ein Haus und ein teures Auto sein Eigen und vom anderen Geschlecht hatte er genug. Eine willenlose Sexsklavin wäre nicht sein Stil gewesen. Besondere Hobbys außer langgestreckt auf dem Sofa zu sitzen gab es nicht. Was also sollte er sich noch wünschen außer seiner Ruhe? Da dauerte es gar nicht lange, bis er im Geiste den einzigen Wunsch formulierte, der ihm einfiel und ihm elementare Wichtigkeit bedeutete. Er öffnete den kleinen Kasten und natürlich war er leer. Was hätte auch drin sein sollen? Schließlich ging es um etwas Imaginäres, Geistiges, das man nicht in eine Form pressen konnte. Der Glaube daran, versetzte den Berg. Herbert schüttelte den Kopf, faltete die Zeitung zusammen und zahlte die Zeche, so wie er es jeden Vormittag machte.

Wozu sollte er sich den Kopf über diesen Unsinn zerbrechen. Er übergab das Kistelein dem Kellner, der es grinsend in den Müll warf. Immerhin, es hatte seinen Zweck erfüllt.

Herbert warf den Blick wie gewohnt über die belebte Flaniermeile und bog dann links ein. Sein Ziel war die Straßenbahnhaltestelle. Mit dem Auto fuhr er nie ins Zentrum, denn er hasste die nervige Parkplatzsucherei und in der Tram konnte man die Stadt mit ihrer Pracht genießen. Vier junge Nordafrikaner mit Vollbart gesellten sich in seine Nähe. Er nahm etwas Abstand. Gewiss war er nach außen hin kein Rassist, doch eine gewisse Abneigung gegen Menschen mit dunkler Hautfarbe kam schon manchmal durch. Diese Leute interessierten ihn nicht. Mögen musste er sie nicht. Was sie taten oder nicht, das war nicht seine Sache. Sie bemerkten seine kurzen abwertenden Blicke.

„Was guckst du so?" fragte ihn einer der Männer und das war beinah schon unvermeidlich.

Jetzt hatten sie ihn tatsächlich angesprochen. Herbert sah den Betreffenden streng an und dachte an seinen Wunsch. Im Bruchteil einer Sekunde war der Mann verschwunden. Weg, er war einfach nicht mehr da. Noch während sich die übrigen Drei wunderten, wanderten Herberts Augen zu ihnen und auch sie verschwanden. Sie wurden nicht zu Staub oder hinterließen irgendwelche anderen Rückstände, nein, sie waren einfach nur weg. Er hatte sie offenbar an einen anderen Ort teleportiert. Vielleicht waren sie in ihrer Heimat, oder auf dem Mond oder schwebten im Weltraum, was dann weniger gesund war als ein Aufenthalt in warmen Gefilden. Vielleicht waren sie im Nichts gelandet, falls es das gab, oder auf Mikrogröße geschrumpft. Noch spekulierte er nicht darüber.

Dafür war er aber zum ersten Mal seit einiger Zeit guter Dinge und lachte. Er ballte die rechte Faust und streckte sie empor und niemand nahm davon Notiz. Diesen frechen Kerlen hatte er es gezeigt. Das war sein Sieg. Sein Wunsch war in Erfüllung gegangen. Wer ihn nervte, der verschwand. Wen konnte er nun alles verschwinden lassen? Jede Nase, die ihm nicht passte und jede Meinung, die ihm missfiel, würden bald nicht mehr auf dieser Welt existieren. Das stand für ihn fest. Herbert Grau fühlte sich gottgleich. Er verstand nicht, wie es rein technisch vor sich ging, aber es funktionierte. Der kleine Mann hatte ihm diese Fähigkeit verliehen. Anscheinend war dieser Kerl ein echter Magier und kein Scharlatan und vielleicht war es Gott selbst gewesen, der ihn prüfte. Dann wäre es eine heilige Sache gewesen. Er sponn sich für wenige Minuten eine wirre Kreuzzugstheorie zusammen und kam zu dem Schluss, dass er auserwählt war, die Welt, vor allem seine, zu reinigen. Kriminelle sollten nur die Spitze des endlos hohen Berges von Menschen bilden, die er spurlos verschwinden lassen wollte.

Dabei durfte er nicht auffallen. Bloß kein Aufsehen erregen, dachte er, denn sonst könnte man ihm nur allzu schnell den Garaus machen.

Eine junge Frau mit Kinderwagen traf an der Haltestelle ein, kurz bevor die Bahn einfuhr. Freundlich wie selten in letzter Zeit half er der Mutter beim Einsteigen. Am Bahnhof, den er auf halber Wegstrecke passierte, trieb sich allerlei zweifelhaftes Gesindel herum. Drogenhändler, Obdachlose, und Betrunkene tummelten sich dort. Und keine Ordnungskräfte waren auszumachen, um harmlosen Passanten beizustehen. Jeder war für sich selbst verantwortlich und Herbert für das, was er machte. Er beschloss, dem Treiben ein Ende zu setzen. Er stieg unplanmäßig aus und begann sofort damit, sich die Leute genau anzuschauen, die herumlungerten und seiner Meinung nach entsorgt werden mussten. Frauen ließ er außen vor und Kinder waren nicht vor Ort. Allein die Männer standen auf seiner Streichliste. Allein sein Wille und ein strenger Blick reichten aus, um einen Herren der Schöpfung zu entfernen. Nach wenigen Minuten hatte sich der breit angelegte Bahnhofsvorplatz gelichtet, worüber sich der zweibeinige Durchgangsverkehr nicht wunderte, der nur vorbeilief oder auf ein weiterführendes Verkehrsmittel wartete. Er zählte sie nicht. Schätzungsweise waren es um die achtzig Herren, die er mutmaßlich ins Nirgendwo befördert hatte.

„Haben sie das gesehen?" fragte ihn eine scharf geschnittene Stimme von hinten.

Ein Polizist sprach ihn an. Herbert kratzte sich am Hinterkopf.

„Ja, habe ich gesehen. War auf einmal verschwunden, dieser..."

„Dieser „was"?"

„Keine Ahnung, irgendein Kerl mit Vollbart, der sich hier herumtreibt, äh herumgetrieben hat."

Herbert lachte.

„Sie finden das witzig? Und ich glaube, ich habe Fantasien. Der hat sich doch gerade in Luft aufgelöst. Das haben sie doch auch gesehen. Sowas gibt's doch gar nicht."

„Doch. Das gibt es, Herr Wachtmeister. Ich habe aber auch keine Erklärung dafür. Auf wiedersehen."

Der Beamte blieb ratlos zurück und rief seine Dienststelle an. Wie sollte er denen erklären, was er gesehen hatte? Zwei weitere Personen gesellten sich als Zeugen hinzu und leisteten ihm Beistand.

Herbert wartete auf die nächste Bahn und fuhr nachhause. In der Nähe seines Hauses gab es ein Restaurant, in dem er fast regelmäßig sein Mittagsmenü einnahm. Während er sein Schnitzel mit Beilagen verspeiste, machte er weitreichende Pläne für die Säuberung in den kommenden Tagen. Jeder, der seinem Weltbild nicht entsprach, musste weg. Innerhalb der nächsten Woche hatte er bereits tausende Männer, meist mitte zwanzig, aus seiner Stadt verbannt. Bald aber wurde ihm seine Tätigkeit unheimlich. Er dachte darüber nach, was mit den Delinquenten geschah, wenn sie nicht mehr hier waren. Wen er verachtend ansah, der machte unweigerlich die Biege. Seine Gedanken waren es, die ihm zunehmend Probleme machten. Zuerst gelegentlich, dann öfters und schließlich ständig tauchte die Frage auf, wohin diese Männer verschwunden waren. Er wusste, dass sie nicht zu Staub zerfielen, weil er es nicht sah oder sie lösten sich in ihre Atome auf. Das konnte man natürlich nicht sehen. Dennoch fraß ihn die Neugier bald auf. Was, wenn er selbst sich dorthin begab, an diesen Ort, von dem er nicht wusste, ob er überhaupt existierte. Eine verrückte Idee, sich selbst an einen verwunschenen Ort begeben zu wollen. Er fragte sich, ob wirklich alle armen Teufel die Verbannung verdient hatten. Was war mit den Alkoholikern, die aus Verzweiflung zu Bettlern geworden waren? Hätte er ihnen nicht besser helfen können, statt sie, wie er es selbst formuliert hätte, auszumerzen? Sein Gewissen war etwas, das bis vor einiger Zeit praktisch nicht existierte. So allmählich formierte es sich zu einem ernst zu nehmenden Faktor in seiner sonst arroganten behaarten Birne, die man Kopf nannte. Woher kamen die Gedanken an diese Leute, die nichts anderes als

Pöbel für ihn waren? Vielleicht eine Nebenwirkung, die nicht auf der Verpackungsbeilage des Kästchens stand? Kaum zu begreifen, vor allem für ihn nicht, was mit ihm los war. Es gab doch keinen Grund, dass er seine Denkweise änderte. Oder hatte sich endlich ein Mitleidsgen aus einer verschlafenen Ecke seines Hirns aktiviert? Es gab keine verständliche Motivation für seine Anflüge von Sentimentalität. Gut, er hatte ein paar Polizisten verschwinden lassen, die ihm in die Quere gekommen waren. Das hatte er notgedrungen tun müssen. Oder spielte der Bericht im Fernsehen eine gewisse Rolle, bei der es um die vielen Vermisstenfälle der vergangenen Tage ging. Eine Mutter weinte vor laufender Kamera um ihre zwei Söhne, die sich am Bahnhof herumgetrieben hatten und von denen sie seit Tagen nichts mehr gehört hatte.

Vielleicht konnte er ja ein paar Männer zurück bringen, dachte Herbert. Er musste den Ort der Verdammnis inspizieren. Vielleicht war es dort gar nicht übel. Ein kühner Plan wurde ausgearbeitet. Sich im Spiegel zu betrachten und fort zu wünschen, konnte nicht so schwer sein. Die Rückkehr wollte er mit einem kleinen Taschenspiegel bewerkstelligen.

Es musste funktionieren. Gleichzeitig mit seinem Entschluss fragte er sich auch, ob er denn noch alle Tassen im Schrank hatte. Und doch, er war überzeugt von seiner Strategie, denn er hatte ja einiges, oder vieles, diesem Pöbel voraus, den er voller Überzeugung wegretuschiert hatte.

Eher spontan als vorausgeplant, suchte er sein Badezimmer auf und glotzte sich selbst an. Ein tolles, ein markantes Profil, wie er fand. Sein Blick genau in seine eigenen Pupillen intensivierte sich und dann geschah das, was er gewollt hatte. Die Umgebung um ihn herum vibrierte, sie verschwamm und alles tauchte in das wohl tiefste Grau, das er jemals wahrgenommen hatte. Nicht mal eine Sekunde dauerte der Übergang und er stand auf lehmfarbigem Boden. Es war dämmrig, trüb, so wie bei schlechtem Wetter in der gewöhnlichen Welt. Die Umgebung war erhebungslos, einfach nur ebene Fläche. Dort waren keine Bäume, keine Felsen, keine Häuser, nicht mal die Andeutung eines Strauchs. Aber die Luft war atembar und der Grund, auf dem er stand, war von fester Konsistenz. Nicht mal Nebel schwebte über ihm und Mond und Sonne sahen nicht auf ihn herab. Schon fasste er nach seinem Taschenspiegel, um sich wieder zu entfernen. Doch weit vor ihm, soweit er es erkennen konnte, sah er eine Figur. Zuerst schemenhaft, dann nach ein paar Metern immer deutlicher. Die permanente Dämmerung erzeugte nicht gerade positive Gefühle und doch wollte Herbert genauer sehen, worauf er zulief. Ein einzelner Mensch also. Ein Typ war es, irgend so ein Kerl, den er verbannt hatte, stand vor ihm. Aber er war nicht ganz bewegungslos. Der Körper des Mannes war dem Verfall preisgegeben. Die Haut war rissig und er drehte wie in Zeitlupe den Kopf. Unheimlicher konnte eine Begegnung nicht sein. Das Leben dieses Mannes war verlangsamt. Vielleicht lag es an der Zeit, die man an diesem verlorenen Ort verbrachte und bald blieb sie gar ganz stehen und hinterließ nichts als eine Statur. Unendlich langsam versuchte der Unbekannte, nach ihm zu greifen. Der Besucher dieser ungemütlichen Welt wich zurück. Dann schaute er sich genauer um und tatsächlich erkannte er weitere Leute, allesamt ihm zuvor überflüssig erschienene Männer, die einzeln wie planlos auf dem Gelände verteilt schneckengleich umherschlichen. Herbert sah den Zeitlupenmenschen intensiv an und wünschte ihn fort. Aber es funktionierte nicht. Für diesen und die anderen Abgesandten aus der Normalität war hier Endstation.

Herbert entfernte sich ein paar Meter und holte den Taschenspiegel heraus. Er schwitzte. Seine nassen Hände ließen unvermeidlich sein Rettungswerkzeug fallen. Warum war der Boden so hart? Wie hypnotisiert starrte er auf die vielen kleinen Scherben. Er kniete sich hin und versuchte, möglichst viele Teile zusammenzusetzen. Der Boden war steinhart und er, der einfältige Mensch, war dumm. Er wollte nicht hierbleiben.

Die allmählich steifer werden Körper um ihn herum verringerten den Abstand zu ihrem Bestrafer. Sie bekamen aber keine Chance, ihn jemals zu erreichen. Ein paar der größeren Scherbenstücke nahm er mit sich und entfernte sich von jenen Leuten. Ziellos lief er herum, verzweifelte aber noch nicht vollends, obwohl er allen Grund dafür gehabt hätte. Er überlegte und nach einer ganzen Stunde rastlosen Herumirrens wusste er die Lösung. Es musste einfach so sein, dass er wieder von dort weg durfte. Schließlich war er doch Herr dieser Welt, der Erschaffer dieser trostlosen Abartigkeit von Landschaft. Richtig dunkel war es nicht. Keine Lichtquelle gab es für die ewige Dämmerung. Die Scherben waren zu klein und er fasste den Entschluss, sich mit einem scharfen Stück seines zerstörten Spiegels über den Arm zu ratschen. Ein unangenehmer leiser Ton, der sich ihm hier in der Lautlosigkeit dröhnend darbot, war nichts gegen den Schmerz. Die Lippen presste er fest zusammen, während Blut auf den harten Untergrund tropfte. Nicht viel und doch reichte es für eine Lache. Und es war schwer, sich darin zu spiegeln. Die Scherbe warf er dazu und glotzte alsbald in sein von Qualen, es waren ja nun wirklich keine allzu großen, gezeichnetes Gesicht. Was er sah, war nichts anderes als eine Fratze der Einfältigkeit. Noch während er sich wieder fragte, wo er bloß gelandet war, verschwamm die Umgebung um ihn herum erneut. Das tragische alternative Weltkonstrukt vibrierte. Dann war es dunkel um ihn herum. Schwarz. Nur noch die Schwärze in ihrer reinsten Form umgab ihn. Er sah nichts mehr, aber er schwebte, fühlte keinen Boden mehr unter den Füßen. Dunkelheit. Und er konnte sich an keinen Ort mehr teleportieren. Was für eine Dummheit, sich aus der Zivilisation zu verabschieden. Zumindest wusste er nun, was es bedeutete, im absoluten Nichts zu verschwinden.

Die Kopf-Trilogie-Teil 1: Die Kunst

Jeden Morgen dasselbe. Immer um dieselbe Zeit wartete sie auf den
Omnibus und meistens kam er pünktlich. Wenn er sich mal verspätete, dann
war er zuvor noch nie pünktlich gekommen, so schimpfte sie dann über die
Verkehrsbetriebe. Monique hasste das tägliche Einerlei wie nichts anderes
auf der Welt. Das Traben zur Haltestelle konnte sie dennoch nicht
umgehen, im wahrsten Sinne des Wortes. Exakt gegenüber vom
Wartehäuschen, und auch nur zwei Hausnummern von ihrer Wohnung
entfernt, gab es zumindest eine kleine Abwechslung. Das Geschäft mit
Bastelzubehör präsentierte häufig neue selbst gestaltete Werke.
Als Hobbymalerin war Monique dort Stammkundin. Sie kaufte mehrmals
pro Woche Zubehör, Krimskrams und natürlich Pinsel, Ölfarben,
Leinwände, Lösungsmittel und öfters Knetmasse für ihren Mann, der gern
modellierte. Sie waren ein Paar, dass sich ihrer Kreativität keine Grenzen
setzte.
Die Inhaberin des Ladens war schon lange eine gute Bekannte geworden,
was sich jedoch auf die Ladenbesuche beschränkte. Der Übergang zum
Privaten war von beiden Frauen noch nicht bewältigt worden. Immer wieder
stöberte Monique und fand dann etwas Neues, das sie gebrauchen konnte.
Und sie mochte die bildschöne Marie Leclerc mit dem brünetten
Lockenkopf, einem von der Natur zart komponierten Gesicht, vielleicht in
der edlen Note am besten mit Greta Garbo vergleichbar. Sie war groß und
mit ihrer annähernd barbiehaften Figur eine sehenswerte Naturerscheinung.
Sie wohnte mit dem umstrittenen Künstler Balthasar Leclerc in der 120
Quadratmeter großen Wohnung unmittelbar über dem Shop. Der Schöpfer
skurriler Plastiken hatte das Heim zu einem riesigen Kuriositätenkabinett
umgeformt. Aus zwei Domizilen hatte der exzentrische Egomane eines
gemacht. Besuchern wurde der Eindruck eines kleinen Labyrinths gewahr,
an das man sich rasch gewöhnte, wenn man einen guten Orientierungssinn
besaß. Da Leclerc das Haus gehörte, hatte er noch weitere Umbaupläne, die
aber das zuständige Bauamt torpedierte. Einen Deckendurchbruch bis zum
Dach durfte er nicht vornehmen lassen. Auch den Mietern konnte er nicht
einfach so kündigen. Trotz des guten Verkaufs seiner Bilder scheute er sich
vor Abfindungen an die Bewohner. Denn ein passionierter Geizhals war er
ebenso wie ein begnadeter Schöpfer bizarrer Körperskulpturen. Monique

hatte noch nie mit ihm gesprochen und ein paar mal seine boshafte Miene zu Gesicht bekommen. Obwohl sie ihn nicht wirklich kannte, wollte sie nichts mit ihm zu tun haben. Sie bildete sich auf den berühmten ersten Eindruck viel ein und verachtete ihn regelrecht im Stillen. Alles machte dieser Gesichtsausdruck, den sie im Bruchteil einer Sekunde wahrnahm, für sie aus. Und von daher fand sie es überaus unverständlich, warum diese beiden Personen ein Paar bildeten. Sie passten nicht im Mindesten zusammen, fand Monique. Die Schöne und das Biest, so urteilte sie über die Leclercs. Am liebsten hätte sie die Beiden auseinandergebracht.

Ihr Mann Andrè war der gleichen Meinung. Er fand aber auch, dass das niemanden etwas anging außer die Betreffenden selbst.

„Wie alt ist denn die Frau?" fragte Andrè mit seiner heiseren Stimme beim Abendessen.

„Anfang fünfzig."

„Wow, dafür ist sie wirklich sehr hübsch."

„Wie bitte?" fuhr Monique hoch.

Diesen Blick mochte ihr Gemahl nicht.

„Du wirst doch wohl nicht eifersüchtig sein, Liebes.Sie ist doch viel älter als ich. Ich kenne sie ja kaum."

„Kaum? Was heißt kaum? Ich denke, du kennst sie überhaupt nicht! Und der Altersunterschied ist gar nichts."

Andrè pustete kräftig die Luft aus der Nase.

„Natürlich kenne ich sie nicht richtig, aber ich bin schon tausendmal an ihr vorbeigelaufen und ich nicke ihr freundlich zu und sie nickt zurück und lächelt. Wir sind Nachbarn, verstehst du?"

„So!"

„Was heißt denn -so-? Hör einfach auf mit diesem Quatsch. Ich habe weder Zeit, noch Interesse an dieser Frau. Ich habe doch dich. Was du dir da wieder ausmalst ist reine Fantasie."

„Findest du, sie ist hübscher als ich?"

„Sie ist viel älter und...du bist meine Traumfrau. Können wir dieses Gesprächsthema bitte beenden? Du weißt, es ist Unsinn."

Sie dachte daran, dass er ihre Frage nicht beantwortet hatte.

Andrè erhob sich, beugte sich über den Tisch und küsste sie auf den Mund, was sie zögerlich erwiderte.

Mit ihren langen kastanienbraunen Haaren und den grünen stechenden Augen war auch sie zweifellos eine Augenweide und Andrè mit seiner athletischen Figur und einem makellos geschnittenen Antlitz ein Typ wie aus dem Bilderbuch der Wikinger. Lediglich der Bart fehlte, denn Monique mochte keine Haare im Gesicht ihres Mannes.

„Eine Million Frauen sind schön und ich habe trotzdem nichts mit ihnen. Außerdem..."

„Außerdem was?" hakte sie nach.

„Na, außerdem hätte man dann Ärger mit diesem Ekel Balthazar."

„Du kennst seinen Vornamen?"

„Fang bitte nicht schon wieder an. Fast jeder hier und ganz viele Leute in Frankreich kennen Balthazar Leclerc. Kannst du mir 1 kg grüne Knetmasse mitbringen, wenn du wieder in den Laden gehst?"

Sie lächelte und kümmerte sich um die Nachspeise.

Sie versuchte, an etwas anderes zu denken.

Am Morgen darauf auf dem kurzen Weg zur Haltestelle dachte sie daran, wie lächerlich ihre Überlegungen gewesen waren. Das Geschäft mit dem Bastelkram war geschlossen, wie immer um halb acht. Aber es brannte kein Licht in den Schaufenstern, wie es gewöhnlich der Fall war. Monique schaute noch vom Bus aus auf den Eckladen und die Fenster spiegelten kein Licht wider. Das war sonderbar. Stundenlang setzte sie sich damit auseinander, ob es einen besonderen Grund gab. Erst gegen Mittag war sie gedanklich mehr bei der Arbeit als in ihrem Lieblingsgeschäft und doch nicht ganz dabei. Sie fragte sich selbst irgendwann, warum sie ständig darüber nachdachte. Einmal fand sie es normal, mit den Gedanken abzuschweifen und im nächsten Moment glaubte sie an eine beginnende Schizophrenie bei sich. Erst nach Feierabend beim Verlassen ihrer Arbeitsstelle wurde sie entspannter und würde beruhigter sein, wenn der Laden geöffnet hatte. Warum musste sie überhaupt eifersüchtig sein, fragte sie sich, während das Motorengeräusch des öffentlichen Verkehrsmittels sie dauerberieselte. Hätte eine so hübsche Frau wie Marie nicht einen so tollen Mann wie den ihren verdient? Was war denn schon dabei, wenn sie zu dritt waren? Abrupt schüttelte sie dann den Kopf und einer der Sitznachbarn wandte ihr ganz plötzlich das Gesicht zu. Was mochte der Typ denken? Am Ende war es ihr egal und sie hatte es dann ganz eilig, in den Shop zu kommen. Was brauchte sie denn? Auf jeden Fall einen neuen Pinsel, einen mit dicken Borsten.

Nicht ihre Bekannte hielt sich im Kassenbereich auf, sondern die unbedeutende Assistentin, die manchmal zur Verstärkung da war und Behelfsarbeiten ausführte. Sie wusste nicht einmal, wie die junge Gehilfin hieß. Und was war das? Balthazar Leclerc höchstpersönlich stand neben dem Tresen und hütete das Geschäft.

Ein wirrer weißgrau gesprenkelter Vollbart existierte nicht mehr und seine Haare waren kurz und zur Seite gescheitelt. Dazu passte die schwarze Nickelbrille. Die runden Professorengläser verliehen ihm das Höchstmaß an Intellektualität. Gepflegt und gut schaute er aus und eigentlich fand sie ihn sehr attraktiv, wenn sie ihn so betrachtete. Alt wirkte er auch nicht, sondern extrem agil. Monique erwarb einen der lebensgroßen Köpfe aus Styropor, die sie gern farbenfroh bemalte und natürlich durfte sie die Knetmasse nicht vergessen.

„Ihre Frau ist ja heute nicht da."

„Sie ist für ein paar Tage verreist. Sie sind doch die nette Kundin, von der sie mir häufig erzählt."

Der potentielle Exzentriker verblüffte sie, denn er war im Moment weder unwirsch, noch mundfaul oder abweisend.

„Macht sie Urlaub?"

„Sie ist bei meiner Schwiegermutter. Es geht ihr nicht gut, also meiner Schwiegermutter geht es nicht gut. Sie zieht zu uns."

Das Lächeln Leclercs hatte etwas Verführerisches und Monique glaubte zu wissen, was Marie an diesem Mannsbild faszinierte. Charme war mit im Spiel.

„Bestellen sie ihr bitte schöne Grüße, wenn sie wieder hier ist."

„Gern. Meine Frau findet sie sehr nett. Was halten sie davon, zu uns zum Essen zu kommen. Am Freitag, zum Abendessen. Wir würden uns sehr freuen."

Monique wusste gar nicht, was sie sagen sollte. Natürlich willigte sie sofort ein.

„Mein Mann kann mitkommen?"

„Aber natürlich."

Sie konnte schon Andrès dummes Gesicht sehen.

Erst gegen 21.00 Uhr kam er an diesem Tag nachhause und war abgespannt wie selten zuvor.

„Zum Essen eingeladen? Kaum zu glauben. Das hätte ich diesem irren Spießer nicht zugetraut, na, ja, ist Künstler, wahrscheinlich ist der Typ wirklich total durchgeknallt."

„Am Freitag um 19.30. Passt das für dich?"

„Ich mache um 17.00 Schluss. Klar. Hast du gesehen, wie dieser Typ jetzt aussieht?"

„Natürlich, Andrè. Ich war ja dort. Richtig cool, oder?"
„Siehst du, ich könnte jetzt auch eifersüchtig werden, wenn du das sagst,
aber...vergiss es. Morgen müssen wir mal wieder Pizza essen. Apropos:
Wieso lädt der uns zum Essen ein?"
„Ich habe mich nach seiner Frau erkundigt und da sind wir ins Gespräch
gekommen. Dass er so freundlich ist...mir ist das neu. Ich habe noch nie
zuvor mit ihm gesprochen. Und...ich glaube, ich bin schwanger."
„Äh, was? Schwanger? Das ist ja fantastisch.!"
Andrè sprang auf und tanzte zum Kühlschrank, dem er eine Flasche Sekt
entriss."
„Bist du ganz sicher?"fragte er und grinste und sein Gesicht wurde zur
Freudenfratze.
„Ja, eigentlich ist es sicher."
Sein Jubelschrei hallte durch das ganze Mietshaus. Die Wände wackelten
nicht, doch die Nachbarn machten sich so ihre Gedanken. Er küsste sie und
schlürfte das Blubbergetränk.
„Ich trinke ab sofort keinen Alkohol mehr."
Er stutzte und hielt den Daumen hoch, bevor er die Flasche in einem großen
Schluck leerte. Auch der Rülpser danach hatte es in sich.
Der Abend verlief besinnlich. Monique sah fern und Andrè modellierte mit
der Knete. Er gestaltete ganze Häupter und sie bemalte fertige Köpfe und
manchmal auch seine Kreationen.

Am Mittwoch verließ sie wie üblich das Haus und entdeckte nichts Neues in
den Schaufenstern. Als sie an der Ampel stand, drehte sie sich um und sah
ohne besonderen Grund, einfach nur, weil sie kurz herumstand, zu den
Fenstern über ihrem Traumladen. Die Skulpturen vor den Gardinen kannte
sie und da war auch etwas Neues. Monique fuhr zusammen. Der dort neu
aufgestellte Kopf erschreckte sie und das Überqueren der Straße war
plötzlich Nebensache. Sie stolperte ein paar Schritte näher an die seltsame
Skulptur. Das ausgestellte Haupt mit Lockenmähne bewunderte sie nicht,
sondern es ließ sie erschaudern. War es wirklich Maries Kopf, der dort
zwischen zwei Büsten thronte? Alles andere war plötzlich Nebensache und
der Bus fuhr diesmal pünktlich ohne sie ab. Der nächste kam zwanzig
Minuten später. Aber das interessierte sie nicht.
Die weit aufgerissenen Augen des Kopfes sahen über alles hinweg. Ein
Lächeln, wie sie es gewohnt war, wenn sie sie im Laden traf, gab es nicht
mehr. Die Mundwinkel waren neutral geformt und wirkten auch nicht

traurig, sondern gleichgültig. Die Gesichtshaut glänzte mit zartem hellem Rosa und das dezente Make-up verlieh dem Kopf Lebendigkeit. Hatte Leclerc ihn abgesägt. Moniques Gedanken überschlugen sich. Einerseits war sie nicht da, andererseits stand plötzlich ihr hübsches Haupt im Fenster. Aber warum sollte er sie töten? Was für eine blöde Frage, dachte sie. Brauchte ein Psychopath einen Grund? Natürlich. Moniques Augen wurden magnetisch angezogen. Ein Passant sah sie im Vorbeigehen von der Seite an und grinste. Sie beschloss, Balthazar Leclerc auf das groteske Ausstellungsstück anzusprechen Sie fühlte sich unwohl.

Von ihrer Verspätung nahm auf der Arbeit niemand Notiz. Es kam ja auch nicht oft vor, dass man von einem mutmaßlich abgeschlagenen Kopf aufgehalten wurde. Ihre Entscheidung, nicht darüber zu sprechen, war klug, klüger als die Gedanken, in die sie sich vergrub. Ihr vorbildlicher Vorgesetzter konterte auf Fragen betreffend seines Privatlebens stets mit dem Satz, dass es denjenigen einen Scheißdreck angehe, was er treibt. Das klang plump, primitiv, entsprach aber der Wahrheit. Leclerc konnte so viel abgetrennte Köpfe in seinem Fenster präsentieren, wie er wollte. Hauptsache, sie waren nicht echt. Sie wollte den Hausbesitzer auf das Ausstellungsstück ansprechen. Auf seine Reaktion war sie gespannt und hoffte inständig, dass es wirklich nur eine harmlose Attrappe war. Was auch sonst? Sie fühlte sich unwohl. Und so setzte sich eine depressive Stimmung fort, gegen die sie nicht ankämpfen konnte und es auch nicht wollte. Die Arbeit in der Versicherungsagentur war zweitrangig. Ihre häufigen Fehler wegen mangelnder Konzentration interessierten sie nicht und wenn jemand etwas einzuwenden hatte, dann war es ihr egal. Sie dachte an das, was im Fenster stand und ihr Gänsehaut verursachte. Mal starrte sie ins Leere und dann saß Marie mit ihren wunderschönen Locken am Nebentisch und lachte nur für sie. Auch die Zähne der leicht gereiften Ladenchefin waren ihr aufgefallen und sie sah die strahlenden Beißerchen im Detail vor sich. Mit dem nötigen Durchhaltevermögen verbrachte sie einen schweren Tag im Großraumbüro und dann fieberte sie am Nachmittag dem Bus entgegen. Hektisch betrat sie schließlich den Laden und das natürlich nicht, ohne noch vorher andächtig den Kopf zu betrachten, dessen Blick immer noch gleichgültig an ihr vorbei in die Ferne schweifte und ihr nicht zuzwinkerte. Ein gutes dutzend Kinder wuselte in den Gassen des Geschäfts herum und auch ein paar Erwachsene waren auf der Suche nach Farben und dem richtigen Klebstoff. Jemand fluchte laut, als ein Behälter mit Holzbuchstaben auf den Boden fiel.

Ein Mädchen legte zwanzig Blätter mit der Bezeichnung "Elefantenhaut" neben die Kasse. Leclerc sparte sich das Nachzählen und tippte in Zeitlupe den Betrag ein. Seine Geschwindigkeit war die des Ungeübten. Unzufrieden kratzte er sich den Kopf und schien seine Gattin herbeizuwünschen, die sich besser auf den Umgang mit dieser Höllenmaschine verstand.

„Gisele, kannst du bitte die Kasse übernehmen?"

Die Angestellte, die Monique nur ganz flüchtig kannte, schleppte eine Kiste mit Materialien aus dem Lager an, deren Gewicht sie scheinbar überforderte. Monique reihte sich mit einer Tube Ölfarbe in die Schlange ein. Sie wartete mehr als zwanzig Minuten und allmählich wurde es etwas leerer im Bastelshop.

„Hallo Monique, freut mich, dass sie wieder da sind. Heute ist richtig was los Keine Ahnung, wie meine Frau das immer schafft."

Sie wunderte sich nur für einen Moment darüber, dass er ihren Namen kannte. Sicher hatte ihre gute Bekannte ihn verraten, war ja auch kein Geheimnis und es schuf Vertrautheit.

„Ich habe mich erschrocken, als ich den Kopf oben im Fenster sah."

„Kopf? Ach, so."

Er lachte.

„Keine Sorge, der ist nicht echt. Meine Frau wäre die Letzte, die ich enthaupten würde. Die Büste ist klasse, nicht wahr? Den Abdruck habe ich mit Gips gemacht."

„Das ist unheimlich."

„Nein, meine Liebe, das ist Kunst. Durch die Schaufenster erleben die Passanten Kultur. So kann man den Menschen etwas näherbringen."

„Ich habe gelesen, dass sie sehr viel Geld für ihre Bilder bekommen."

Die Dame hinter Monique knurrte ungeduldig und fand den Smalltalk beim Bezahlen weniger interessant.

„Bei der Million bin ich noch nicht angekommen. Kann aber nicht mehr lange dauern," spöttelte er und bekam das Grinsen nicht mehr aus dem Gesicht.

„Bis Freitag."

„Ja, wir freuen uns sehr darauf. Grüßen sie ihren Mann."

Der Donnerstag flog fast an Monique vorbei und bis auf die Veränderungen in den zwei Schaufenstern fiel ihr nichts Beunruhigendes auf. Groteske Dämonenmarionetten bevölkerten die Flächen hinter dem Glas.

Sie schüttelte sich beim Hinsehen. An diesem Tag kaufte sie nichts und bekam nur im Vorbeigehen mit, wie der namhafte und überhaupt nicht mehr menschenscheue Künstler mit mehreren Leuten diskutierte und sich dabei amüsierte. Er gestikulierte herum und bemerkte natürlich nicht, wie seine Nachbarin ihn für Sekunden beobachtete. Sie dachte darüber nach, ob Marie am Abendessen überhaupt teilnehmen konnte. Womöglich war sie nicht rechtzeitig zurück. Nur der lebensechte Kopf leistete ihnen dann Gesellschaft. Sie zuckte mitten im Gehen reflexartig zusammen und fand derlei Gedanken, alle Gedanken in ihr überhaupt, widerwärtig. Was war bloß los mit ihr? Ihre seltsamen Gefühle für die Gemahlin des Schöpfers bizarrer Konstrukte konnte sie nicht unterdrücken.

Andrè war an jenem Freitag bereits vor ihr zuhause und auf dem Sofa vor dem laufenden Fernsehgerät eingenickt. Neugierig riskierte sie ein Auge in den Hobbyraum, der auch Abstellkammer und Rumpelkammer in einem war. Sie war neugierig, was er die beiden letzten Tage modelliert hatte, denn seit dieser Zeit gab es keine Gelegenheit, nachzuschauen und er hasste es, seine Kreationen vor der Vollendung zu präsentieren. Ein blaues Tuch umwand das Haupt, an dem er werkelte. Monique zog es ab und deckte den Kopf sofort wieder zu. Rasch verließ sie das Zimmer und blieb an der Schwelle zur Küche stehen. In ihrem Schädel kochte es und dampfte. Was war in Andrè gefahren, den Kopf von Marie Leclerc nachzubilden? Und wie konnte er es so detailgetreu wie der Ehemann der Schönen mit den Locken? War es nur Faszination oder steckte mehr dahinter? Beide Männer gestalteten Köpfe. War Monique in einem Panoptikum gelandet? Sie tat erst mal so, als habe sie das Knetköpfchen nicht entdeckt. Vorsichtig lugte sie um die Ecke. Andrè hing nicht mehr im Polster.
„Alles klar, Schatz?" drang es an ihr linkes Ohr.
Die Angesprochene fuhr unbeholfen mit den Händen herum und schaute ihren Mann an mit dem Ausdruck Marke Honigkuchenpferd.
„Ist irgendwas?" fragte er nach.
„Ich habe vergessen, wann das Abendessen heute stattfindet."
„Um halb acht. Hast du gesagt. Bleibt doch dabei, oder?"
„Ja."
„Du wirkst etwas abwesend."
„Alles in Ordnung."
Sie wandte sich ab und musste verarbeiten, dass ihr Gatte sich doch für die Ladenleiterin interessierte.
„Als ich von der Arbeit kam, habe ich Marie gesehen. Sie hat einen Koffer und ein paar Taschen durch die Gegend gezogen."

„Du hast ihr hoffentlich geholfen, nicht wahr?"

„Natürlich."

„Und du nennst sie Marie."

„Warum nicht? Wir sind doch Nachbarn. Und nachher sind wir zum Essen bei ihnen. Ich glaube, wir werden richtig gute Freunde. Ihr Mann zeigt übrigens keine Anzeichen von Eifersucht."

„Du denkst also, ich sei eifersüchtig. Hast du ihre Mutter gesehen?"

Er blickte zur Decke und schloss die Augen. Nach einer Sekunde hob er den rechten Zeigefinger.

„Ja, verdammt, ich habe sie tatsächlich gesehen, glaube ich. Eine hübsche schlanke Person. Noch älter, aber auch sehr gutaussehend. Man kann ja in jedem Alter wunderschön sein. Auch mit Falten. Und diese Augen."

Dann lachte er.

„Du machst dich über mich lustig, was?"

„Nein, Liebes, entschuldige, natürlich tue ich das. Aber ich habe nichts für diese beiden Tanten übrig. Gar nichts."

„Und was ist das in unserem zukünftigen Kinderzimmer?"

Sie dachte daran, dass er mindestens ein Foto von der Ladenchefin haben musste, um es als Vorlage zu benutzen. Aus dem Gedächtnis heraus war es ihrer Meinung nach unmöglich, etwas so gut zu formen.

„Ich weiß, dass du heimlich nachguckst. Macht mir nichts aus. Ich wollte es als Geschenk überreichen, wenn wir zu ihnen gehen, so als meinen kleinen Beitrag, denn dieser Fatzke meint ja, er habe als einziger heutzutage das Privileg, Köpfe zu kreieren. Warum soll ich das verstecken? Ich habe doch nichts mit der Frau."

Monique nickte und blieb einstweilen ruhig. Jedes Wort, dass er sagte, klang zwar plausibel, aber es reichte ihr absolut nicht. Sie hatte nicht das Gefühl, dass er log und trotzdem stimmte nicht alles mit ihm. Diese verfluchten Köpfe, im Fenster und dann sah sie sich wieder die grotesken Abbildungen auf dem Wohnzimmerschrank an, seine persönliche Hitliste grässlicher Fratzen aus Knete, bemalt und mit den schlimmsten Mienen versehen, die sie sich vorstellen konnte. Sie starrten von oben auf sie und Andrè herunter, wenn sie zusammen auf der Couch vor dem Fernseher klebten, sie glotzten sie an und entblößten vielleicht die Fantasien ihres Mannes. Das war der Gegensatz zu seinem sonnigen Gemüt und das predigte er immer, wenn sie seine kleinen Werke begutachtete und ihre Abneigung deutlich aussprach.

Monique hätte am liebsten abgesagt. Aber dies nur aus negativen Empfindungen heraus zu tun, lag ihr einfach nicht. Sie wäre sich selbst lächerlich vorgekommen. Vielleicht, dachte sie, wurde es ein wunderbarer Abend. Zwei Paare unterschiedlicher Altersklasse, die dennoch etwas verband. Vor allem die Kunst. Andrè, ein wenig verrückt und aberwitzig und dazu der mit göttlicher Eingebung ausgestattete Leclerc, diese Kombination konnte sie sich harmonisch vorstellen. Trotzdem entwickelte sich eine böse Vorahnung, als er den Knetkopf in Folie wickelte und mit einem Schleifchen versah, das im Vorleben mal ein grüner Schnürsenkel gewesen war. Auf so eine Idee konnte nur Andrè kommen.

Geschniegelt und besonders gestriegelt stand er plötzlich im grauen Sakko vor ihr und grinste über beide Backen.

„Er wird uns bestimmt einiges aus seiner privaten Sammlung zeigen. Ich bin total aufgeregt."

„Du? So wirkst du aber nicht auf mich. Du bist doch überhaupt nicht nervös."

„Dir kann man aber auch nichts vormachen. Ich bin eben cool. Wie immer."

„Angeber."

Gegen ihren aufgekommenen Missmut raffte sie sich auf und wollte ihn nicht enttäuschen. Er freute sich ein Loch in den Bauch. Als es an der Zeit war, wanderte sie in Trance los und Andrè trottete einfach hinter ihr her wie ein Anhängsel, auf das man gut hätte verzichten können. Immerhin war sie ja die Hauptperson.

Die Tür des Nachbargebäudes war unverschlossen. Die große Wohnung der Leclercs nahm exakt die selbe Fläche ein wie der Bastelshop direkt darunter. Nur ein einziges kleines Appartement befand sich dort außerdem noch, in dem eine alleinstehende Pensionärin lebte.

Ein paar Vasen auf einem hölzernen Beistelltisch lockerten die Sterilität in diesem kahlen Treppenhaus auf.

Als sich die Tür öffnete, stand Marie höchstpersönlich in ihrer ganzen Pracht vor ihnen. Monique war wie eh und je geblendet von diesen edlen Gesichtszügen und der duftenden Lockenpracht. Das dezent verteilte Parfüm betörte ihre Sinne. Beide Gäste wurden liebevoll umarmt. Von Andrè unbemerkt zwinkerte die Hausherrin Monique zu.

„Ich habe da ein kleines Kunstwerk. Selbst gemacht. Ein Hobby von mir. Bitte, wie finden sie es?"

Marie betrachtete ihren in Folie verpackten Kopf.

„Das bin ja ich! Gefällt mir. Vielen Dank."

Dann führte sie die Gäste den in drei Abschnitte unterteilten und ausgedehnt erscheinenden Flur entlang.

„Ich bin heute erst wiedergekommen. Fast hätte ich es nicht geschafft, alles herzurichten, aber meine Mutter hat mir geholfen. Schön, dass mein Mann euch eingeladen hat. Aber sonst ist er immer ein Idiot gewesen."

Die Gäste wunderten sich beide über den Satz, den sie mit einem winzigen Lachen beendete. Sie erreichten das Esszimmer.

„Wo ist denn ihr Mann?"

Noch bevor sie die Tür öffnete, drehte sich Marie zu den Beiden um.

„Er ist dort drin und wartet. Und er ist wahrscheinlich sehr hungrig."

Sie lachte verschmitzt. Monique fühlte sich noch unwohler als zuvor. Derart eigenartig kannte sie die neue gute Freundin nicht.

„Meine Mutter hat für uns ein Festmahl bereitet. Lasst euch überraschen.

Der rechteckige Speiseraum zeigte sich in bester Laune bei einfallendem Sonnenschein, der das letzte Glanzlicht vor dem Sonnenuntergang setzte und seitlich von zwei braunen Vorhängen eingeschränkt wurde. Den Mittelpunkt markierte ein mindestens drei Meter langer ovaler Designertisch aus Holz, der grob bearbeitet an einen abgesägten Baumstamm mit befremdlicher Form erinnerte. Der musste ein Vermögen gekostet haben, dachte Monique. Leclerc selbst saß an der Tischmitte. Sein Blick ruhte gegenüber auf dem bluttriefenden Gemälde von den Straßenkämpfen während der Revolutionstage in Paris. Aufgeregte Bürger massakrierten Uniformierte. Gedeckt war für drei Personen und es fiel Monique sofort auf, dass der berühmt berüchtigte Künstler kein Besteck vor sich hatte. Ebenso wenig auf dem Platz, der Andrè zugewiesen wurde. Er setzte sich an die Ecke schräg gegenüber der Tür. Der Ehrenplatz am Kopfende direkt neben ihm gehörte seiner Frau, die sich verhalten umschaute. Nichts hier war ihr geheuer.

„Meine Mutter bringt gleich das Essen," kündigte die Dame mit den lässig ausgekämmten Locken an.

„Was ist mit ihnen?" fragte Monique den werten Meister.

„Hallo?"

Ihre großen Augen richteten sich auf Marie.

„Es ist alles in Ordnung. Er hat manchmal so einen Anfall. Nichts weiter."

Die Verbindungstür zum links gelegenen Raum platzte auf. Edith Durand gab sich die Ehre. Die ehemalige Fleischermeisterin war figürlich sehr filigran gezeichnet und das passte nicht zu ihrem ehemaligen Hauptberuf. Eine Ballerina hätte man ihr eher zugetraut und gerade dieser Gegensatz machte ihre Person mit dieser majestätischen Ausstrahlung spannend. Auch sie war beeindruckend schön, noch dazu in einem hochgeschlitzten

Cocktailkleid. Braun gefärbte hochgesteckte Haare trugen dagegen nur einen kleinen Akzent zu ihrer geballten erotischen Ausstrahlung bei. Man konnte nur staunen und Andrè staunte, denn sie legte beide Hände von hinten auf seine Schultern. Monique sah ihn an und seine Augen leuchteten auf. Am liebsten hätte er sie wohl sofort besprungen, ob siebzig Lenze oder nicht.

„Ich freue mich so, euch kennenzulernen", sagte sie süffisant.

„Es gibt ein Festmahl für euch."

Edith legte ein weißes Laken bereit und ein langes Fleischermesser direkt darauf ab. Für einen Moment blieb sie stehen, während ihr Marie eine Schürze reichte. Auch Monique versuchte zu lächeln, aber es misslang. Plötzlich stand die gereifte Lady erneut hinter Andrè, der schelmisch lächelte. Und genau in diesem Moment schnellte Ediths Linke vor und schnitt ihm so schnell die Kehle durch, dass er nicht mal mehr zuende grinsen konnte. Die enorme Schnelligkeit war gepaart mit wohl noch größerer Brutalität und sorgte dafür, dass binnen Sekunden der gesamte Kopf abgetrennt war. Marie dämmte sofort mit dem Laken die blutige Angelegenheit ab. Einige Spritzer allerdings suchten das festliche Tischtuch und auch Moniques Antlitz, sowie ihre Oberbekleidung heim.

Sie war ohnehin erstarrt ob der eindrucksvollen Darbietung. Sie saß versteinert da mit ihren tanzenden Gehirnzellen in einem wilden Gefühlschaos. Ihr fehlte jegliche Kraft, aufzustehen oder Worte zu sprechen. Maries Mutter platzierte den Kopf vorsichtig auf dem Teller des Platzes, für den Andrè eine Reservierung bekommen hatte. Seine Augen rollten ein wenig und der Mund öffnete sich noch für ein paar Sekunden für stumme Worte. Was hatte er noch sagen wollen?

Mit zufriedener Miene wandte sich Marie danach Balthazar Leclercs Haupt zu, das sie hinter dem Hemdkragen mit Klebeband auf dem Hals befestigt hatte und präsentierte es auf einem Tablett in der Tischmitte.

Marie setzte sich neben die jüngere Freundin und nahm sie in den Arm, drückte sie fest an sich. Und Monique genoss ihren Duft, ein paradiesisches Gemisch aus Flieder, Erdbeeren und Aprikosen. Sie atmete die Sinnlichkeit ihrer zarten Nachbarin ein. Vor Beiden lag ein neuer Lebensabschnitt.

„Ich bekomme ein Baby."

„Nein, wir bekommen ein Baby. Du...und ich."

Edith nahm das Präsent des geköpften Andrè an sich.

„Das hat er wirklich gut gemacht. Etwas Talent hatte er ja, der Arme."

„Danke, Mama."

„Kein Problem, Liebes."

Im Schlachten kannte sie sich von Berufs wegen aus. Edith kredenzte das Mittagsmahl. Passend zum Anlass gab es Champagner, den Monique aber aus Rücksicht auf das Baby ablehnte.

Das Essen war köstlich. Sie erinnerte sich nicht, wann sie jemals ein besseres Mahl genossen hatte. Seltsames ging in ihr vor und sie fühlte sich überrumpelt, aber auch glücklich. Seit sie Marie kannte, fühlte sie sich von ihren edlen Zügen angezogen. So plötzlich und überraschend fanden sie intensiver zusammen, als sie es sich je hätte vorstellen können.

Ab jenem Tage ordnete sie ihr Leben neu und kündigte ihre Arbeit. Die immer teureren Kunstwerke des nun kopflosen Meisters wurden verkauft und brachten viel Geld. Sehr viel Geld, denn sein Verschwinden erhöhte die Preise in bald astronomische Höhen. Zwei Vermisstenanzeigen verliefen im Sande.

Und das Fenster bot nun eine neue Aussicht. Andrè und der grandiose Balthazar bereicherten die Fensterbank mit zufriedenem Ausdruck und in ihrer Mitte die kleine Marie aus Knetmasse. Sie lächelten freundlich.

Die Spinne, die Harfe spielen konnte

Kommissar Franz liebte die Oper. Am liebsten wäre er auch als erster am Tatort gewesen. Aber nach einem Skiunfall brauchte er für Wochen einen Stock und das machte ihn fauler. Das Herumlaufen nervte ihn und da er als Feinschmecker gern und viel aß, war die logische Konsequenz eine beginnende Fettsucht. Mit Stock und angefressenem Bäuchlein schleppte er sich zum Dienstwagen, nachdem ihn eine Hiobsbotschaft erreicht hatte. Eine angebliche Mordtat in der städtischen Oper reichte nicht aus. Nun waren Schüsse gefallen und seine beiden Vertreter von der Mordkommission verschwunden.

Das SEK hatte die Türen zum Zuschauerraum verriegelt und wartete auf Entscheidungsträger. Franz war nun an der Reihe mit einer Einschätzung der Situation, nachdem sich niemand vor Ort dafür zuständig fühlte. Die ersten Reporter belagerten den Bereich vor dem Haupteingang, den man weiträumig gesperrt hatte. Franz und sein Anhang von drei weiteren Assistenten kraxelten die zwölf Stufen zu den von weißem Marmor umrandeten Glastüren empor. Anstandsweise passten sich die Getreuen dem Tempo des Hauptkommissars an, der dies mit herunterhängenden Mundwinkeln quittierte. Das Mitleidsempfinden fand er zum Kotzen. „Schleimscheißer!" murmelte er unhörbar vor sich hin. Der Tempel war eine Kopie des Moskauer Bolschoitheaters, nur eine Nummer kleiner. Der ungewöhnliche Anlass ärgerte Franz, der recht häufig in diesen heiligen Hallen zu Gast war und nur zu gern ein paar Euro für Logenplätze locker machte, um dem Kulturgenuss zu frönen. Als Teenager tat er seiner Mutter nur aus Sympathie den Gefallen, als Begleitung mit zu dem für ihn noch gähnend langweiligen Geträller und Geklimper zu kommen. Schön fand er dann etwas später Melodien der bekannten Stücke von Verdi und auch Ballettmusik von Schwanensee, wobei er die Augen schließen konnte, denn die Musik allein war schön und das seinem Empfinden nach schwuchtelige Herumgewatschel der Tänzer wollte er nicht sehen. Die Tänzerinnen hingegen lockten seine Augen schon eher an. Hübsche schlanke grazile Gazellen, die er sich in seinem Bett als Gesellschaft vorstellte. Dann etwa ab 30 wurde er der Opernfan schlechthin und als er kaum jemanden fand, der ihn begleitete, beglückte er die Arena der meist gutsituierten Herrschaften eben allein mit seiner Anwesenheit. Und nun schmerzte ihn einfach jeder Gedanke daran, was hier in seinem geliebten Kulturtempel wohl passiert sein mag. Ein Schutzpolizist führte die Vier direkt zu Kommandant Gieß, dem Einsatzleiter des SEK vor Ort, der zwischen Kassenbereich und Garderobe wartete. Ein Angestellter wurde am Rande des riesigen Foyers, das selbst den Eindruck eines Festsaals vermittelte, psychologisch betreut.

„Schön, dass sie da sind, Herr Franz."

„Freut mich aber nicht. Zuletzt war ich hier zu Rigoletto."

„Ist doch ein Eisverkäufer, oder nicht?"

„Was?"

„Ein Scherz."

„Sie sind gut. Witze, wenn es um Tote geht. Alles in Ordnung mit ihnen?" Franz fand Gieß, den er nur durch gelegentliche Einsätze kannte, ziemlich schräg. Ein richtig komischer Kauz und er fragte sich, wie so jemand einen derartigen Rang bekleiden konnte, ja überhaupt als geeignet für die Polizei eingestuft wurde.

„Ihre Mitarbeiter waren zuerst hier und haben uns verständigt. Dann hat es ein Blutbad gegeben. Ihre Leute und die Kollegen von der Spurensicherung sind angegriffen worden und dieser nette Herr dort, ich glaube, es ist der Hausmeister, ist durchgedreht."

„Was hat er gesehen?"

„Er war erst nicht ansprechbar. Ein Ungeheuer hat angeblich die Männer in Stücke gerissen. Und eine Frau war auch dabei."

„Ein Was? So ein Quatsch! Islamisten?"

„Solange wir nicht wissen, worum es sich handelt, werden wir nicht stürmen. Wie wollen wir vorgehen?"

„Der Bürgermeister wird gleich eintrudeln. Von einem...Monster werden wir nicht sprechen."

Zwei seiner Mitarbeiter blieben unten, um den einzigen Zeugen zu interviewen und sich um weitere Verstärkung zu kümmern. Selbst der Polizeipräsident persönlich schaltete sich ein und da war auch bald der Innenminister nicht mehr fern. Über die modernsten Headsets, die nur noch aus Ohrclips bestanden, wurde die Verbindung für Franz zu seinen Helfern hergestellt, die daher leider, oder zum Glück, nicht an der folgenden Erkundung teilnehmen konnten.

Gieß und die zwei Kripomänner erklommen die Treppe samt mondänem Geländer. Zum ersten Stock gab es einen Aufzug, aber der war, wie bei solchen Katastrophen vorgeschrieben, außer Betrieb gesetzt worden, was Franz in Anbetracht seiner malträtierten Knochen nicht sonderlich gefiel.

Die Doppeltür zum Saal war verriegelt und wurde von vier Bewaffneten bewacht.

„Aufmachen!" befahl Franz.

Einer der Scharfschützen mit hochgeklapptem Helmvisier schaute seinen direkten Vorgesetzten mit herausfallenden Pupillen an.

„Machen sie ruhig auf."

Gieß prüfte die Bereitschaft seiner Pistole.

„Sind sie bewaffnet?" fragte er Franz.

„Guter Mann, ich habe eine Dienstwaffe und einen Krückstock."

„Jetzt machen sie die Tür auf, sonst mache ich es selbst!" befahl Gieß.

Der Scharfschütze, den Franz von nun an und für immer und ewig als Klugscheißer in Erinnerung behalten würde, öffnete in zögerlich die rechte Hälfte der prächtigen Doppelpforte aus schwarzbraun getünchtem Fichtenholz, dessen dunkler Ton natürlich besser hierher passte, als die hellere natürliche Färbung.

Der prunkvolle Saal mit den sündhaft teuren Kronleuchtern hüllte sich in Schweigen. Hier sollte etwas Blutrünstiges passiert sein? Franz schaute sich um. In diesem Zwielicht war es anders als sonst. Trotzdem gab es diese Ausstrahlung eines Ortes beeindruckender Kultur. Ein Opernhaus bedeutete immer einen Mittelpunkt der Großartigkeit in jeder Stadt. Und wenn er die Logen hinaufblickte, sah er den Opernball und die Prominenz, die ihm zuwinkte. Hier schlug das Herz der Künste.

Weder außen auf den Gängen, noch zwischen den Stuhlreihen regte sich ein Lüftchen. Zwei Mann blieben bei der Tür. Als fünfköpfige Gruppe ging die Expedition nun erst richtig los. Der Orchestergraben war eine Trümmerlandschaft aus kaputten Stühlen, Notenständern und ein paar größeren Instrumenten. Ein Cello und eine Pauke so zu sehen, schmerzte nur Franz. Die anderen Männer hielt er für Banausen. Immerhin gab es dort die ersten Blutspritzer, die zwar die sanften Gemüter aufwühlten, aber von einem Blutbad konnte man noch nicht sprechen.

„Hier sind keine Leichen," stellte Gieß fest.

„Hallo?"

Nur dieses Wort sprach Franz in seinen Ohrchip.

„Benutzen sie die nicht so oft, Herr Kommissar?" fragte Gieß. Sein Grinsen ermutigte den Angesprochenen zum Wegschauen.

„Wir brauchen alle Leute von der Spurensicherung, die verfügbar sind. Was sagt der Mann?" redete der Hauptkommissar in das kleine Metallstäbchen hinein.

„Sollen wir weiter?" fragte der SEK-Leiter.

Der größte Teil der Bühne war durch den Vorhang verdeckt. Genau in der Mitte befand sich ein Spalt und auch genau dort begannen die roten Pfützen. Der Lebenssaft als Ozean stand zwischen den fünf Beamten und der herausragenden Kulisse, die sich allerdings noch im Dunkel hinter dem riesigen Stoff verbarg. Franz Begleiter mit dem Namen Herdecker zerrte vergeblich an dem Vorhang, der sich von unten kaum fortziehen ließ. Notdürftig vergrößerte er die schmale Öffnung und watete dabei unvermeidlich durch die rote Lache. Gieß beorderte zwei weitere Scharfschützen zur Bühne. Weder Körperteile, noch ganze Menschen lagen dort herum.

Sie schoben sich vorsichtig vorbei zwischen den beiden Teilen des rostroten Riesenvorhangs hindurch, der das Publikum von seinen begnadeten Helden trennte. Vor der Kulisse und in den Bereichen seitlich davon, die vor den Zuschauern stets verborgen blieben, gab es eine ganze Menge zu sehen und dort gab es nicht nur Gerümpel, Anlagen mit Drähten und diverse Geräte wie Verstärker und Aufbewahrungsregale, sondern auch ein paar richtig teure Staturen und Bilder. Ein geordnetes Chaos zwar, aber ein wunderbares und inspirierendes. Als nächstes wurde die Hinterbühne erfolglos abgesucht. Die Schleifspuren, welche das Nichtvorhandensein zahlreicher Leichen erklärten, führten vorbei an einer großen Ansammlung von Scheinwerfern in allen erdenklichen Größen. Ehrfurchtsvoll blieb Franz vor einem lebensgroßen Bild von Maria Callas stehen. Es war ein bearbeitetes Foto, das die legendäre Sopranistin in einem eigenwilligen Lederkostüm darbot. Sie war auf dem gemalten Bild noch schöner als einst in der Realität und Franz wurde für wenige Sekunden abgelenkt. Vielleicht war er nur hier, um dieses Bild zu sehen. Grund genug wäre es gewesen, denn das Gemälde fing alles ein, was er sich je von einer Frau erträumt hatte. Diese Sinnlichkeit, das Grazile und diese Augen, ganz zu schweigen von den dunklen weichen Haaren, die das fein geschnittene Gesicht umrahmten. Das war keine Frau, sondern eine Göttin. Schade, dachte er, als sie verstarb, war er noch in der Grundschule. Aber sie lebte weiter. Auch auf diesem Bild. Besonders dort. Vor einer Treppe, die zu den Katakomben führte, gab es eine Abzweigung zur Feuertreppe, über die man auch zu dem 15 Meter höher gelegenen Schnürboden mit der Hauptbeleuchtungsanlage gelangen konnte. Eindeutig wurden sämtliche verschwundene Personen dort nach oben gezogen. Gieß ging nur ein paar Stufen und zählte die Blutspritzer nicht mehr. Während die Gruppe sich um die zwei angeforderten Männer auf sieben Teilnehmer erhöhte, fand Herdecker den versteckten Arbeitsaufzug, mit dem man bequemer aufwärts kam als mit der Stiege. Die Verstärkung sicherte den

51

Bereich hinter der Bühne und zu fünft presste man sich dann in den schmuddeligen Lastenlift, wo jeder Zentimeter genutzt werden musste. Dann ging es hinauf in den sechsten Stock.

„Ich bin nicht schwindelfrei," offenbarte Franz und wurde von allen Beteiligten gemustert.

„Wer ist das schon?"antwortete Gieß grinsend.

„Sie auch nicht?"

„Nein, ja, ich auch, egal. Wir brauchen ja nicht nach unten gucken."

Franz schüttelte sich innerlich und trat zaghaft aus dem Aufzug. Sein rechter Fuß tastete den Boden nach Festigkeit ab. Der Korridor hatte nur vier Quadratmeter Umfang und glich mit den verschrammten Metallwänden der typischen Rumpelkammer einer Autowerkstatt. Immerhin gab es mehr Stehfläche als im Aufzug. Von dem offen zugänglichen Schnürboden mit den Verankerungen unzähliger Seile und Drähte kam man zur Feuertreppe. Es gab nur noch wenige Blutspuren zum Speicher, dessen Tür fehlte. Das links vom Lift gelegene Dachgeschoss hatte riesige Ausmaße und diente hauptsächlich zur Aufbewahrung kaum benutzter Requisiten und Ersatzteilen für die Technik und natürlich einigen Kisten mit Gerümpel.

Ein Alptraum für Leute mit Höhenangst war der Schnürboden, eine lange und schmale Galerie, die nur mit einem flachen Geländer zu beiden Seiten abgesichert schwach vor einem Absturz schützte. Wer dort hantierte, kannte sich aus und konnte keinen Höhenkoller bekommen. Kein Traumjob.

Die Scheinwerfer hingen an der Decke oder waren mit einem Wirrwarr von Stangen teils am Geländer befestigt, teils fest in den Wänden außen verankert. Dazu gesellten sich die Rohre der Sprinkleranlage. Keiner der Anwesenden brauchte einen Fuß dorthin auf den Gang in dieser schwindelerregenden Höhe zu setzen. Das Ziel war klar.

„Stürmen kommt nicht infrage. Vielleicht pirschen sie sich langsam an."

„Pirschen? Wir sind doch nicht auf der Jagd!" bemerkte Gieß.

Herdecker fuhr sich über die klatschnasse Stirn und wischte sich die Hand an der Hose ab.

„Wir beide warten hier. Keine Angst, die Männer verstehen ihr Handwerk. Die knallen jeden weg, der sich..."

Franz brach abrupt ab und lauschte. Es war laut und es hörte sich an, als trabten mehrere Pferde über die Holzdielen und kämen rasch näher. Aber es waren keine edlen Rösser. Herdecker schaffte es gerade noch in den Aufzug. Er drückte den Knopf und sah, wie sein Chef fortgezogen wurde. Franz war versteinert, sprachlos, schloss die Augen, weil er nichts sehen wollte.

Nach dem Ende der Ohnmacht waren die Kopfschmerzen sein geringstes Problem. Er wusste gar nicht mehr, wo er sich gestoßen hatte, vielleicht an der Türschwelle, weswegen er das Bewusstsein verlor und eigentlich war Franz heilfroh, nichts gesehen zu haben. Der letzte Schritt hatte gefehlt. Wie in Hypnose war er stehengeblieben und wollte sehen, was dort auf ihn zukam und dann schloss er die Augen, weil es zu viel gewesen war. Zugleich war da auch der Drang wegzulaufen. Er erinnerte sich nicht daran, ob sein Assistent ihm die Tür aufgehalten hatte. War er einfach feige verschwunden oder er selbst nur zu langsam gewesen?

Gehirnerschütterungen waren nichts Neues. Die damit verbundene Übelkeit machte ihm zu schaffen. Es dauerte Minuten und es wurde irgendwann besser. Das Karussell in seinem Kopf verlangsamte sich zwar, aber ein Teil seiner letzten Mahlzeit kämpfte sich zurück Richtung Ausgang und eine sauer schmeckende Fontäne spritzte und sprudelte aus ihm heraus. Die entstandene Pfütze direkt vor seinen Füßen stank erbärmlich.

Dann sah er sich um. Seine genaue Position konnte er nicht bestimmen. Es konnte nur der Speicher sein. Von einer schrägen Dachluke in der Nähe drang ein wenig Tageslicht herüber. Direkt gegenüber standen Regale mit Krempel, darunter Kostüme, Federbüsche, Pfauenfedern und vieles mehr. Er hätte sich den Kram nicht ansehen können, selbst wenn er gewollt hätte, denn er stand aufrecht und war bewegungsunfähig.Bis zu den Schultern steckte er in einem klebrigen schwarzen Überzug. Eine Konsistenz wie Teer hielt ihn fest, roch aber wenigstens nicht so unangenehm. Nur den Kopf konnte er in alle Richtungen bewegen. Alles war vollgestopft mit Möbeln und Requisiten und schmale Gänge bildeten ein Labyrinth. All diese Dinge würden eines Tages wieder benutzt werden, aber nun dienten sie in dieser ungeheuren Ansammlung als Versteck für ein gewalttätiges Wesen.

Franz wollte nicht die Fliege im Spinnennetz sein. Er sträubte sich ob der Vernunft und der Realität, an die er sich klammerte, davor, an etwas zu glauben, dass nicht in diese Welt gehören konnte. Dann kam die Musik. Das leise Spiel der Harfe versetzte ihn in eine Stimmung, die nicht hierher gehörte. Das war kein Ort für Romantik und besinnliches Zurücklehnen. Nur ein Mensch konnte diese schönen Klänge herbeizaubern.

Da war Traurigkeit, aber auch Optimismus. Es belebte ihn. Tragik und Heiterkeit eiferten um ein Übergewicht in seinem Kopf.

Er zählte die Minuten nicht, bis das sanfte Konzert endete. Nachdem die Harfe verstummt war, hörte er Schritte. Absätze klackten und gleich bekam er Besuch von einer weiblichen Person.

Die Gestalt maß ungefähr 1,80. Dann stand sie vor ihm und es trieb ihm den Schweiß auf die Stirn.

„Ich spiele, um mein Innenleben zu stabilisieren", sagte sie mit ihrer rauchigen Stimme. Sie zeigte sich vor ihm wie eine Erscheinung aus einer Traumwelt. Eine kaum vorstellbare Schönheit präsentierte sich dem benebelt dreinblickendem Hauptkommissar. Sie ähnelte jener so berühmten Opernsängerin auf dem Bild, das er zuvor noch so bewundert hatte. Sie trug das gleiche Kostüm, sah aber dabei noch sehr viel schöner aus mit noch viel weicheren Gesichtszügen und wirkte hypnotisierend auf den fest geleimten Mann, den sie vor sich hatte. Ihm konnte nur noch schwindlig werden beim Anblick dieser pechschwarzen dichten Haare und den smaragdgrünen Augen, die ihn durchbohrten und bis in sein Hirn eindringen wollten. Träumte er? War er tot? Es deutete einiges daraufhin, dass er die Realität verlassen hatte. Aber dem war nicht so und er versuchte sachlich, die Geschehnisse zu analysieren.

„Können sie mich aus diesem Zeug hier befreien?"

„Du bist der Einzige, der mich nicht sofort angegriffen hat. Ich habe Neugier gespürt und keine Angst oder Aggression."

Franz räusperte und überlegte, welche Worte angebracht waren. Es musste Bedeutungsvolles sein, das er sagen sollte und nichts Plumpes. Sie war ihm suspekt und doch beeindruckte ihr Aussehen ihn und es war vor allem diese Optik, die eine seltene Perfektion an Weiblichkeit darbot. Immerhin war sie anscheinend für den Tod von einigen Menschen verantwortlich. Franz kannte die genaue Zahl nicht. Er hatte auch nicht vor, jetzt nachzurechnen. Nun galt es, sie zufriedenzustellen und lebend aus der grotesken Situation herauszukommen. Er zerbrach sich den Kopf und da gab es Fragen nach dem Ablauf. Was hatte sie gemacht, wie hatte sie die Männer getötet, warum war sie überhaupt dort, wo sie war und wieso dieser Zeitpunkt? Oder hatte sie womöglich gar nichts damit zu tun? Sie sah nicht aus wie ein Ungeheuer, sondern war wunderschön und zugleich mit einer derart erotischen Ausstrahlung versehen, dass es schlicht gestrickten Gemütern die Luft abschnürte.

Verwandelte sie sich in eine Bestie, wenn es nötig war? Wie ging das vor sich? An so was glaubte der Kriminalist nicht.

Endlich stand das Karussell in seinem Kopf still und nur der Brummschädel war noch da. Er fühlte sich besser.

„Ich wollte sehen, wer so viele Menschen ermordet hat."

„Neugier. Fast für den Preis deines eigenen Lebens. Ich töte, um zu überleben. Wenn mich jemand angreift, wende ich Gewalt an. Ich habe auch ein Recht zu leben, egal was ich für ein Lebewesen bin. Du bist ein denkender Mensch. Das habe ich gespürt. Du bist kein Niemand, sondern ein Jemand."

„Sie haben wunderschön gespielt. Das hat mich berührt."

„An was hast du denn dabei gedacht?"

„An früher. An Wünsche und an Ziele, die ich hatte."

„Was ist dein größter Wunsch?"

Franz dachte über den Sinn ihrer und auch seiner Worte nach. Jetzt sollte er über sein Leben philosophieren. Mit einer geisteskranken Massenmörderin? So wirkte sie nicht auf ihn. Und seine Welt war zu rational für Fantastereien.

„Was ist mit ihnen?" fragte er sie.

„Du kannst DU zu mir sagen."

„Ich möchte etwas über dich erfahren. Wie kommst du hierher? Ein Opernhaus ist ein Ort der Kultur."

„Du bist mein Gefangener. Du wirst mir über dich erzählen, weil ich es will."

Seine Augen musterten ihren gesamten Körper. Gab es weibliche Perfektion, dann war sie deren Verkörperung. Die Proportionen stimmten und so in etwa entsprach sie seiner Traumvorstellung.

„Ich bin gescheitert. Nicht bei meiner Arbeit, meinem Beruf. Nicht dort. Privat. Ich würde gern besser aussehen. Ich würde gern eine Frau und Kinder haben. Aber ich habe es einfach nicht hinbekommen."

Nun entkam eine erste Träne seinem rechten Auge und sofort danach floss auch eine aus dem linken. Er zitierte Worte und mischte sie mit seinem eigenen tragischen Senf und es stimmte, was er sagte. Eine gewisse Erfüllung in seiner Laufbahn gab es natürlich, aber es fehlte nun einmal etwas. Ein trostloses Privatleben gereichte nicht zum wahren Glück.

Ihre schlanke Hand mit den silbrig glänzend lackierten Fingernägeln befühlte sein Gesicht. Sie knetete seine Wangen und er spürte einen leichten Schmerz und es zuckte in seinem Fleisch. Eine eigenartige Hitze konzentrierte sich unter seiner Haut. Innerhalb weniger Sekunden fühlte er ein Brennen. Sie strich ihm über die Nase, drückte an seinen Tränensäcken herum. Ein paar Tropfen bitterer Flüssigkeit flüchteten aus den beiden Ansammlungen frustrierter Haut. Dann war das Kinn dran und zum Schluss die Stirn. Franz verstand nicht, was sie tat und es schmerzte fast bis zum Rande der Unerträglichkeit.

Nach nicht mal einer Minute war sie fertig. Fassungslos betrachtete er sie wieder.

„Ich muss jetzt gehen. Hörst du sie?"

Es waren Helikopter, die sich näherten, lauter wurden.

„Sehe ich dich wieder?"

„Sicher. Glaubst du, ich habe dich nur zum Spaß verändert?"

Als er sah, wie schnell und geschickt sie durch eines der Dachfenster sprang, wurde ihm schwindlig. Er konnte auf einmal seine Umklammerung lösen. Der Stoff löste sich von selbst ab und zerfiel in kleine Fetzen. Es schien so, als habe nur ihre Präsenz allein ihn dort festgehalten.

Wie ein Sack kippte er einfach um und blieb liegen. Rauchbomben wurden durch alle Dachfenster geworfen und wieder war es so, als trampelten viele Beine in seiner Umgebung herum, aber diesmal waren es schwerbewaffnete Männer einer Spezialeinheit. Und es waren viele, die vom Dach aus eindrangen. Gleichzeitig stürmten sie vom Eingang aus vor.

Franz wurde aufgeholfen und sie führten ihn an einem Haufen menschlicher Überreste vorbei, den er beiläufig mit nur einem einzigen Blick wahrnahm. Sie konnte kein richtiger Mensch sein.

„Wie fühlen sie sich?" fragte ihn der Polizeipräsident persönlich und klopfte ihm auf die Schulter.

„Ich bin froh, dass sie überlebt haben. Aber wie haben sie das gemacht?"

Franz zuckte mit den Achseln und schüttelte den Kopf.

„Vielleicht weil ich bewusstlos war."

Er holte tief Luft.

„Ich muss raus. Ein paar Minuten durchatmen."

„Wir reden später. Nebenan ist der Stadtpark. Nehmen sie sich Zeit und atmen sie durch. Unsere Leute werden jetzt gründlich das Gebäude durchforsten. Wir haben über hundert Mann im Einsatz. Haben sie einen dieser Terroristen gesehen?"

„Terroristen? Nein, ich habe keinen gesehen. Oder...vielleicht fällt es mir wieder ein. Mein Kopf, wissen sie, der ist hinüber."

„So sehen sie aber nicht aus. Hatten sie eine Frischzellenkur? Sie sehen viel jünger aus und besser als sonst."

Trotz seiner Verwunderung wusste er sofort einen Grund, der ihm glaubhafter vorkam als die Wahrheit.

„Das sind nur ein paar neue Hautcremes, sonst nichts."

Anfänglich torkelnd bewältigte er die Treppe abwärts. Seinem Bein ging es besser. Seine neue Bekannte hatte es zwar nicht geheilt, aber es war nicht mehr so schlimm.

Herdecker saß am unteren Treppenende.

Ungläubig glotzte er seinen Chef an.

„Das ist nicht normal."

„Was? Was ist nicht normal?"

„Alles!"

Sein Assistent sprang auf und rannte in den Stadtpark. Franz setzte sich auf die erste leere Parkbank. Insgeheim hoffte er, die geheimnisvolle Schöne wiederzusehen. Nichts war mehr logisch. Und dass sie plötzlich neben ihm saß, verblüffte ihn genauso wie alles, was zuvor passiert war.

„Wie hast du das mit meinem Gesicht gemacht?"

„Ich kann vieles, was andere Menschen nicht können. Ich habe 36 Chromosomenpaare. Soviel wie ein schwarzer Nachtschatten, eine Pflanze. Aber ich bin ein Mensch, eine Anomalie. Damit ist man nicht lebensfähig. Oder sehr lebensfähig. Man hat mich eingesperrt, weil ich jede Gestalt annehmen kann. Dort oben auf dem Speicher habe ich mich versteckt."

„Warum gerade dort?"

„Weil ich Opern liebe. Als sie mich entdeckt haben, wollte ich sie nur vertreiben. Aber sie haben mich angegriffen, statt zu flüchten."

„Was bedeutet das, jede Gestalt annehmen? 36 Chromosomenpaare. Das ist doch Fantasie."

„Ich habe die Männer dort mit dem Tier erschreckt, vor dem sich Menschen am meisten fürchten."

„Ein Haifisch?"

„Unsinn. Wenn du willst, wirst du eine Familie haben, Kinder, später Enkel. Wenn du willst. Ich werde keine andere Gestalt mehr annehmen. Ich verspreche es dir."

„Ich bin auch ein Opernfan."

„Das ist wunderbar. Mach dir keine Sorgen mehr um deine Zukunft. Jetzt gehörst du mir."

Sie sahen sich in die Augen. Franz hätte sie am liebsten mit Haut und Haaren verschlungen. Auf einmal war da ein ganz neues Gefühl. Er spürte eine tiefe Verbundenheit und auch einen Hauch Angst. Eine interessante Mischung, gepaart mit ihrer Schönheit, die ihn faszinierte. Was zählten da die Leichen seiner Kollegen und irgendwie schüttelte er einfach alles Grauen der letzten Stunden ab.

„Du brauchst keine Angst zu haben. Ich bin keine schwarze Witwe."

Franz lächelte verschmitzt.

„Bist du nicht?"

Die übliche Verfahrensweise

Bender las er auf dem Namensschild, das vor dem Beamten, falls er einer war, auf dem Schreibtisch stand. Handgeschrieben wirkte verdächtig. Aber warum?

Pronska wartete ein paar Sekunden.

„Guten Tag, nehmen sie platz," forderte den Besucher auf, der nun an der Reihe war.

„Haben sie eine Nummer gezogen?" fragte Bender.

„Eine Nummer? Nein. Wo soll ich denn eine ziehen?"

„Draußen vor der Tür natürlich."

„Ich habe den Gorilla gefragt, wie ich zu Frau Gerster komme."

„Ich bin nicht Frau Gerster. Ich bin ihre Vertretung. Da sie jetzt da sind...also, worum geht es?"

Pronska sah sich um und war über die kahlen Wände erstaunt. Nicht mal einen Kalender gab es und auch kaum Möbel außer dem fast leeren Schreibtisch, einem Schrank und den zwei Stühlen.

„Es geht um meinen Antrag. Ich habe eine Genehmigung für den Verkauf von Genussmitteln beantragt. Den wollte ich nur abgeben."

„Aha! Wieso schicken sie das Formular nicht mit der Post?"

„Ich habe keine genaue Adresse und kam nicht mehr aus diesem blöden Sprachmenü raus. Das nervt, wissen sie. Darum wollte ich...hier nehmen sie das Blatt und ich bin wieder weg."

„Augenblick. Ich werfe schnell einen Blick darauf."

„Ist Frau Gerster im Urlaub?"

„Nein. Sie ist tot," war die lapidare Antwort.

„Was? Das ist ja furchtbar. Oh, Mann. Woran ist sie denn...?"

„Woher kannten sie sie? Sie haben doch eben gesagt, dass sie Probleme mit dem Sprachmenü hatten."

„Einmal bin ich durchgekommen und konnte mit ihr sprechen. Sie sagte nur, so eine Genehmigung sei nur eine Formalität und die würde täglich für Kleinunternehmer erteilt. Man bräuchte nur ein Formular ausfüllen. Woran ist sie denn gestorben?"

„Wer? Ach so. Ich habe sie erwürgt."

Bender lächelte nicht, als er das sagte und behielt eine gleichgültige und kaum zu beschreibende neutrale Miene bei. Man hätte lachen können über diese lakonische Art, aber es war zu makaber für Pronska.

„Ich finde das nicht witzig."

„Ich natürlich auch nicht."

Nur leicht angefressen wartete Pronska, bis sein ihm absolut unsympathischer Gastgeber das Blatt überflogen hatte.

„Oha!"

„Was heißt Oha? „ fragte Pronska den Schreibtischhengst.

Dieser sah ihn ernst an und zog die Mundwinkel nach unten.

„Das ist nicht gut!" sagte Bender und drückte auf einen Knopf der antiken Telefonanlage, die noch aus den 80ern stammte und eigentlich in den Büros der Stadtverwaltung und überhaupt aus allen Ämtern verschwunden war.

„Was soll das heißen? Was ist nicht gut?"

„Das ist gar nicht gut, ts tst ts!"kam es Pronska erneut zu Ohren, dass etwas nicht stimmte.

„Habe ich etwas falsch ausgefüllt? Das kann nicht sein."

„Schneller als erwartet, kam ein massiver Muskelmann, der in seinem blauen Anzug einer Presswurst ähnelte, hineingeschneit.

„Was gibt es, Chef?"

„Wir haben eine Nummer 9-10."

Pronska wurde es zu dumm. Er stand auf, wurde jedoch von Benders Bodyguard sofort wieder auf den Holzstuhl, der ebenfalls schon ins Museum gehörte, gedrückt.

„Sie haben ein Wort falsch geschrieben. Es soll wohl „Produkte" heißen. Dort steht aber aber „Produlte". Was soll das sein? Produlte, das habe ich noch nie gehört und auch noch nie gelesen. Können sie das erklären?"

„Das ist doch unwichtig."

„Ich entscheide hier, was unwichtig ist. Also, haben sie nicht auf die Tastatur ihres Computers gesehen beim Eintippen? Das k steht neben dem l. Da kann man sich im Eifer des Gefechts schon mal vertippen. Kann passieren. Aber warum haben sie das nicht korrigiert?"

Mit großen Augen und immer weiter geöffnetem Mund starrte Pronska den Mann an, der ihm banalen Müll servierte, wie er ihn zuvor noch nie gehört hatte.

„Vielleicht korrigieren sie das einfach und machen ein k aus dem l. Das ist doch kein Problem, das ist eine Kleinigkeit."

„Fragen wir doch einfach Frau Gerster, was sie davon hält."

„Ich denke, sie ist..."

Gemächlich erhob sich Bender und trat zum Schrank, den er ganz langsam öffnete. Die Holztüren knarrten. Pronska wurde kreidebleich, als er die

Leiche einer Frau sah, die in dem alten Holzmöbel untergebracht war. Zweifellos handelte es sich um Frau Gerster.

Der offenbar irre Bürokrat fasste den Mund der Toten und rüttelte dann an der Gesichtsöffnung herum.

„Na, willst du nichts dazu sagen?"

„Es reicht, ich rufe die Polizei."

Aber es blieb nur bei dem Versuch, denn der bullige Bürodiener hielt ihn eisern auf dem Stuhl und knallte dann die Stirn des Kleinunternehmers auf die Tischplatte.

„Die 9-10 hätte ich fast vergessen."

Plötzlich zückte Bender ein scharfes Fleischermesser und drückte Pronskas linke Hand auf die Holzplatte. Ehe sich der Überrumpelte regen konnte, war schon sein kleiner Finger ab. Der furchtbare Schmerzensschrei beeindruckte die beiden eindeutig psychopathischen Herren nicht. Nochmal knallte Pronskas Kopf auf den Tisch und von der Benommenheit ging er nun fast in Bewusstlosigkeit über.

Bender öffnete das Fenster und warf den abgetrennten Finger nach unten in den Hof, direkt irgendjemandem vor die Füße, der sich wunderte.

„Das ist eine 9-10, statt bisher 10 haben sie nur noch 9 Finger," erklärte Bender und lachte gleichzeitig los. Wenn ich noch einen Fehler finde, können sie unser 8-9 kennenlernen," sagte er und dann lachten beide Wahnsinnigen. Während noch mehr Blut aus dem Stumpf floss, machte Bender das Fenster zu.

Pronska übermannten Wut und Verzweiflung und er rammte mit aller ihm möglich Gewalt den Wächter neben sich zur Seite. Schreiend rannte er auf den Flur, wo ihm rasch mehrere Sicherheitsleute entgegenkamen.

Pronska schaute auf den Fernsehbildschirm, der in der Mitte der Wand hing. Der vom Schock Gezeichnete trug noch dieselben Sachen wie zuvor. Keine Zeit zum Umziehen. Die Schwester führte zwei Beamte in zivil zu ihm, der da allein in seinem Zimmer lag und eigentlich weg durfte und es auch wollte. Doch er hörte auf den Arzt. Zur Beobachtung der noch frischen Naht war es besser, zwei Tage im Hospital zu bleiben.

„Guten Tag, Herr Pronska. Das ist Kommissarin Weger und ich bin Hauptkommissar Karl. Ein Protokoll nehmen wir auf, wenn sie wieder bei Kräften sind. Wir möchten sie nur befragen."

Abwesend starrte Pronska noch Sekunden auf das bunte Bild, bevor er zusammenzuckte und sich den Polizisten zuwandte.

„Ich werde wahnsinnig. So wie diese Typen. Die sind doch auch wahnsinnig."

„Ja, in der Tat, Herr Pronska."

„Sind das zwei gesuchte Irre? Sind die irgendwo ausgebrochen?"

„Ehrlich gesagt, wir haben niemanden gesehen. Die Leiche von Frau Gerster haben wir im Schrank gefunden. Soweit stimmt ihre Aussage von vorhin. Von diesen beiden Männern fehlt jede Spur."

„Bender hat er sich genannt. Haben sie das Namensschild gefunden?"

„Das haben wir. Wir vermuten, dass sie durch die Nebentür geflohen sind. Sie hatten wohl viel Glück. Es liegt nahe, dass die Männer ihnen weitere Finger entfernt oder sie sogar ermordet hätten."

Ein schlaksiger Endzwanziger mit Nickelbrille trat ohne Klopfen ein.

„Das ist unser Zeichner, der Herr Brzinek."

„Ich kann ihnen diese Schweine gut beschreiben, glaube ich. Wenigstens Bender. Wer hat eigentlich meinen Finger gefunden?"

„Ein Sicherheitsmann. Der hat ihn sofort in ein Taschentuch eingewickelt und dann ging es ziemlich schnell. Als sie auf dem Flur waren, kamen die Securityleute ja schon und haben ihnen geholfen."

„Der Arzt hat gesagt, wenn es noch länger gedauert hätte...ich meine den Finger, dann wäre es nicht mehr möglich gewesen, ihn anzunähen."

Er hielt vorsichtig die bandagierte Hand hoch. Nur der Daumen war frei.

„Das Messer wurde sichergestellt. Anscheinend haben die Beiden nicht mit ihrer Flucht gerechnet und sind deswegen so schnell verschwunden."

Wegers Diensthandy schlug an. Sie drehte sich einen Moment lang weg. Pronska setzte sich auf und beschrieb dem Zeichner die Gesichter.

„Fast freudestrahlend ließ die Kommissarin den kleinen Mobilfunk in der Innentasche verschwinden.

„Wir wissen jetzt, wer die beiden Männer waren."

„Tatsächlich?" wunderte sich Karl.

„Der Tipp mit dem Wildberg-Klinikum war goldrichtig. Dort sind zwei der Bewohner ausgebrochen. Josef und Leonhard Unterholz. Zwei Bilder kommen gleich zu dir rein."

„Zu mir rein? Ach, so, einen Moment."

Karl wühlte nach seinem Smartphone und kurz danach konnte Pronska die Fotos der beiden Ausgebrochenen begutachten.

„Das sind sie. Die Glatze bei Bender ist zwar falsch, aber der hat sich wohl wieder Haare wachsen lassen."

„Die beiden Männer sind Brüder und befanden sich in der geschlossenen Abteilung in diesem Klinikum. Von dort sind sie gestern geflohen."

„Ein Irrenhaus, verstehe," ergänzte Pronska die Erklärung des Kriminalisten.
„Da war noch ein Blatt mit meinen Daten. Ein Antrag. Haben sie den gefunden?"
„Nein. Der war nicht da."
„Scheiße, dann haben die meine Adresse."
„Ist jemand bei ihnen zuhause?"
„Nein, ich lebe...allein."
„Den Herrn Bender gab es wirklich," klärte Weger die Anwesenden auf.
„Er ist eben tot aufgefunden worden. Unweit der Psychiatrie in einem Gebüsch."
Karl räusperte sich.
„Rufen sie uns bitte an, wenn sie das Krankenhaus verlassen."
„Ich muss einen Freund anrufen, der mir ein paar Sachen vorbeibringt. Ist es möglich, meine Wohnung zu überwachen?"
„Wir postieren jemand vor dem Haus. Wohnen sie zur Miete?"
„Ja, klar, bin ja kein Millionär."
„Machen sie sich keine Sorgen. Selten tauchen Straftäter zuhause bei den Opfern auf, es sei denn, sie wollen sich für etwas rächen."
„Ich will gar nicht wissen, wie es im Kopf dieser Leute aussieht. Mir ist es wichtig, dass sie meine Wohnung beobachten."
„Werden wir machen. Ich schicke einen Streifenwagen zu ihnen, wie ich schon sagte."
„Danke. Ich werde mir erstmal keine Filme mit Psychopathen mehr ansehen. Vielleicht sehe ich zu viele Filme mit Psychopathen und so."
Pronska konnte verständlicherweise nicht abschalten und schlief irgendwann vor Müdigkeit ein, während er auf die große Glotze starrte.

Die Tür zu seinem Zimmer wurde aufgerissen.
Eine resolute Krankenschwester schüttelte ihn rücksichtslos durch.
„Ihr Freund Viktor ist da und bringt ihnen ein paar Sachen."
„Was? Wer?"
„Viktor," wiederholte sie den Namen.
„Ich kenne keinen Viktor," erklärte er und während er das sagte, trat besagter Freund bereits ein und schlug der Schwester mit der Faust auf den Hinterkopf. Taumelnd sackte die Ärmste in sich zusammen und wurde gerade noch vom muskulösen Leonhard Unterholz aufgefangen, der sie zur Fensterseite schleifte. Bender alias Josef schloss als Letzter die Tür. Viktor unterschied sich lediglich im Äußeren und nicht im abstrusen Verhalten von

seinen beiden Brüdern. Er war klein, stolzer Besitzer einer Bierwampe und konnte neben seinen dünnen Restflusen auf dem Birnenschädel mit einem buschigen blonden Schnurbart prahlen, wie ihn nicht jeder besaß. Pronska sagte kein Wort und machte Anstalten, rasch den Raum zu verlassen. Hektisch versuchte er, an Josef vorbeizukommen, der ihm allerdings seitlich den Kiefer mit der rechten Faust veredelte. Viktor half ihm auf und man setzte den Patienten mit dem angenähten Finger zurück auf das Krankenbett.

Pronska traute seinen Augen nicht, als er sah, wie sich der bullige jüngste Bruder der Drei an der Schwester zu schaffen machte.

„Ihr seid ja total wahnsinnig!"

„Wie bitte? Wir sind wahnsinnig?"

Der falsche Bender sah sein dickliches Brüderchen an.

„Hast du das gehört?"

„Blödmann! Ich bin ja nicht taub!" beantwortete Viktor die Frage.

„Ich habe ja immer gewusst, dass mit uns etwas nicht stimmt", sagte Viktor und lachte.

„He, du Ferkel!" brüllte Josef den obszön aktiven Leonhard an.

„Lass das!"

„Warum?"

„Du hast ganz Recht. Tu was du willst."

Dann zauberte der vermeintliche Anführer der Drei, besagter Josef, das Formular aus der Jackentasche, welches Pronska ihm vorgelegt hatte.

„Du hast noch einen weiteren Fehler gemacht. Und das kostet noch einen Finger."

Der Angesprochene konnte nichts mehr sagen. Es stand fest, dass jeder Widerstand zunächst sinnlos war. Im Moment kam er nicht weiter und bei allem Irrsinn, der sich vor ihm ausbreitete, gab es nur eins, er musste mitspielen und den Dreien irgendwie ein Schnäppchen schlagen. Er war doch ein Businessman, jedenfalls hielt er sich dafür, und er verstand es, Verhandlungen mit Geschäftspartnern geschickt zu beeinflussen. Diese Eigenschaft konnte er nun bei den Geistesgestörten einbringen.

„Was für ein Fehler?"

„Hier, ganz unten, da muss ein Punkt am Ende stehen und der fehlt. Das ist eindeutig einen Finger wert."

„Nein, das stimmt nicht. Das ist kein ganzer Satz. Das sind Wörter, mit denen das Formular ausgefüllt werden muss. An diese Stelle gehört kein Punkt. Das ist Fakt!"

„Tatsächlich? Mhm! Was denkst du, Vic?"

Viktor starrte geistesabwesend auf die Krankenschwester, die sich vergeblich versuchte, gegen Leonhard zur Wehr zu setzen.

„Wie habt ihr mich überhaupt gefunden und was soll das, mich wegen so einem Quatsch zu verfolgen."

„Hm," machte Josef und sah Pronska mit einem breiten Lächeln an.

„Quatsch? Nein. Ich denke, und das ist meine feste Meinung, man muss etwas zu Ende bringen, wenn man es anfängt. Wir dachten, wir warten mal zuhause auf dich. Aber leider..."

Er öffnete eine Trainingstasche, die sie dabei hatten. Pronska konnte nichts sagen. Zwei abgetrennte Menschenköpfe befanden sich darin.

„Ein anderer Polyp war außerdem noch dabei. Der ist weggelaufen wie ein Hase. Feige Sau. Hat ihm aber auch nichts genutzt. Der eine war wohl dein Kumpel, was? Er hat uns netterweise erzählt, wo du bist. Der hat vielleicht gewimmert. Aber Leo kennt kein Pardon mit seiner Axt."

Pronska räusperte sich und versuchte, seine Stimme irgendwie in Gang zu bringen.

„Wie ich sehe, haben sie dir den Finger wieder angenäht. Ich denke, ein Daumen ist jetzt dran. Aber der von der anderen Hand. Dann hast du an jeder einen weniger, aber der eine ist ja wieder dran, hm, das passt nicht zusammen."

„Ich habe keinen Rechtschreibfehler gemacht. Du hast einen Fehler gemacht...bei der Bewertung. Du musst einen Finger verlieren und nicht ich. Ist doch logisch, nicht wahr?"

„Du willst mir erzählen, was logisch...Halt mal die Fresse!"

Josef wandte sich seinem kleineren Bruder mit dem Bierbauch zu und flüsterte ihm etwas ins Ohr, woraufhin er auf eine Antwort wartete.

Ganz langsam rutschte Pronska von der Bettkante weg und machte einen ersten Schritt zur Tür. Unauffällig bewegte er sich nur seitlich und diesmal schaffte er es raus auf den Gang und rannte los. Die kleine Psychopathenbande reagierte verzögert. Wie konnte ihr Opfer bloß die Frechheit besitzen, einfach wegzulaufen?

Fünf Etagen rannte Pronska abwärts und stürzte bald vor Hektik mehrmals fast die Stufen herunter. Das Treppenhaus wollte kein Ende nehmen. An der Rezeption holte er erst mal Luft und stotterte mit Schnappatmung zunächst Unverständliches.

Einige Krankenpfleger fanden sich zur Verstärkung ein. Erschöpft setzte sich Pronska auf einen der Stühle neben dem Wartebereich.

„Wir haben jetzt die Informationen komplett, Herr Kommissar."
„Dann trag sie mal vor."
Die Mitglieder der neu gebildeten Sonderkommission gähnten vor sich hin oder tippten beiläufig auf den Smartphones herum.
„Es sind ursprünglich vier Brüder. Josef, Leonhard, Viktor und Werner Unterholz. Antonia Unterholz, geborene Schizo..."
Das plötzlich hereinbrechende Gelächter bezog sich auf den Geburtsnamen, der unfreiwillige Komik über die Anwesenden ausgoss.
„Ja, das ist italienisch. Es klingt lustig, jetzt ist es mal gut, Herrschaften. Fahren sie bitte fort, Frau..."
„Schon gut. Der Vater hat die Familie nach der Geburt des vierten Sohnes verlassen. Sein Verbleib ist unbekannt. Die Mutter hat alle Söhne dann ins Heim gegeben, aus unbekannten Gründen, wahrscheinlich weil sie sich überfordert fühlte."
„Hören sie mit solchen Annahmen auf. Das ist unsachlich. Bitte!"
„Anita Gerster, die wir tot in ihrem umgeräumten Büro gefunden haben, war die Mutter der Vier. Sie hat seit 17 Jahren dort gearbeitet und sollte kommende Woche in Pension gehen. Der Mord hängt damit zusammen, dass die Brüder Rachegelüste oder dergleichen haben, gehabt haben."
„Das ist ja hochinteressant. Aber weder dort, noch im Krankenhaus, hat jemand einen der Brüder gesehen. Nach Herrn Pronskas Angaben waren es erst zwei und dann drei Männer. Den Grund hat er selbst genannt, wie er mir, und ihnen, erklärte. Immerhin existieren diese Männer wirklich."
Weger nickte ihrem Chef zu.
„Und das reicht ihnen, dass diese Typen einfach nur irre sind."
„Nein. Meine Vermutung ist, dass es sich bei Pronska um den Vierten handelt. Und die anderen Drei...hm."
„Pronska ist Werner Unterholz?"
„Vielleicht."
„Egbert Bender war wohnhaft in Altenholz in Schleswig Holstein und dort wurde er als vermisst gemeldet. Dass er jetzt hier in Köln tot aufgefunden wurde, hat auch einen Grund. Er ist der Vater der vier Jungs. Motiv: Strafe für das Verlassen der Familie. Alles fügt sich zusammen. Ganz einfach, Herr Kommissar, und ganz logisch."
Karl lehnte sich zurück und genoss einen Schluck kaltes Wasser. Seinen Lachfalten ging es bestens.
„Der Fall ist gelöst. Ein paar Kleinigkeiten sind mir nicht klar. Wir werden diesem Herrn Pronska einen Besuch abstatten und ich bin sicher, die Lösung liegt bei ihm."

In Sichtweite des Mehrfamilienhauses parkte ein neues Polizeiauto, nicht mehr jenes, dessen Insassen es so übel ergangen war.

„Alles klar?" gähnte Weger die beiden Uniformierten an.

„Natürlich. Mit wem haben wir denn das Vergnügen?"

Karl zeigte seinen Plastikausweis.

„Ist keiner rein, der verdächtig aussieht."

„Okay. Melden sie sich, wenn sie etwas Auffälliges sehen."

„Wem?"

„ Die Kollegen werden mich verständigen."

„Aha."

Der von den Floskeln angeödete Beamte machte hinter ihrem Rücken eine vielsagende Handbewegung.

Das gewöhnliche Mietshaus im Stil der Gründerzeit gähnte sie mit seinen langweiligen Fenstern an, so als gäbe es nichts im Innern zwischen den maroden Wänden zu erkunden. Im zweiten Stock wohnte der angehende Gastgeber der beiden wissbegierigen Beamten. Karl glotzte durch den winzigen Spion, der jedoch abgedeckt worden war.

Wie von allein schwenkte die Tür daraufhin zurück und spendete Einlass. Eine Person stand seitlich hinter der Tür.

„Treten sie ein", forderte eine sonore Stimme und erst als Beide im Flur standen, wurden sie von männlichen Mitgliedern der Familie Unterholz umzingelt und diesmal waren sie zu viert.

„Legen sie alle ihre Waffen ab. Und ihre Kleidung auch," forderte sie Josef, der Leitwolf, auf.

„So eine Scheiße!" fluchte Weger.

„Nein, ich bin dagegen. Die sollen sich nicht ausziehen. Die stinken bestimmt, wenn sie nackt sind."

Josef sah seinen jüngeren Bruder Viktor mit weit geöffneten Augen an.

„Wir müssen sie demütigen."

Werner und Leonhard hielten die Kripoleute mit Schusswaffen in Schach, während die beiden anderen keine Tötungsinstrumente nötig hatten. Dann schaltete sich auch Werner in die Diskussion ein.

„Die sollen sich jetzt auf das Sofa setzen und fertig. Die sind schon genug damit gedemütigt, dass wir sie nachher kaltmachen."

Karl rieb sich die Augen ob der trübsinnigen Aussicht, während seine Mitstreiterin ihre glasigen Pupillen abwärts auf den olivgrünen Teppichboden ausrichtete. Erste Verzweiflung kam ihr in den Sinn. Gegen gleich vier Wahnsinnige konnten sie nicht viel ausrichten. Viktor sammelte die beiden Smartphones ein und trampelte und sprang auf ihnen herum. Die vier sehr unterschiedlich ausschauenden Brüder waren sich uneins, worin aber kein Hoffnungsschimmer für ihre Opfer aufflammen wollte. Schließlich ergriff Josef beschwichtigend das Wort.

„Okay. Fangen wir einfach mit unserem Quiz an."

„Wo ist Herr Pronska?"

Viktor verschwand kurz, präsentierte den abgeschlagenen Kopf und warf ihn dann zurück in die Badewanne.

„Soviel zu der Theorie, Chef!"

Wegers Kommentar verursachte bei ihrem Vorgesetzten nur ein Achselzucken. Beide waren zu entsetzt für weitere Worte. Doch sehr bald wurde ihnen weiteres abverlangt.

„Also, meine Lieben: Hier sind unsere Spielregeln: ..."

„Was soll der Unfug? Sie bringen uns doch sowieso um. Wozu dieser Scheiß vorher?"

„Aber Herr...Was sind sie? Kommissar oder so? Scheiß ist eines meiner liebsten Wörter. Wir bringen sie nicht um, wenn sie...Mein Bruder hat eine andere Meinung, aber wir wollen fair bleiben."

„Na, ja, von mir aus," raunte Werner und tauschte die Schusswaffe gegen eine Axt.

„Also, es gibt zehn Fragen, die ich abwechselnd stelle. Wenn der Befragte sie weiß, behält er den entsprechenden Finger, wenn er es nicht weiß, verliert er ihn und die Frage geht an den zweiten Kandidaten. Wenn der zweite es auch nicht weiß, ist auch der Finger futsch. Die zehnte Frage ist die Entscheidende. Wenn sie richtig beantwortet wird, dürft ihr beide weiterleben und wenn nicht, endet ihr bei diesem popeligen Kioskmagnaten. Alles klar?"

„Wenn jeweils der Gefragte richtig antwortet, behalten wir alle Finger und unser Leben. Ist das so?" wollte Weger wissen. Ihre Stimme zitterte.

„Ja, Babe. Aber das werdet ihr uns doch nicht antun."

Werner lachte über den Satz seines Bruders.

„Jeder von uns darf mitmachen. Von uns Vieren, meine ich."

Viktor zückte ein gewöhnliches gezacktes Brotmesser. Er grinste dazu und fletschte die Zähne.

„Erste Frage an dich, Kommissar:..."

„Hauptkommissar."

„Du unterbrichst mich?"

Es setzte eine Ohrfeige.

„Noch einmal und ich schneide dir die Kehle durch. Dann macht deine Helferin alleine weiter.Alles klar?"

Karl nickte.

„Ulan Bator ist die Hauptstadt von welchem Land?"

Räuspernd antwortete Karl.

„Mongolei."

„Ja, das ist richtig," verkündete Josef süffisant.

„Das ist viel zu leicht!" mischte sich Werner ein.

„Statt zwei Fingern weniger sind es jetzt schon zwei, die nicht abgeschnitten werden. So macht das keinen Spaß."

„Du stellst die nächste Frage, die zweite. Jeder ist mal dran. Zuerst der linke Daumen, jetzt geht es um den rechten Daumen."

„Meine Frage...aber mir fällt nichts ein."

„Erst willst du unbedingt etwas fragen und jetzt weißt du nichts."

Der mutmaßliche Anführer der Brüder schüttelte den Kopf.

„Moment. Jetzt habe ich doch eine Frage. Die Frau muss antworten. Ich weiß aber die Antwort selber nicht. Von wann bis wann lebte Voltaire?"

„Moment mal. Wenn du die Antwort selber nicht weißt, woher willst du dann wissen, ob sie die richtige gibt?"

„Ich weiß, wann er gelebt hat. Ganz genau. Ich habe seine Sprüche und den ganzen Kram gelesen. Ein cleveres Kerlchen!" ergänzte Viktor und fühlte sich zumindest vorübergehend geistig größer als seine Blutsverwandten. Sie bekamen nicht mit, dass Weger aufatmete.

„Von 1694 bis 1778," war ihre Antwort.

„Mann!" schimpfte der Kleinste der Vier los.

„Woher kennst du überhaupt Voltaire?"fragte er sein kräftiges Brüderchen.

„Ein wenig belesen zu sein, schadet doch nicht. Ich hatte ein Taschenbuch mit seinen Sprüchen im Bau. Als ich das erste Mal dort war."

„Genug. Leo, hast du eine Frage?"

Der Kraftprotz der Familie gab keine gesprochene Antwort und senkte nur den linken Daumen.

„Dann ich!"

Viktor rieb sich die überschwappende Wampe. Sein Lächeln durften die unfreiwilligen Kandidaten als böses Omen werten.

„Die Entfernung der Erde zum Mond variiert, weil er keine kreisrunde Umlaufbahn hat. Wie hoch ist die durchschnittliche Entfernung in Kilometern? Nur die Tausender. Wie viele?"

Karl, der nun an der Reihe war, senkte den Kopf und betrachtete seinen linken Zeigefinger, von dem er sich nun gedanklich schon verabschiedete.

„Ich habe es mal gewusst. Irgendwo habe ich das gehört. Im Fernsehen."
Leonhard umfasste den Hauptkommissar von hinten und Viktor zückte das
unschuldige Messer, das mit seiner Zweckentfremdung nicht zufrieden war.
Der Schrei war markerschütternd. Weger hielt sich die Ohren zu und wäre
am liebsten ohnmächtig geworden.
„Und jetzt du."
Josefs Satz kam nicht bei ihr an. Sie starrte auf das Blut, welches über den
Tisch strömte. Erst ein Handtuch löste das Problem. Viktor warf den
Zeigefinger aus dem Fenster.
Der Chefpsychopath ohrfeigte die Polizistin, die sich nicht zur Wehr setzte.
„Du sollst antworten!"
„Worauf denn?"brüllte sie ihn an.
„Jetzt langt`s!" schimpfte Werner.
„Ich schneide ihr jetzt den Kopf ab und wir hören mit diesem Schwachsinn
auf."
„Die Frage geht weiter. Also..."
Werner holte bereits mit einem Messer aus, als sich ihm sein Bruder, der
Quizmaster, in den Weg stellte.
„Ihr seid wohl verrückt geworden!" stellte Viktor fest.
„Wie haben sie das denn gemerkt?"fragte Weger ihn, während sich Werner
und Josef Unterholz ernsthaft in die Haare kriegten. Leonhard lies von Karl
ab und sah mit offenem Mund zu, wie sich seine zwei älteren Brüder
anbrüllten.

Am ganzen Körper blutrot und die Kleidung teils zerrissen, so torkelte
Sandra Weger aus dem Haus und auf den Streifenwagen der beiden
Beamtenkollegen zu. Sie brach nicht zusammen und wurde sofort in das
Fahrzeug gesetzt.
„Alle sind tot", hauchte sie ihnen entgegen.
Was die nachfolgenden Polizisten vorfanden, war das abscheulichste, das
ihnen jemals begegnete. Das Wort Blutbad musste neu definiert werden.

„Nehmen sie bitte Platz, Frau Weger."
„Warum befragen sie mich im Vernehmungszimmer? Glauben sie mir
nicht?"
„Ich glaube ihnen alles. Entschuldigung, eine Floskel. Aber es gibt da ein
paar Ungereimtheiten", verkündete Hektor Raab der vorläufige Leiter der

Mordkommission.

„Es ist so gewesen, wie ich es geschildert habe."

„Fünf Männer ohne Kopf und bis auf unseren toten Kollegen Herrn Karl fehlen ihnen die meisten Finger. Dass wir seinen Zeigefinger nicht wiedergefunden haben, ist ihnen ja bekannt."

„Nein, habe ich nicht gewusst. Ich war nur auf dem Stand...ich wusste nur, dass er aus dem Fenster geworfen wurde. Einer dieser Irren hat ihn..."

Sie schluckte und schaute zur Seite, wo es nur die graue Wand gab.

„Sie haben sich gegenseitig die Köpfe mit zwei Äxten abgeschlagen."

„Ich war nicht daran beteiligt. Ich habe nur die ganzen Spritzer abbekommen. Es war reiner Horror. Warum lassen sie mich nicht damit in Ruhe. Jede Nacht sehe ich nichts anderes als abgetrennte Köpfe."

„Ich verspreche ihnen, es wird das letzte Mal sein, dass sie darüber reden müssen, wenn..."

„Wenn was?"

„Der Ablauf war also, dass einer der Männer wütend auf sie losgehen wollte. Einer wollte diesen aber zurückhalten. Daraufhin ist der Hauptkommissar aufgesprungen und wollte sie schützen. Leonhard Unterholz, der kräftigste der Vier, hat ihn aber mit einer Axt geköpft. Karl konnte dem anderen vorher ein Messer entreißen und rammte es diesem Kerl mit der Axt in den Bauch. Er ließ daraufhin das Beil fallen und Viktor, der korpulente Bruder nahm es auf. Er wollte sie daraufhin köpfen, aber sie sind ausgewichen. Versehentlich hat er seinem Bruder Josef den Schädel abgeschlagen. Das hat trotz des Streits aber den noch nicht toten Leonhard gestört und dieser nahm ihm die Axt ab und schlug wiederum Viktor die Rübe...entschuldigung,...ab. Dann köpfte Werner aus Wut darüber wiederum Leonhard. Jeweils zwei der vier Brüder standen sich näher. Und Werner wollte sie töten. Sie konnten ihn aber erschießen und er stürzte so unglücklich auf die zweite Axt, also eine der beiden vorhandenen, und starb. Ohne Kopf. Und die Finger? Jedem der Vier wurden wahllos ein paar Finger abgetrennt, die aber verschwunden sind. Bei der Spurensicherung und in der Gerichtsmedizin sind sie nicht. Trotz des chaotischen Ablaufe haben sie alles sehr genau beschrieben. Seltsam."

„Ich habe nur versucht zu erklären, wie es ungefähr abgelaufen ist. Versetzen sie sich mal in meine Situation: Todesangst. Ich kann nichts mehr hinzufügen. Wollen sie hören, dass ich verrückt geworden bin? Ich bin also wie eine Wahnsinnige los und habe mich blutig an diesen Typen gerächt. Unsinn!"

„Wie ich erfuhr, waren sie Herrn Karl sehr freundschaftlich verbunden."

Angeblich sind sie seinetwegen sogar zur Polizei gegangen. Ihr Vater und er sind, äh, waren befreundet."

„Sie haben Herrn Pronska vergessen."

„Seine Überreste lagen in der Badewanne. Er war nicht an der Aktion beteiligt. Das haben sie gesagt. Wir haben ihn ja gefunden. Sie haben ihm das Gesicht derart zerschlagen, furchtbar. "

„Sind meine Fingerabdrücke auf einer der Äxte?"

„Nein. Wir haben nur die Abdrücke einiger der Brüder. Sie könnten sie abgewischt haben."

„Sie haben wirklich eine blühende Fantasie, Herr..."

„Raab. Ich mache nur meinen Job. Übrigens werde ich in Kürze ihr Vorgesetzter sein. Sobald sie sich ausreichend erholt haben."

„Sie ermitteln nicht gegen mich? Was soll das dann jetzt sein?"

„Nennen sie es Formalität. Ich habe gedacht, sie wollten mir noch etwas dazu erzählen. Wir legen die Sache jetzt ad acta. Im Grunde sind viele Leute froh, ich meine sehr froh...darüber, dass diese Männer nicht mehr existieren."

„Kann ich jetzt gehen?"

Er nickte ihr freundlich zu.

Ihr erster Weg nach dem Gespräch führte sie zum Mietshaus, in dem sich die beispiellos blutige Angelegenheit abgespielt hatte. Pronskas Wohnung war versiegelt. Sie klingelte bei der Nachbarwohnung, die sich direkt links an jene des Ermordeten anschloss.

Jener Tote allerdings öffnete und war quicklebendig.

„Oh, freut mich, kommen sie rein."

Eilig und schweigend setzte sie sich auf das mondäne beigefarbene Sofa.

„Wollen sie hierbleiben?" fragte sie und sprach keine richtige Begrüßung aus.

„Warum interessiert sie das?"

„Sie haben mir das Leben gerettet. Ich möchte sie unterstützen. Gibt es etwas, dass ich für sie tun kann?"

„Weiß ich nicht. Eigentlich ist mir alles egal. Ich habe meine beiden Lebensgefährten verloren. Wir hatten ein Dreiecksverhältnis."

Er kippte sich Hochprozentiges aus einem großen Glas wie Limonade die Kehle herunter.

„Es war nicht einfach, die beiden Wohnungen nebeneinander zu bekommen. Möchten sie noch mehr über uns wissen?"

71

„Wollen sie sich nicht melden? Ich denke, sie bekommen keine Strafe."

„Das denken sie? Ich habe den Mördern die Köpfe abgeschnitten. Und was ist mit ihnen? Sie haben gelogen. Ihre Karriere bei der Polizei wäre am Ende."

„ Ich könnte sagen, dass sie mich unter Druck...nein, wenn sie nicht gewesen wären, gäbe es mich nicht mehr."

„Sie brauchen mir nicht dankbar zu sein. Ich habe das nicht für sie getan, nicht um sie zu retten. Darüber sollten sie sich klar sein. Als die Kerle sich gegenseitig an die Gurgel gegangen sind, habe ich eine Gelegenheit bekommen. Die Gunst der Stunde, wie man so schön sagt. Ich kannte mich so nicht. Ich weiß nicht, was mit mir los gewesen ist. Bin ich auch verrückt? Rache, Blutrache, nichts anderes kommt mir in den Sinn. Wir Homosexuellen haben einen schweren Stand. Ich habe alles hineingeworfen, was ich hatte, alles, meine ganze Wut, meine Verzweiflung. Es hat mich befreit, zwei dieser Bestien zu töten und ihnen die Köpfe abzuschlagen."

„Sie haben also ihren Freund mit ihnen selbst verwechselt."

„Wir sehen uns ein wenig ähnlich. Das ist alles. Sie haben ihm das Gesicht verunstaltet, ich habe den ganzen Abend geweint, ich weine jeden Abend. Jeden Abend. Aber beide hätten gewollt, dass ich nicht aufgabe. Ich weiß gar nicht, was ich jetzt machen soll. Ich bin ja offiziell tot. Meine Mutter und meine Geschwister denken, mich gäbe es nicht mehr. Ich kann meine Sachen nicht aus der Wohnung holen. Ich glaube, ich werde wahnsinnig."

„Ich werde diese Bilder auch nicht mehr los", sagte sie ruhig.

Pronska zuckte plötzlich herum, blieb dann stehen und wandelte wie in Trance zum Fenster. Den Sprung überlebte er nicht. Sandra Weger dachte an ihre Familie. So viele Bilder gingen ihr durch den Kopf. Dann blendete sie alles aus und sprang ihm hinterher. Auch sie überlebte es nicht.

Das Mysterium der Farne

Es klingelte und der nächste Gratulant stand auf der Schwelle. Professor Horngabel persönlich gab sich die Ehre, seinem jüngeren Mitarbeiter und wahrscheinlichen Nachfolger und dessen angehender Gattin ein außergewöhnliches Hochzeitsgeschenk beim Polterabend zu überreichen.
„Wir sind draußen auf der Terrasse. Kommen sie!"
„Nein, Tim, ich habe keine Lust zum Feiern. Ich bin nicht der Typ dazu, das wissen sie doch. Ich wollte ihnen einen Karton mit ein paar Pflanzen schenken."
Der Endfünfziger stellte die Pappkiste in der Größe eines Schuhkartons auf einen Ablageschrank neben der Garderobe, an der sich ein ganzes Sortiment an Jacken und Mänteln gesammelt hatte.
Tim Kramer linste neugierig in die Schachtel.
„Das sind grüne Farne. Sechs grüne Farnblätter."
„Oh, Vorsicht! Das sind nicht einfach nur Pflanzen. Sie sind weit mehr, als sie denken. Ich hab sie extra für sie mit einer Nährlösung am unteren Ende bearbeitet. Sie müssen nur noch eingepflanzt werden."
Kramer hielt eines der hübschen Blätter gegen das Licht der Dielenlampe.
„Hat einen ganz leichten Stich ins lila.."
„Es sind 6 Stück. Jeder ist jetzt grün. Wenn sie sie eingepflanzt haben, verändern sie sich in lila, rot, orange, gelb, rosa und blau. Sie müssen an einem dunklen Ort in einer Ecke gepflanzt werden. Lichtgeschützt, das ist wichtig."
„Im Ernst?"
„Natürlich. Ich züchte sie selbst."
„Wollen sie mich auf die Rolle nehmen?"
„Nein. Auf keinen Fall. Sie werden staunen. Wenn sie möchten, kann ich ihnen bei der Bepflanzung helfen."
„Diese Verfärbung ist also das Besondere oder wie meinen sie das?"
Der Beschenkte hielt einen anderen Farn vor das Licht, der einen rötlichen Schimmer auslöste.
„Da ist etwas. Ich kann wirklich eine Farbe erkennen. Rot. Ich weiß nicht, aber...ist das nicht unmöglich?"
„Sie werden es sehen. Und es gibt noch ein paar andere Eigenschaften."
„Woher haben sie die? Ich habe in unseren Labors..."

„Das hat nichts mit unseren Forschungen zu tun. Ich habe sie aus Brasilien mitgebracht. Wir sehen uns nach ihrem Urlaub am Montag."
„Wollen sie wirklich schon gehen? Barbara ist auch hier."
„Barbara...ach, so", lachte der Gelehrte.
„Das ist schwierig mit dem Verkuppeln. Sie ist sehr reizvoll. Als Frau. Aber ich muss jetzt wirklich los. Meine Vorträge müssen vorbereitet werden."
„Sehr schade."

Kramer beachtete den Karton erst wieder am nächsten Morgen, nach dem er und seine angehende Frau Genevieve, die er spöttelnd häufig Günni nannte, ihren Rausch ausgeschlafen hatten.
„Warum ist denn der Professor nicht länger geblieben?" fragte die zukünftige Ehefrau, die im 3. Monat schwanger war.
„Keine Ahnung. Nicht mal seine Angebetete...nein, vielleicht passt das Wort nicht, scheiße, was rede ich für einen Unsinn. Aber schwul ist er auch nicht. Ich dachte, er steht wirklich auf sie."
„Viele Männer sind schüchtern. Er braucht nur Alkohol und ein wenig Entgegenkommen von ihr. Dann geht das schon."
„Was? Entgegenkommen? Wir Männer müssen uns abstrampeln...aber lassen wir das Thema. Er hat uns ein tolles Hochzeitsgeschenk gebracht. Ein paar Blätter. Farne. Die sollen wir einpflanzen."
„Schmeißt du sie auf den Kompost?" fragte sie.
„Liebes! Das ist nicht dein Ernst, oder? Die dürften selten sein. Der Alte hat sie aus Brasilien mitgebracht. Er hat eine Expedition angeleiert wegen eines Meteoriten und einer Höhle, weiß Gott, was er dort gefunden hat. Aber er hat eben anderen Spaß im Urlaub als normale Leute."
„Du hältst dich also für normal?"
Kramers Partnerin lachte ihn aus und er lachte mit. Was sollte er sonst tun, denn normal war niemand, der es in Horngabels Team geschafft hatte. Kreativität erforderte ein gerüttelt Maß Fantasie und Wahnsinn, idealerweise beides zu gleichen Teilen.

Zwei Wochen vergingen und Tim Kramer verzichtete wie gewohnt auf den weißen Laborkittel. Den hatte er als Führungsspieler nicht mehr nötig. Er war immer der erste von 90 Mitarbeitern vor Ort. An diesem Morgen aber gab es eine Veränderung. Der Securitymann kam ihm entgegen.
„Guten Morgen Doktor Kramer. In ihrer Abteilung hat es einen Todesfall

gegeben."

„Einen Todesfall?"

Dem Angesprochenen lief der Speichel aus dem aufgerissenen Mund. Der bullige Wachmann räusperte sich.

„Professor Horngabel ist tot. Sein Bruder hat eine Nachricht für sie hinterlassen. Direktor Winscholl wollte ihnen nicht den Urlaub vermiesen. Sie haben geheiratet. Ähm, herzlichen Glückwunsch."

Kramer starrte auf den Boden, der sich unter ihm auftun wollte und ihn bald zu verschlucken drohte. Er verstand, dass man ihm die traurige Nachricht auf der Hochzeitsreise ersparen wollte. Trotzdem wäre es richtig gewesen, ihn zu unterrichten, fand er.

„Die Beerdigung ist nächste Woche. Rufen sie seinen Bruder an."

„Ja, klar, ich...ich...Wissen sie, woran er gestorben ist?"

„Der Direktor wird sie unterrichten. Er kommt um neun."

Kramer war nicht fähig, sich seiner Botanik zu widmen. Er setzte sich in eine Ecke. Grübelei hasste er und sprang nach ein paar Sekunden auf und kratzte seinen braunhaarigen Kopf. Dann eilte er drei Türen weiter zum Labor von Barbara Blix, die er mit seinem Chef hatte verkuppeln wollen. Natürlich war sie nicht da. Erst nach und nach trudelten die Mitarbeiter ein wie eine Gruppe Schafe, die gemütlich aus dem Stall trottete. Kramer setzte sich wieder auf den Plastikklappstuhl, bevölkerte wieder den schmuddeligen Winkel und wartete auf die nächsten Ankömmlinge.

Der Leiter des Instituts höchstpersönlich rüttelte ihn aus der aufgekommenen Apathie.

Winscholl war nicht bekannt für tröstende Worte und nickte wohlwollend. Mehr war nicht drin im Gefühlsleben des Institutsleiters.

„ Morgen ist die Beerdigung. Ihre Abteilung bekommt geschlossen frei. Ich werde auch hingehen. Sie haben sich relativ nahegestanden, ich weiß, aber denken sie an ihre schwangere Frau. Familie ist etwas , das dem Professor völlig abgegangen ist. Trotzdem hat er sie irgendwie als eine Art Ziehsohn betrachtet, hat er mir mal gesagt. Ich möchte außerdem, dass sie seinen Bruder anrufen. Es geht um das Labor, glaube ich."

„Ich kenne seinen Bruder...einigermaßen."

„Die Arbeit kann warten."

„Ein dutzend Projekte, die wir..."

„Später. Fahren sie mal jetzt zu seinem Bruder. Hier machen wir für heute auch dicht, denke ich und ab Mittwoch läuft alles wieder normal."

Der Chef bestand auf der Kontaktaufnahme, die er nicht ganz uneigennützig betrachtete, hoffte er doch darauf, dass der verstorbene Wissenschaftler seinen Kollegen Unterlagen und Gerätschaften hinterließ. Olaf, der Bruder, interessierte sich nicht im geringsten dafür und war ein steinreicher Anlageberater. Sein Bestreben war, alles loszuwerden, was er als Ballast ansah. Und das war nicht wenig. Winscholls freundliches Gesicht gefiel ihm an diesem Tag ganz besonders nicht.

Im Vorgarten des kleinen Palastes stand Olaf Horngabel zwischen zwei Bäumen und arbeitete an der Installation einer Hängematte.
„Schön, dass sie kommen konnten. Ich habe einiges für sie."
„Ich kann es nicht glauben. Niemand konnte mir bisher sagen, woran er gestorben ist und wann."
Der Bruder sah ihm in die Augen und schaute zu den knorrigen Ästen hinauf.
„Ich habe ihn gefunden. Am vergangenen Donnerstag, als wir ihn fürs Theater abholen wollten. Er hat nicht aufgemacht."
„Ein Herzinfarkt?"
„Was?" polterte Horngabel los.
„Damit hätte er einen sanfteren Tod gehabt, aber...ich weiß nicht, wie sich das anfühlt und ob das sanfter ist. Der Tod ist doch nie sanft, oder was denken sie? Er lag im Wohnzimmer hinter der Terrassentür. Das verfolgt mich. Natürlich."
Er musste eine Pause machen.
„Ein Tier hat ihn angefallen, meint die Polizei. Sie haben es festgestellt, so wie man Bremsspuren auf dem Asphalt feststellt, mit der Lupe untersucht. Er ist zerfleischt worden."
Mit dem rechten Zeigefinger zog er eine Linie vom Hals bis zum Schambereich.
„Er ist aufgerissen worden wie ein...ich weiß nicht was und seine Organe und alles was darin sonst noch war..."
Kramer schluckte und wollte sich das nicht bildlich vorstellen.
„Ein Raubtier. Das hört sich nach einem Löwen an."
„Ein Löwe? Ich will ihnen gar nicht sagen, was die Polizei dazu festgehalten hat. Vielleicht werden die noch bei ihnen vorbeischauen."
„Und was meinten die?"
„Warum soll ich es ihnen nicht sagen. Er mochte sie sehr und ihre freundliche Art. Sie sind ein friedfertiger Mensch, der immer alles zu regeln versucht. Gewalt liegt ihnen fern, hat er mir erzählt. Jetzt geht es aber um Gewalt und Brutalität. Ich muss damit umgehen. Krallen oder Klauen, ich

76

weiß nicht, ob es dasselbe ist, hätten seinen Bauchraum aufgerissen. Wie von einem Adler und Bisswunden von einem sehr großen Insekt oder einer Spinne. Winzige Sandkörnchen wurden außerdem gefunden."

„Das klingt absurd."

„Ja, sicher ist das absurd. Außerdem hat man hier im Viertel nichts gesehen oder gehört. Es war ja helllichter Tag."

„Wahrscheinlich wird es wieder auf einen Wolf hinauslaufen."

„Wir sind hier in einem Villenviertel. Niemand hat etwas gesehen, das nur ansatzweise auf ein Raubtier hindeutet."

Kramer schwieg und auch Horngabel sagte für Augenblicke nichts. Die Ratlosigkeit war ihnen gemein.

„Sie wollten mich unbedingt sehen."

„Ja", sagte der Mann mit der Denkerstirn und nickte ihm zu. Sein plötzliches Lächeln schmerzte ihn, dem eigentlich nicht nach Heiterkeit zumute war.

„Es ist hier nicht sicher, soviel kann ich ihnen verraten."

„Soll das heißen, das dieses..."

„Ich weiß es nicht. Ehrlich. Ich gehe auch nicht gern in das Haus."

Er zückte eine Pistole aus der Jackentasche.

„Damit fühle ich mich besser."

Mit der Waffe im Anschlag trat er den kurzen Weg zur Tür an.

„Kommen sie. Ich will ihnen das Labor zeigen. Waren sie schon mal hier?"

„Im Labor noch nicht, aber wir waren zum Essen mehrmals hier."

„Er war Hobbykoch. Das hat ihm Spaß gemacht. Jetzt bekommt meine Tochter das Haus. Sobald die Siegel im Wohnzimmer und auf der Terrasse fort sind und diese Spürhunde mit der Arbeit fertig sind und alles gesichert ist, zieht meine Tochter mit den Enkeln ein."

„Wollen sie die Waffe nicht wegstecken?" fragte Kramer. Seine Stimme zitterte.

„Nein!"

„Hat die Polizei das Haus etwa nicht durchsucht?"

„Was ich von denen halte...Ich habe eine gute Erziehung genossen. Reicht ihnen das?"

Die Kellertreppe geleitete sie in eine kleine ungewohnt wuselige Welt, die Kramer vollends verblüffte. Das private Labor breitete sich auf einem unterirdischen Areal von mindestens 150 Quadratmetern aus. Einfach überall stand alles voll mit Dingen, die Wissenschaftler zum Träumen brachten. Das Equipment in seiner Gesamtheit suchte seinesgleichen.

„Ich bin kein Forscher. Alles, was sie hier sehen...ich meine wirklich alles, natürlich außer den Räumen...genaugenommen ist es ein zweigeteilter

Raum. Also das alles gehört ihnen."

Kramer holte tief Luft. Ein unglaubliches Geschenk wurde ihm gemacht und das aus einem traurigen Anlass, den er am liebsten weggewischt hätte. Um sich richtig zu freuen, war er nicht in der Stimmung und trotzdem kam ihm der Gedanke, dass er schon allein vom Verkauf der gesamten Einrichtung viele Jahre sorgenfrei hätte leben können. Das war nicht sein Bestreben. Platz gab es genug. Schon die Proben, die sein Mentor hier unten zusammengetragen hatte, waren ein Vermögen wert. Kleine und trotzdem extrem teure Mengen an Gold und Platin wurden in Plastikbehältern aufbewahrt. Und sie ergaben nur einen Bruchteil der Materialien, die sich in den vielen Schränken tummelten.

„Ist das wirklich ihr Ernst?"

„Natürlich. Er hätte gewollt, dass sie das alles bekommen. Sagen wir einfach mal so, er hat es ihnen durch mich vermacht. Wir sind finanziell unabhängig. Wir brauchen das hier alles nicht. Er wollte ihnen das Labor auch testamentarisch vermachen."

Kramer konnte es kaum glauben. Modernster Drucker und PC waren nur eine Randnotiz wert im Gegensatz zu dem Elektronen-Mikroskop im Wert von vielleicht einer Viertelmillion Euro und derlei leisteten sich Forscher für ihre private Tätigkeit üblicherweise gar nicht. Es gab pulverisierte und feste Materialien.Samen, Minerale, Gewürze, Gifte, Drogen und Pflanzenproben, die in die Tausende gingen. Kramer staunte über den größten Teil sämtlicher in der Natur vorkommender Stoffe und er war sicher, dass so einiges illegal in Horngabels Besitz gelangt war. So manches war auf dem freien Markt verboten und durfte nur mit behördlicher Genehmigung in Forschungseinrichtungen aufbewahrt und verwendet werden. Die unterschiedlichsten Pflanzen zu kreuzen und ihre Eigenschaften zu kombinieren, war nicht die einzige Leidenschaft des Gelehrten gewesen. Sein Ziel war die Symbiose von Pflanze und Tier oder Mensch oder am besten alles zusammen, was immer dabei auch herauskam. Kramer starrte nur noch fasziniert herum. Er wusste nicht mehr, wo er hinsehen sollte.

„Einige seiner Pflanzen müssen sie auch mitnehmen. Vor allem die dort hinten."

Er zeigte auf eine provisorische Dunkelkammer, wie sie wohl einmalig auf der Welt sein musste.

Schwarze bis zum Boden reichende Vorhänge baumelten an vier in die grau gesprenkelte Decke gehauenen Eisenhaken.

Eine sehr simple Art, eine schattige Fläche einzurichten, dachte Kramer.

Und irgendwo auch sinnfrei, denn im Keller war es ohnehin dunkel, wenn man nicht unten war. Lag es an den schmalen Kellerfenstern? Er konnte keine sehen. Die ehemals rechte Hand des zerfetzten Gelehrten zögerte und machte nicht, was sie sollte. Was war dort?

„Ja, ja, ich habe so was auch noch nicht gesehen. Am besten verbrennen sie es. Das ist einfach nicht normal."

Aber was war normal? Kramer steckte endlich den Kopf zwischen die schwarzen Laken. Diese Pflanzen brauchten kein Licht. Sie erzeugten es selbst. Es gab Nachtschattengewächse, denen Düsternis nichts ausmachte. Das war aber kein Vergleich mit dieser irren Flora.

Derartiges war neu für ihn. Es war ein Nebel, der einen Meter Höhe erreichte wie eine kleine Wolkenschicht, die sich über die vorgegebene Fläche erstreckte. Die Farne in ihren 6 Farben beherrschten den gesamten Boden und wuchsen dicht an dicht. Sie strahlten, glühten, vibrierten, leuchteten, sie taten alles was sie konnten und erzeugten sogar einen Summton, für den man ganz genau hinhören musste. Rot, orange, lila, rosa, gelb und blau vermischten sich zu einem wilden Farbenfeld. Man konnte die üppigen beblätterten Gewächse nur verschwommen sehen durch diesen trüben Nebel. Kramer war sofort fasziniert von diesem Farbenspiel. Es funkelte und blitzte manchmal. Wie in einem kleinen undurchdringlichen Urwald bevölkerten die Farne unter dieser geruchslosen Luftschicht das viereckige Beet.

„Was haben sie gesagt? Verbrennen?"

Kramer wandte sich um und kratzte sich die Stirn, während seine Augen wie sinnfrei zur Decke blickten.

„Das ist eine Züchtung, wie es sie noch nie gegeben hat. Ich nehme die Pflanzen mit. Nicht jetzt natürlich. Aber in Kürze, keine Sorge. Es ist, als erzeugten sie eigene Energie."

„Betrachten sie mich als Banausen. Es wäre gut, wenn sie möglichst zeitnah...sagen wir...zwei Wochen. Geht das?"

„Ich werde es hinbekommen. Das ist genug Zeit, kein Problem."

„Dann sehen wir uns morgen auf der Beerdigung. Hier ist die Adresse."

Kramer steckte die Karte ein und hoffte, den pathetischen Teil schnell hinter sich bringen zu können.

Der aufgestiegene Laborleiter versuchte, seine Euphorie, seine Freude über den immensen Gewinn, äußerlich einzudämmen, am liebsten wäre er jauchzend im Kreis herum gesprungen und hätte Freudengesänge angestimmt. Aber derart lächerlich durfte er sich nicht präsentieren. Tanzen konnte er daheim mit seiner Angetrauten. Nur der Tod des geschätzten Freundes und Chefs trübte das Vergnügen und immer wieder sah er ihn vor sich. Er würde ihm alle Ehre erweisen und außerdem: Welche Berühmtheit konnte er mit der Präsentation der Farne erst erreichen, deren Existenz sein Mentor geheimgehalten hatte.

„Du kannst von mir aus den ganzen Keller voll stellen mit dem Zeug. Ich habe nichts dagegen."
„Ein Teil geht ans Institut. Und einiges können wir verkaufen."
Genevieve hatte viel Verständnis für die Wissenschaft, spekulierte selbst auf einen satten Anteil am neu erworbenen Reichtum. Sie rechnete sich ein paar kostbare Schmuckstücke aus, die bisher noch in ihrer Sammlung fehlten.
„Gleich habe ich eine Videokonferenz mit Mario Valdez. Das ist ein Freund von Horngabel aus Cuiaba."
Kramer zog sich in sein Arbeitszimmer im ersten Stock zurück. Die Kontaktaufnahme war leicht und schon nach einer Minute hatte er den vollbärtigen Mittfünfziger aus der Hauptstadt von Mato Grosso vor sich.
„Hallo Herr Kramer.Sie haben mir eine Email geschickt," begrüßte ihn Valdez in fast akzentfreiem deutsch.
„Ich muss ihnen eine traurige Nachricht überbringen. Deswegen wollte ich sie persönlich auf diese Weise sehen."
Das braungebrannte Antlitz des Brasilianers zeigte keine Gefühlsregung. Erst langsam wurden seine Augen größer, als Kramer zunächst für wenige Sekunden schwieg. Ihm fielen plötzlich nicht mehr die richtigen Worte ein.
„Es ist etwas mit Professor Horngabel. Habe ich recht?"
„Ja. Er ist..."
„Oh..."
Valdez schloss die Augen. Seine Finger fuhren über Nase, Augen und hielten dann das Kinn fest.
„Woran ist er gestorben?"
„Er wurde von einem Tier angefallen."
„Schrecklich. Äh, was für ein Tier?"
„Das ist noch nicht geklärt. Kann ich sie etwas über ihre gemeinsame Expedition befragen? Ich habe nur ein paar Bruchstücke von ihm erfahren, bevor...es geht um diese Farne."
„Er hatte einen Antrag gestellt, damit er sie ausführen und in ihr Land mitnehmen kann."
„Es geht nicht um den Zoll. Sie haben besondere Eigenschaften. Was sind das für Pflanzen?"
„Sie sind radioaktiv. Aber in einem sehr geringen Maß. Nicht mehr als manche Lebensmittel. Sie stammen aus einem Höhlensystem. Von den

Eingeborenen im angrenzenden Urwald werden sie verehrt und können angeblich Totes lebendig machen."

Kramers Mundwinkel fielen nach unten.

„ Ich rede von Legenden. Steine und dergleichen werden zum Leben erweckt. Das ist natürlich Quatsch. Ihr Professor wollte mit den Farnen experimentieren, sie untersuchen. Im Grunde sind es normale Pflanzen."

„Das glaube ich nicht."

Valdez schaute zur Seite und dann wieder auf den Bildschirm.

„Ich will ihnen nichts vormachen. Ihr Professor war von der Idee besessen, etwas Lebendiges zu erschaffen. Er hat die Legenden der Eingeborenen verinnerlicht. Angeblich ist ein Schaf in eine dieser Höhlen gestürzt und gestorben und als etwas völlig Neues wieder herausgekrochen. Man sagt, der ganze Berg sei verflucht. Das ist das eine. Laut der Überlieferung bedeutet jede Farbe eine Zutat mit einer Funktion. Rot steht für menschliches Blut, orange für Holz, gelb für Sand, rosa für ein totes Tier, lila für Eisen, Erz, Metall im Allgemeinen wegen der Zusammensetzung und Blau bedeutet Wasser. Aus allen diesen Zutaten zusammen entwickelt sich ein neues Lebewesen. Die Farne können es formen. Das Blut des betreffenden Menschen und das tote Tier sind die Schlüsselelemente und machen Aussehen und Verhalten der Kreatur aus."

„Das klingt nach einem Horrormärchen."

„ Natürlich ist das Quatsch, aber weil die Farne Energie erzeugen können, glaubte der Professor daran. Dabei ist dieses Grünzeug lediglich verseucht, von Meteoritenstrahlung mutiert, das ist alles. Und sonst nichts."

„Und wie sind diese Ureinwohner auf solche Geschichten gekommen? Schafe gibt es doch dort gar nicht."

„Natürlich gibt es in Brasilien Schafe. Die sind vor zweihundert Jahren eingewandert. Und zu diesen Geschichten: So was gibt es in jeder Kultur. Sie können das ja mal ausprobieren. Nehmen sie diese 6 Dinge und lassen sie sie einfach auf die Farne fallen. Es wäre lustig, wenn es nicht so tragisch wäre. Wir kannten uns seit vielen Jahren. Ich werde ihn sehr vermissen. Melden sie sich mal wieder. Vielleicht können wir eine Verbindung aufrechterhalten. Und lassen sie sich nicht von Ungeheuern fressen!"

Valdez schmunzelte beim Abschied und Kramer starrte noch eine halbe Minute auf den Monitor. Warum sollte er das nicht ausprobieren? Es machte keine große Mühe und er war zwar sicher, es war vergebens und reine Fantasie, aber dennoch glaubte er, Horngabel damit irgendwie eine Art Ehre erweisen zu können.

81

Es war wirklich ein Kinderspiel, die 6 Zutaten zusammenzutragen. Auch wenn er sich dabei lächerlich vorkam, so konnte er zumindest belegen, und da war er sicher, dass alles im Bereich Humbug lag. Dienstag nach Einbruch der Dämmerung machte er sich daran, in Horngabels Keller tätig zu werden. Er durfte jederzeit mit dem bereitgestellten Schlüssel dort hin und je früher er begann, die Einrichtung abzutragen, desto besser. Aber zuerst hielt er wieder den Kopf über die Pflanzen, die er wohl als Letztes zu ihrem neuen Wohnsitz bringen wollte. Zuerst schüttete er eine kleine Ampulle mit seinem eigenen Blut aus. Dann folgte ein Teelöffel Sand, den er von einem nahegelegenen Sandkasten eines Spielplatzes entnommen hatte. Ein toter Weberknecht folgte als 3 Zutat. Dann noch ein kleines Stück Gold, ein halbes Glas Wasser und ein Stück Holz in Form eines kleinen Astes von einem der Bäume aus seinem Garten. Er wartete etwas über eine Minute und es geschah nichts. Natürlich, was denn auch?
Eilig ging Kramer daran, den ersten Teil der Gerätschaften in mitgebrachte Umzugskartons zu verpacken. Ein leichtes Herumflackern in dem von den schwarzen Vorhängen umhüllten Beet bekam er nicht mit. Am nächsten Tag wollte er wieder vorbeikommen und nachsehen.

„Du brauchst dir keine Sorgen zu machen. Ich nehme nicht alles. Ein paar Sachen bringe ich zum Institut. Winscholl hat keine Ansprüche gestellt, aber ich glaube, er hofft auf ein paar Attraktionen."
„Attraktionen? Was sollen das für welche sein. Dieses Mikroskop?"
„Zum Beispiel. Ich behalte es als Eigentum, aber wir werden es bei der Arbeit gut gebrauchen können. Das Alte ist nicht so modern wie das vom Professor."
„Und die Möbel?"
„Möbel, ja, es gibt viel Kram und einiges landet sicher auf dem Sperrmüll."
Seine Frau löschte das Licht und sie schlief rasch ein im Gegensatz zu Kramer, der die halbe Nacht grübelte. Die seltsame Expedition, die Zutaten für eine bizarre Fantasie, der Tod seines Mentors und auch Valdez, dessen zurückhaltendes Wesen ihn störte. Eigentlich war er nicht so traurig, wie er es hätte sein müssen, dachte Kramer.

„Schön, dass sie wieder da sind. Haben sie schon einiges mitgenommen?" fragte der Bruder des verstorbenen Gelehrten.

Kramer hatte gerade den Schlüssel gezückt und durfte ihn wieder in die Tasche zurück fallen lassen.

„Ja, eine ganze Menge."

„Freut mich. Sagen sie mir nur, wenn sie mehr Zeit brauchen."

Kramer nickte und war wenig überrascht, dass Horngabel sofort wieder verschwinden wollte.

„Ach so, ich wollte sie bitten, nicht in die oberen Etagen zu gehen."

„Warum sollte ich? Sie meinen doch den ersten Stock."

„Und das Dachgeschoss."

„Dort werde ich mit Sicherheit nicht hingehen. Warum erwähnen sie das?"

„Ähm..."

Horngabel sah ihn ernst an.

„Weiß ich nicht. Die Polizei wird noch einmal dort oben alles gründlich absuchen. Ich setze keinen Schritt in die oberen Etagen. Tun sie es bitte auch nicht."

„Nein, sowieso nicht. Sie haben Sorge, dass...ich verstehe sie."

Hatte der Ärmste tatsächlich Angst, dass sich dieses ominöse Raubtier oben im Gebäude versteckte? Kramer fühlte sich dagegen sehr sicher. Bisher war alles in Ordnung gewesen und ihn beschlichen keine Zweifel daran, dass keine Gefahr mehr bestand.

Vor den Treppenaufgang zur oberen Etage der Villa hatte der neue Besitzer einen großen Schrank geschoben. Kramer sah es nur im Vorbeigehen und schüttelte den Kopf. Ein Lebewesen in der Größe eines Hundes hätte dennoch über die Brüstung springen können. Eine schmerzhafte Landung auf dem Parkett wäre dabei unvermeidlich gewesen.

Der Keller empfing ihn in der erwartet unaufgeräumten Unschuld des Vortages. Seine Neugier versuchte er zu unterdrücken, war er doch überzeugt, dass sich bei den Farnen nichts verändert hatte. Ein Detail störte ihn jedoch. Er blieb stehen und atmete langsam. Auf der einen der vier Seiten waren die Vorhänge zur Seite gezogen worden. Warum hatte Horngabel sie aufgezogen? Auch die Tür zum Labor war offen gewesen, wie er sich nun erinnerte.

Der seltsame Nebel, der zuvor noch über den Pflanzen ausharrte, war fast verflogen und er konnte die Gewächse besser erkennen. Was stimmte nicht? Kramer zog die Vorhänge zu. Er blendete die kleinen Beobachtungen aus und machte sich weiter ans Werk. Diesmal waren leere und gefüllte Glasbehälter in verschiedenen Größen an der Reihe, die er in Zeitungspapier einwickelte und in zwei Kartons legte.

Nach einer knappen Stunde hörte er etwas. Irgendwo oben zerbrach ein

Gegenstand. Kramer verhielt in der Bewegung. Er rührte sich nicht und wartete. Es blieb bei einem einzigen Geräusch. Eine Minute stoppte er auf der Armbanduhr und nahm dann den Karton. Auf einmal konnte er gar nicht schnell genug dort herauskommen.

In der Einfahrt, die der neue Hausbesitzer für ihn frei gelassen hatte, saß er minutenlang im Auto und dachte nach. Er hatte etwas gehört. Niemand würde ihn für dumm verkaufen können. Sollte er Horngabel davon erzählen? Der würde sich in seiner Furcht bestätigt sehen. Aber welches Tier würde sich dort verstecken wollen? Ein Waldgebiet begann keine hundert Meter weiter. Dort musste man jedwede Bestie vermuten und nicht im Haus. Warum sollte er sich den Kopf zerbrechen? Nur einen Karton nahm er diesmal mit. Zu wenig, dachte Kramer und stieg trotzdem nicht wieder aus. Er brauchte keine Ausrede dafür, dass er so wenig mitnahm und machte sich auf den Heimweg. Der nächste Tag kam ja von allein. Von seinem Chef bekam er genügend Freiraum, denn immerhin brachte er ja einiges an Ausstattung ins Institut.

Ihr regelmäßiger Atem im Schlaf wirkte immer beruhigend. Diesmal jedoch nicht. Er drehte sich nach links und dann nach rechts, bloß um sich dann wieder von einer Seite zur anderen zu wenden. Zwischen dem Gewälze, das ihn hin und her trieb, gab es diese Momente, in denen er auf dem Rücken lag und an die Decke schaute. Die Schwärze trieb ihm den Schweiß von der Stirn zum Gesicht. Dort oben über ihm lauerte etwas und beobachtete ihn. Immer wieder fielen seine Augen zu und die Dunkelheit blieb. Sie nahm ihm dann ruckartig wieder den Schlaf, der so nötig gewesen wäre.

Gedanken zerstörten die Fähigkeit zur Entspannung. Schließlich zog Kramer langsam die Decke zur Seite und schaffte es lautlos aus dem Schlafzimmer. Seine Günni durfte nicht geweckt werden. Sie sollte auf keinen Fall etwas von den verrückten Dingen erfahren, die ihn beschäftigten.

Wie ein Einbrecher schlich er durch das eigene Haus, nur um seine Frau nicht zu wecken. Er wollte Valdez nochmals konsultieren. Dabei war ihm die aktuelle Uhrzeit in dem Land mit den vier Zeitzonen völlig egal.

„Schön, dass es ihnen gut geht", begrüßte ihn der Brasilianer und zeigte einmal mehr eine ausdruckslose Miene. Selten hatte Kramer jemanden kennengelernt, in dessen Antlitz man so wenig lesen konnte. Diese fehlende Gestik bot Anlass für Spekulationen. Bewegungen konnten manchmal einiges verraten, was nicht aus dem Mund heraus flutschte. Besonders dann, wenn sie fehlten.

„Es tut mir wirklich leid, wenn ich sie um diese Zeit störe. Es ist sehr wichtig. Gibt es da noch etwas, das sie mir erzählen können?"
„Sie brauchen sich nicht zu entschuldigen. Sie sehen sehr schlecht aus. Ich sehe es. Sie sind überarbeitet und müde. Ich nehme an, sie rufen mich wegen ihres Versuchs an."
„Warum haben sie gesagt, es sei alles Quatsch? Das ist es nicht."
„Ich weiß nicht, warum ich das gesagt habe. Es sollte das Gegenteil bewirken. Sie haben dieses Experiment also durchgeführt. Was ist denn passiert?"
„Sie wollten das Gegenteil erreichen? Glauben sie, ein Forscher wie ich sei nicht neugierig? Sie haben genau das beabsichtigt. Warum?"
„Bei mir hat es nicht geklappt."
„Was ist das? Was hat es mit den Zutaten auf sich?"
„Nichts anderes als die Bausteine des Lebens. Es ist im Grunde alles enthalten, was für unsere Entstehung nötig ist. Die Farne nehmen die Bestandteile auf und bringen eine Neukreation aus bekannten Elementen hervor. Niemand versteht das so richtig, glaube ich."
„Ja, ich verstehe es auch nicht. Das Leben auf der Erde hat Milliarden Jahre gebraucht, um..."
„Genau. Die Geschwindigkeit ist es, mit der das geschieht. Es entsteht etwas Unfertiges. Es ist ein Irrtum der Schöpfung, etwas Missglücktes, weil es so geformt wird. Vernichten sie am besten alle diese Farne. Sie gehören nicht in unsere Welt. Ich habe es auch getan."
„Das klingt fantastisch. Man müsste es erforschen."
„Genau das wollte unser Freund machen. Und jetzt ist er tot. Kein Tier hat ihn getötet, sondern...sie wissen schon, was es war. So wie es aussieht, haben sie jetzt zwei Bestien vor sich. Haben sie ein Schwert oder sowas?"
„Wie bitte?"
„Sie müssen diese Wesen zerstückeln. Pistolenkugeln halten sie nicht auf. Glauben sie mir. Viel Erfolg!"
Valdez beugte sich vor und kappte die Internetverbindung.
Kramer blieb sitzen und schaute wieder ins Leere. War er nun in einer alternativen Realität des utopischen Irrsinns gelandet? Es klang verrückt über alle Maßen. Und doch musste er reagieren. Jetzt mitten in der Nacht. Vielleicht war es der richtige Zeitpunkt. Genevieve schlief und er wollte sie nicht aufwecken. Er versuchte, das Chaos in seinem Kopf zu sortieren.
Der Zeitpunkt war doch falsch. Kramer wühlte nur noch ein wenig im Keller herum. Er brauchte nicht lange zu suchen, bis er ein scharfes Samuraischwert in Händen hielt, das er sich im Übermut für einige hundert

85

Euro vor Jahren zugelegt hatte. An der Wand wollte es Günni nicht haben und nun hatte er eine Verwendung dafür, falls er es wirklich brauchte. Er musste bis zum Morgen warten und irgendwann fiel er dann doch in das Traumreich. Nach acht machte er sich auf den Weg, der ihn natürlich nicht zum Institut führte. Dort konnte er ja mittlerweile erscheinen, wann er es für richtig hielt. Niemand, nicht einmal sein Vorgesetzter, machte ihm mehr ernsthafte Vorschriften.

Die Ruhe vor dem Haus sah er als trügerisch an. Einfach umdrehen und wieder zurück fahren? Nein, permanent hin und her zu grübeln führte zu nichts. Zum Glück gab es keine Zeugen, die ihn mit dem Schwert in der Hand herumlaufen sahen. Wie lächerlich wäre er sich vorgekommen.

Es war ruhig im Haus. Im Flur blieb er stehen und hielt eine gefühlte Ewigkeit lang die tödliche Klingenwaffe bereit. Wie fasste man sie richtig an, fragte er sich. Und er fragte sich, auf was er denn wartete. Kramer war kein kämpferischer Typ und auf derartige Situationen wie jene, in der er sich nun befand, war er nicht vorbereitet. Konnte man sich auf so etwas überhaupt vorbereiten?

Niemand durfte von seinem Vorhaben erfahren. Ihn beherrschte die Angst, sich der Lächerlichkeit preiszugeben. Dabei war ihm Olaf Horngabels Verhalten zunächst suspekt vorgekommen und nun musste er sich selbst als Mittelpunkt mit dem Begriff Paranoia auseinandersetzen.

Als er den Schrank sah, den der neue Hausherr im mutmaßlichen Wahn vor das Treppenende gezerrt hatte, bekam Kramer kaum noch Luft. Das klobige Holzmöbel war von hinten her zertrümmert worden. Der ganze Bereich vor dem Treppenende war übersät von Holzstücken, Spänen, Vasenscherben und auch Kleiderbügel samt einigen Bekleidungsstücken lagen verstreut herum. Ein kräftiges Etwas war vom ersten Stock mit brutaler Wucht ins Erdgeschoss vorgedrungen. Kramer fühlte sich schwach in Anbetracht dieser Urgewalt.

Seine rechte Hand schmerzte von der Umklammerung des Griffs. Wirklich beruhigen konnte ihn die Tatsache nicht, dass er so ziemlich alles außer Stahl und Stein mit der Waffe zerteilen konnte. Wieder dachte er kurz an die Polizei. Sie würden ihn auslachen, dachte er. Würden sie das? Oder landete er gar in der Gummizelle. Alles mögliche ging ihm durch den Kopf. Auch, dass ihm Valdez wahrscheinlich wieder nicht alles erzählt hatte, was er wusste. Das spielte keine Rolle mehr.

Dann stand er vor den Stufen zum Keller. Die Tür gab es dort, wo sie hingehörte, nicht mehr. Sie war aus den Angeln gerissen worden. Er wagte nicht, das Licht einzuschalten.. Durch die Kellerfenster drang kaum ausreichend Helligkeit, um klar zu erkennen, was vor sich ging. Und das bewahrte ihn vor schrecklichen Bildern. Was sich vor den schwarzen Laken abspielte, konnte der Forscher nur undeutlich erkennen und er traute sich keinen Schritt weiter vor. Die unterste Stufe reichte aus, um aus dieser Entfernung Zeuge eines unheimlichen Schattenspiels zu sein. Zwei mannsgroße Gewächse aus Knochen und Haut umschlangen sich gegenseitig und röchelten. Verformte Menschenköpfe wurden von der jeweils anderen Kreatur unter dem gewürgt, was man nur entfernt als Kinn bezeichnen konnte.

Die Gewächse voller astartiger Verzweigungen strengten sich an, das andere Wesen zu töten. So hatte es den Anschein. Kramer sah nur schemenhaft die unförmigen Batzen Fleisch, die nicht wie Füße ausschauten und aus denen die Glieder wie Knospen herausragten und er sah die wegen der Dunkelheit farblos wirkenden Klauen, die sich in langsam windende Stücke des gegnerischen Organismus hineingruben. Sie attackierten sich, bis ihre Bewegungen noch langsamer wurden. Und dann geschah etwas Unerwartetes. Aus den feindseligen Berührungen wurden Umarmungen. Die beiden verwachsenen Figuren sanken in kaum wahrnehmbarem Tempo auf den ungemütlichen Boden und vereinigten sich. Sie wollten verschmelzen und nun wagte sich Kramer näher heran. Der Geruch, den er erst ignoriert hatte, verstärkte sich allmählich, desto weiter er auf den unförmigen Haufen zukam. Fleisch, Holz und Rost hatten sich zu einem fauligen Gemisch vereinigt, dass seine Nase auf unangenehmste Weise malträtierte.

Seine Finger entspannten sich. Er spürte, dass keine Gefahr von diesen biologischen Objekten mehr ausging. Das Röcheln hatte sich verändert und nun hörte Kramer nur noch ein leises Atmen, dass ihn beruhigte. Er knipste eine noch funktionsfähige Bürolampe an und hielt ihren Strahl direkt auf das, was sich da auf dem Boden planlos und unendlich langsam herumwälzte.

Es waren die Farben, die ihm auffielen. Alle Farben der Farne hatten sich vermischt in einem Tohuwabohu aus Sehnen, Knochengewächsen, Verästelungen und blutigen unförmigen Gliedern aus Fleisch. Und mitten drin sahen zwei Köpfe in seine Richtung. Beide waren unnatürlich zusammengepresst, als wären sie in einem Schraubstock in schmales Format gequetscht worden. Ein Auge jeweils war zu einem schmalen geschlossenen Schlitz geworden, während das andere ihn fragend ansah. Kramer erkannte den Professor, obwohl er es nicht sein konnte. Und er erkannte auch den anderen missgebildeten Kopf, der ihn staunend betrachtete. Er selbst, oder ein fehlgeborener Ableger von ihm war es, der dort inmitten des

Fleischgewürms existierte. Sein Blut, seine DNA, und auch die des Professors, wurden Opfer eines Amoklaufs. Kramer spürte keine Bösartigkeit bei diesen Kreaturen, aus denen sich allmählich eine einzige entwickelte. Etwas, das entfernt einer Hand ähnelte, streckte sich ihm aus dem pulsierenden Haufen entgegen. Er fasste es und dann war es um ihn geschehen.

Irgendwann, er hatte kein Zeitgefühl mehr, kamen sie. Erst eine Person, dann mehrere und bald ganz viele. Eine riesige Plane wurde gebracht und Männer mit Schutzanzügen brachten den großen Haufen an einen anderen Ort. Unter einem Glasdach betrachtete Kramer gemeinsam mit seinem Zwilling und dem Ableger des Professors die Welt außerhalb der kleinen Kuppel. Man fütterte sie. Vielleicht kam ja seine Frau irgendwann einmal mit dem Baby vorbei, um sie zu besuchen. Er wollte sprechen, aber er schaffte es nicht. Die Entwicklung reicht noch nicht so weit. Seine Beine waren nur noch Klumpen. Ebenso seine Hände. Dafür war der Hals länger geworden und im Gegensatz zu seinen beiden angewachsenen Gefährten trug er seinen kompletten Kopf. Nur die Haare hatte er verloren. Nun wartete er auf Genevieve. Was sonst konnte er tun. Warten, auf immer und ewig.

Der unheimliche Besucher

Er wurde ungeduldig. Immer wieder schaute er das Porträt seiner verstorbenen Exfrau an, das einen zentralen Platz an der linken Wand neben dem Fenster einnahm. Ganz gut war er über ihren Tod hinweg gekommen. Schließlich hatte sie ihn verlassen. Zorn und Traurigkeit hatten sich gegenseitig aufgehoben und ihn teilnahmslos, weil machtlos, werden lassen. Nur der Hass auf ihren neuen Mann, den Witwer, war geblieben. Vielleicht wäre sie noch am Leben, dachte Porter, wenn sie ihn nicht verlassen hätte. Ein Autounfall in dieser Gegend nördlich von Fairbanks war nicht unbedingt etwas, das all zu häufig vorkam. Wie auch immer, es kam alles, wie es kommen musste.

Noch immer war nichts vom State Trooper zu sehen, den er sehr gut kannte. Endlos erscheinende Minuten starrte er aus dem Fenster. Dann tauchte der weiße Dienstwagen ohne Sirengeheul auf. Das brauchte er auch nicht. Immerhin war die Lage ja unter Kontrolle.

Stan Porter machte sich gemütlich auf zur Tür.

„Schön, dich zu sehen", begrüßte er den Polizisten, der stets allein unterwegs war.

„Was ist denn los? Du siehst ja aus, als wärst du dem Teufel persönlich begegnet."

„Der ist es nicht. Aber du solltest es dir mal ansehen. Ich will es eigentlich nur loswerden. Furchtbar."

„Was ist furchtbar?"fragte Jameson nach.

„Na, dieses Tier."

„Du machst mich ganz schön neugierig. Los, dann zeig mir das Ding mal."

Porter führte ihn zur Kellertreppe.

„So ängstlich kenne ich dich gar nicht."

„Warts ab!"

Das großzügig ausgebaute Tiefgeschoss bot Raum für allerlei Krimskrams und unweit des Aufgangs gab es einen Hundezwinger von fast zehn Quadratmetern mit einer großen Hütte am rechten Rand direkt an der Wand. Ein zerfleischtes Tier lag im Innern des Käfigs auf dem schmutzigen Kellerboden.

Die schummrige Beleuchtung gefiel dem Polizisten nicht.

„Was ist denn mit dem Hund passiert?"

„Na, was schon?"

Porter deutete auf das Schloss des Zwingers.

„Es ist in der Hundehütte."

Jameson riss seine Dienstwaffe aus dem Halfter.

„Die brauchst du nicht. Es ist ja eingesperrt."

„Wie ist der Ablauf gewesen? Wie hast du es denn dort hineinbekommen? Ich verstehe das nicht. Ich denke, das ist ein Raubtier?"

„Ich habe Vorräte aus dem Auto geholt und mein Hund, George, ist herumgelaufen. Irgendwie ist dieses Ding ins Haus geraten. Ich habe also die Vorräte in den Keller gebracht. Die Haustür war auf. Ich wollte George gerade in den Zwinger sperren..."

„Wieso wolltest du ihn unten einsperren, wenn du allein bist?"

„Ich sperre ihn nicht unten ein. Der Keller ist immer auf und sein Zwinger ist immer offen. Er bekommt sein Futter oben. Dass ich ihn einsperre, kommt höchstens vor, wenn ich Besuch erwarte. Vor einem Dobermann hat fast jeder Angst."

„Okay. Weiter mit diesem Tier!"

„Ich war also unten und habe Konserven einsortiert. Plötzlich ist etwas die Treppe heruntergerast und wahrscheinlich durch die offene Haustür...ganz sicher ist es von draußen durch die Tür hereingekommen. George war in seinem Käfig und er läuft ja überall im Haus frei herum. Da ist dieses Vieh aufgetaucht und hat sich auf meinen Hund gestürzt. Ich war geschockt und habe sofort das Gitter geschlossen. Jetzt kann diese Bestie nicht raus. Sie versteckt sich dort drin."

„Die Haustür hast du also offen gelassen? Sei mir nicht böse, aber was du mir erzählst, klingt so...was soll ich sagen... konstruiert. Wir kennen uns schon so lange. Ich merke, wenn du lügst und Unsinn erzählst. Was ist los?"

Porter presste die Lippen zusammen. Der Verschlag, in dem er den Hund so gut wie noch nie eingesperrt hatte, war eineinhalb Meter hoch zwei Meter breit und das Guckloch oben in der Mitte mit dem Durchmesser eines Tennisballs erfüllte keinen richtigen Zweck, denn niemand schaute jemals dort hindurch und der Dobermann namens George schon gar nicht. Ein Sicherheitsschloss, wie es an der der Tür vorhanden war, hätte ein reiner Hundezwinger nicht nötig gehabt.

„Hast du einen Bären gefangen?"

Jameson ahnte, dass der Käfig nicht für einen gewöhnlichen Hund als Quartier geplant gewesen war und seine Augen wurden zu schmalen Schlitzen, die Porters Gesicht abtasteten. Dann betrachtete der Trouper den Kadaver auf der anderen Seite des Gitters, der genauer betrachtet keiner bekannten Hunderasse ähnelte. Das war kein Dobermann. Was mochte sich in der Hütte verbergen? Gar nichts vielleicht?

Sein alter Freund Porter hatte die Hände gemütlich in die Hüften gestemmt und wirkte durch und durch entspannt, ja fast zufrieden. Kein Muskel zuckte in seinem Profil.

„Okay, du hast recht. Das ist nicht George."

„Und was ist nun in der Bude?"

„Ein Monster."

„Jetzt reicht`s mir! Mach sofort auf!"

„Ist das dein Ernst? Es ist wirklich gefährlich. Ich mache nur auf, wenn du deine Pistole bereithältst."

„Wenn wir uns nicht so lange kennen würden... jetzt mach auf. Ich will mir das tote Tier ansehen. War das George? Ich glaube nicht."

Jamesons rechter Zeigefinger deutete auf das Schloss.

„Wie du willst. Aber du musst deine Waffe ziehen!"

Jameson zog die Pistole und ließ sie sofort wieder ins Halfter gleiten.

„Verarschen kann ich mich selber!"

Er trat vor den Kadaver und beäugte ihn näher. Es war ein Hirsch, dessen Unterleib regelrecht aufgerissen worden war. Wie von einer Klinge oder einer scharfen Klaue und nach einem Hund als Übeltäter sah es nicht gerade aus. Ein Dobermann hätte nach Jamesons Einschätzung, die er für sich behielt, anders getötet. Er lauschte und war der Überzeugung, dass sich nichts in dem Holzverschlag befand. Kaum überrascht registrierte Jameson, dass Stan Porter die Gitterpforte zumachte. Notfalls hätte er auf das Schloss geschossen.

„Sag mir, wenn du raus willst. Ich mache sofort auf."

„Du brauchst nicht abzuschließen. Hier ist doch nichts."

Ein leises Atemgeräusch, eher ein undeutlicher Flüsterton, drang nun aus der Hütte. Völlig perplex drehte sich der Trouper um und riss die Schusswaffe aus dem Halfter. Ein Büschel schwarzer Haare und zwei riesengroße weiße Kulleraugen mit ebenfalls schwarzen Linsen lugten schräg hinter der rechten Seite des Holzverschlags hervor. Jameson senkte die Waffe und kniff ungläubig erneut die Äuglein zusammen. Das Wesen zwinkerte ihm zu. Bedrohlich wirkte es nicht. Langsam kam auch der Rest des Kopfes zum Vorschein, zu dem eine spitze Nase und ein Mund gehörten, dessen lange Reißzähne sich selbst beim Schließen dieser Fressöffnung kaum verbergen konnten.

„Okay, jetzt kannst du mich rauslassen!" forderte Jameson in herrischem Ton und zielte mit der Waffe nun direkt auf den Kopf der Kreatur, dessen

Körper noch immer nicht zu erkennen war.

Statt aber die Tür zu öffnen, schnippte Porter laut mit den Fingern seiner rechten Hand. Das war das Signal. Mit unglaublicher Geschwindigkeit sauste das Unwesen, dessen wahre Größe Jameson extrem schockte, aus dem Hüttenbau hervor und überwältigte den Trouper so schnell, dass er nicht mehr den Abzug drücken konnte. Nach wenigen Sekunden war Jameson an allen möglichen Stellen aufgeschlitzt und seine Leiche blieb unmittelbar neben dem toten Hirsch liegen. Die Kreatur auf zwei weißem Fell bedeckten Beinen hatte extrem lange dünne Arme und Hände mit langen grauen Klauen. Die Kugelaugen leuchteten in Anbetracht des vielen Blutes, dass es saugen konnte.

Porter strahlte und öffnete das Gitter, während George, der Dobermann die Treppe heruntertapste und sich vor die unterste Stufe setzte.

Das seltsame Wesen kam auf Porter zu, der es liebevoll umarmte. Dann setzte es sich neben George, den es liebkoste.

Porter reckte dem toten Jameson einen seiner Mittelfinger entgegen.

„Das hast du davon, mir die Frau zu stehlen, du Scheißkerl!"

Wieder oben öffnete er die Haustür und seine beiden Tiere durften draußen herumtollen.

Den Polizeiwagen musste er noch loswerden. Und nun gab es einen Grund zum Feiern und zur Feier dieses Tages durfte George wieder in den Stall hinter dem Hauptgebäude. Dort trieb er es bald wieder mit einem anderen Tier, dieser mordsgeile Hund und wer wusste schon, was diesmal für ein Nachwuchs dabei herauskam.

Eine ganz gewöhnliche Psychopathin

Die folgende Geschichte entstand aus Anregungen real vorgekommener Geschehnisse

Nadine Halves kam direkt von der Arbeitsagentur. Der Supermarkt suchte dringend Personal und mit ihr hatte er genau das bekommen, was er einerseits suchte und andererseits nicht. Aber so ein Geschäft suchte nicht selbst nach Mitarbeitern, sondern der Personalleiter und Marktleiter, die kläglich dabei versagten, das harmonische Team auch mit harmonischen Leuten zu verstärken. Michael Merk empfing die Dame im Alter von 30 Jahren nach dem Vorgespräch nun zu Beginn ihres ersten Arbeitstages im Büro und machte es sich im Drehstuhl gemütlich.
„Bitte nehmen sie platz. Ich habe ihre Bewerbung ja schon gelesen. Sie sind tatsächlich gelernte Anwaltsgehilfin?"
„Ja, wenn das da steht?"
„Das steht da. Und sie wollen jetzt im Einzelhandel arbeiten? Ist das denn das Richtige für sie? Sie sind doch dafür überqualifiziert."
„Ich würde das gerne machen. Waren auffüllen und kassieren. Das ist kein Problem. Ich habe eine Stelle bei einem Notariat in Aussicht. Aber erst später und das ist nicht sicher. Vielleicht klappt es hier gut und ich bleibe."
„Wir machen einen Vertrag bis Ende Januar und dann sehen wir weiter."
„Super", sagte Nadine und schon konnte es losgehen.
Die blonde Frau mit ihren faserigen dünnen Haaren und einer schicken Brille fing als Aushilfe an und hatte in der Tat nicht genau geplant, wie es nach dem Januar weitergehen sollte. Jetzt unterschrieb sie erst mal den Vertrag. Und danach wurde sie sofort von Isabelle Brinkmann begrüßt.
„Hallo, ich bin die Isabelle. Ich bin für das Trockensortiment zuständig. Konserven, also Kaffee, Tee, Joghurt und alles, was nicht offen verkauft wird."
„Prima. Soll ich jetzt was nachfüllen?"
„Wir duzen uns hier alle. Wie heißt du?"
„Nadine. „
„Gut, Nadine, dann komm mal mit."
Brinkmann führte die neue Mitarbeiterin vor das große Teeregal. Direkt

gegenüber beim Kaffee lauerten zwei große Gitter-Transportwagen mit neuer Ware darauf, dass sie leer gemacht wurden.

„Du kannst direkt anfangen. Die Sorten..."

„Ja, ja, ich bin ja nicht doof. Ich kriege das schon hin."

„Das habe ich ja nicht gesagt, dass du doof bist. Ich wollte nur..."

Wieder wurde die langjährige Mitarbeiterin unterbrochen.

„Dann halt einfach das Maul und ich arbeite."

Brinkmann traf der Satz wie ein Blitz. Derlei Formulierungen im Umgang mit den Kollegen gab es nicht mal im Spaß und schon gar nicht mit einer neuen Kollegin, die sie noch nie zuvor gesehen hatte. Was bedeutete das? Sie reagierte zunächst mit Erstaunen und ließ Nadine stehen, die als nächstes ihre offenen Haare zu einem Dutt umdesignte, bevor sie die Waren in die Regale füllte.

Der nächste Weg nach dem wenig fruchtbaren ersten Eindruck führte sie zum Chef der Filiale zurück.

„Hat diese Frau ein Problem? Sie hat zu mir gesagt, ich soll das Maul halten, als ich ihr etwas erklären wollte."

Merk sah sie lächelnd an. Die Sortimentsbearbeiterin fand es weniger lustig.

„Im Ernst?"

Er lachte auf und kratzte sich an der linken Schläfe. Dann schüttelte er den Kopf.

„Ich rede gleich mit ihr."

Als er Anstalten machte, weiter in seinen Papieren zu wühlen, verschränkte Isabelle die Arme.

„Sofort! Sprich sofort mit ihr!"

„Ich habe eigentlich keine Zeit für so einen Mist."

„Wie bitte?"

„ Ja, ja, ist ja gut. Ich gehe ja schon."

Forsch trat er aus dem Büro und hinterließ fast eine Staubwolke.

„Hallo Frau Halves."

„Ja? Was kann ich für sie tun?"fragte sie und setzte eine sonnige Miene auf.

„Haben sie zu Frau Brinkmann gesagt, sie solle ihr Maul halten?"

„Ich? Nein. Warum sollte ich?"

Brinkmann trat der Szene hinzu.

„Jetzt streiten sie das ab? Ich bin wohl im falschen Film!"

„Ich habe den ersten Tag heute. Was soll denn das? Soll ich direkt wieder gehen?"

„Nein, natürlich nicht", antwortete Merk und sah seine Stellvertreterin verwirrt an, die kopfschüttelnd von der Bildfläche verschwand.

„Kann ich weiterarbeiten?"

Der Filialleiter nickte.

Brinkmann hielt sich in einem anderen Verkaufsgang auf und verräumte mit abgehackten Bewegungen Marmeladengläser. Ihr Kopf zuckte hin und her.

„Hat sie das wirklich gesagt?" fragte Merk leise nach und hockte sich neben sie, die in der untersten Reihe Konfitürengläser verschob.

„Das ist nicht normal."

„Wir brauchen jede Hand bei unserem Krankenstand. Vielleicht hat sie das gar nicht böse gemeint."

„Wenn man irgendwo neu ist, dann benimmt man sich so nicht."

„Lass sie doch erst mal...wenn noch mal so was passiert, sag mir Bescheid."

„Was heißt denn „so was"?"

Merk verschanzte sich in seinem Büro und las sich nochmal den Lebenslauf der neuen Mitarbeiterin durch, die nun seiner Meinung nach vier Wochen Zeit hatte, ihr Benehmen anzupassen. Dass Brinkmann log, schloss er aus.

Hilda Breitner war die Kassenaufsicht und freute sich wie eine Schneekönigin, dass es eine neue Kollegin gab, die an der Kasse eingesetzt werden konnte. Nadine Halves hatte den Bogen recht schnell heraus, gehörte doch auch nicht viel dazu, Waren mit einem EAN-Code über den Scanner zu ziehen war einfach und rechnen konnte sie ja, falls nötig.

„Oh, haben wir eine neue Kollegin?" erkundigte sich Harry Pfitzner, der Lagerist, der auch häufig in der Kasse zum Einsatz kam, da gleich zwei Kolleginnen von dort krank waren und eine ihren Urlaub genoss.

„Ich bin die Nadine", stellte Halves sich vor.

„Ich bin Harry."

Während Hilda um 13.00 ihre Pause machte, löste Pfitzner sie ab und Nadine blieb trotz ihrer Regaltätigkeit auf dem zweiten Stuhl sitzen, der im Kassenbereich bereitstand.

„Bleibst du hier?"

„Ja. Die meisten Pädophilen sind Männer. Über 90 % . Hast du das gewusst?" fragte sie den Kollegen, der aufhorchte und der Kundin ins Gesicht sah, die bezahlte und die Aussage der reizenden Kollegin mitbekam.

„Was redest du denn für einen Quatsch?"

„Das ist kein Quatsch. Wolltest du behaupten, das stimmt nicht?"

„Sollen die Kunden so was hören?"

„Na, und? Ist dir das peinlich? Hast du vielleicht etwas zu verbergen?"

„Schluss, mit dem Quatsch. Du verlässt sofort den Kassenbereich, klar?

Sofort."

„Ja, ja, alles klar. Ich gehe, du Pädophiler!"

Sie machte sich gemütlich zurück auf den Weg zu ihrer vorherigen Tätigkeitsstätte.

„Wie war das?" hakte er erbost nach.

Eine weitere Kundin schaute entsetzt den Mann ende Dreißig an und der schüttelte wütend den Kopf.

„Ich habe nichts gesagt."

„Entschuldigung, haben sie gerade gehört, was meine Kollegin gesagt hat?" Die Kundin drehte sich zur Seite und verließ eilig das Geschäft. Mit offenem Mund blieb Pfitzner stehen und ihm fiel nichts mehr ein. Fast zwanzig Jahre arbeitete er im Einzelhandel, aber etwas derart Absurdes hatte er noch nie erlebt. Eigentlich wollte er sofort zu Merk, konnte aber des lieben Umsatzes Willen die Schlange, die sich allmählich wie üblich zur Mittagszeit bildete, nicht einfach ignorieren. Umsatz war gleichbedeutend mit der Existenz des Ladens, jedes Geschäftes überhaupt. Leider fehlten ihm weitere Zeugen, die jene Bemerkung bestätigten, die ihn auf die Palme brachte.

Nach einer halben Stunde kam Hilda aus der Pause und befreite ihn aus dem Kassenbereich. Statt zu Merk ging er aber zu Nadine, die wie in Zeitlupe jede Konserve einzeln ins Regal sortierte.

„Frau Kollegin, was sollten diese blöden Bemerkungen eben? Hallo, ich rede mit ihnen!"

Sie erhob sich majestätisch und sah ihn verächtlich an. Nach einem aufleuchtenden Grinsen reckte sie einen Arm hoch.

"Hilfe, er hat mich angefasst!" rief sie und sah sich gleichzeitig um.

„Was?"

Auch Pfitzner sah sich um und ein älteres Pärchen sowie eine Frau ende zwanzig standen direkt hinter ihm.

„Rufen sie die Polizei!" schrie Nadine nun noch lauter.

Die drei Personen befanden sich unmittelbar hinter dem Ersatzkassierer.

„Das stimmt ja gar nicht. Der Mann war ja noch nicht mal in ihrer Nähe", bemerkte der Herr, der einen langen Regenschirm mit sich führte und diesen nun bedrohlich durch die Luft schwenkte.

„Sie sind wohl verrückt geworden, hier solche Behauptungen aufzustellen. Was fällt ihnen ein?"

„Das ist ja eine Unverschämtheit," schlug auch die Gattin des älteren Mannes einen wenig freundlichen Ton an.

„Lasst mich alle in Ruhe!" sagte Nadine indessen und setzte ihre Arbeit fort, als sei nichts weiter geschehen.

„Wir sind ihre Zeugen, falls sie welche brauchen," erklärte die Gemahlin des Regenschirmschwenkers bereitwillig.
Pfitzner und auch sämtliche Zufallsbeobachter verschwanden kurz darauf. Nadine hielt sich den Rest des Tages beherrscht zurück. Dank des Personalmangels gab es auch zeitweise vor allem nachmittags kaum Mitarbeiter, die sich im Verkaufsraum aufhielten. Brinkmann und Pfitzner machten einen großen Bogen um sie. Natürlich berichtete der enorm aufgebrachte Ersatzkassierer seinem Chef von den Geschehnissen. Und dieser sah ihn daraufhin fassungslos an, wollte sich demnächst um die Angelegenheit kümmern. Das war ihm denkbar unangenehm. Merk legte sich ein paar Sätze zurecht, die er sagen wollte. Bisher gab es noch nie in den Jahren, die er als Filialleiter zugebracht hatte, Vergleichbares. Kleinere Streitigkeiten blieben in der Regel harmlos und er brauchte keinen Knüppel raus zu holen, um damit auf den Tisch zu hauen. Harmonie war Trumpf. Eine andere Frage stellte sich. Sollte er die eigenwilligen Einlagen dieser Frau tolerieren und auf die zusätzliche Arbeitskraft bauen oder sie doch besser feuern? Die Entscheidung wollte er auf den nächsten Tag schieben.

Harry Pfitzner schloss gegen 7.00 morgens wie gewohnt die Tür zum Lager auf, bevor er sich über das elektronische System einloggte. Bis kurz vor acht war er meist ganz allein und erledigte die Warenannahme. Ein stetig gleicher Ablauf setzte sich in Gang und alles lief schon automatisch ab, ein Einerlei, das zwar immer verschiedene Nuancen aufwies und doch gefühlt ein kaum erträgliches Wiederholungsschema darstellte und einen Menschen wohl in den Wahnsinn treiben konnte, wenn er tiefer darüber nachdachte. So war er, der Alltag in diesem und in tausend anderen Geschäften, eben jeden Tag der selbe Scheiß, wie Pfitzner es dachte und auch häufig genug laut aussprach, selbst wenn es den Vorgesetzten missfiel. Mal kotzte ihn der Alltag mehr an und mal weniger. An jenem frühen Morgen lagen ihm die ungewohnten Irritationen des Vortags noch schwer im Magen und Rachegelüste arbeiteten sich quer durch seinen Denkapparat. Gegen halb acht legte er einige Lieferscheine auf seinen Schreibtisch und wollte sich gerade wieder seiner Arbeit widmen, als er zusammenfuhr. Nadine Halves saß auf dem zweiten Stuhl schräg gegenüber von seinem Schreibtisch.
Sie spielte mit ihrem I-Pad.
Pfitzner beäugte sogleich den Einsatzplan, der direkt neben der Eingangstür prangte. Die verständlicherweise arg ungeliebte neue Kollegin war erst für 8.00 Uhr geplant, saß aber schon dort in seiner Nähe und mit ihr in einem

Raum zu sein, beunruhigte ihn. Der sonst optimistische Mann ließ etliche Falten auf seiner Stirn unbarmherzige Tänze aufführen.

Sie sagte nichts und sah ihn nicht einmal an und er war froh darüber. Sollte ihn diese Hexe bloß in Ruhe lassen, dachte er und malte sich in Gedanken aus, was er alles mit ihr machen würde, wenn es nicht verboten wäre. So viele verschiedene Todesarten konnte es gar nicht geben, wie er an ihr vollführen würde. Hängen, köpfen, vierteilen, erschießen, ertränken, Kehle durchschneiden, skalpieren, pfählen, rädern, halbieren, erwürgen, ersticken, verbrennen, erschlagen, vom Turm stoßen und sicherlich wäre ihm noch mehr eingefallen. Ihre wirkliche bald unvermeidliche Todesart war noch nicht dabei, denn sie ergab sich dann ja aus der Arbeit selbst.

Ihr Bewusstsein und ihre pseudologischen Auswüchse liefen im Kreis miteinander Amok.

Pfitzner kümmerte sich nicht um sie und ging wieder daran, weitere Lieferanten abzufertigen.

Edwin Bertram trat nun auf den Plan, der sich beeilte, pünktlich zu erscheinen. Sein Arbeitspensum an der Fischtheke war enorm. Er kam fast zu spät und war ein wenig aus der Puste. Von der neuen Kollegin nahm er bei seinem Eintreffen noch keine Notiz.

„Haben sie Atemprobleme?" fragte sie mit frechem Unterton.

Bertram verstand die Frage nicht. Natürlich hatte er keine Probleme mit der Luftzufuhr. Sollte er der neuen Mitarbeiterin ausgiebig erklären, wodurch sich seine Atmung beschleunigt hatte? Gab es dafür einen Sinn? Er ignorierte die Frage und fand, dass man sich zunächst fremden Leuten vorstellte, bevor man sie barsch ansprach.

„Wer sind sie?"

„Ich bin neu. Seit gestern. Haben sie noch andere Fragen? Fragen sie einfach, wenn sie etwas über mich wissen wollen. Vielleicht sage ich es ihnen, obwohl es sie einen Scheißdreck angeht."

Bertram schluckte. Mit offenem Mund sah er die eigentlich adrette Blondine an. Sie lächelte wie eine Spinne, bevor sie begann, der Fliege das Leben auszusaugen. Aber Spinnen können nicht lächeln. Also war sie eine andere Art von Raubtier. Sie sog etwas anderes aus den Menschen heraus.

Dann schaute sie wieder auf ihr handgroßes Spielgerät.

„Mit dir stimmt doch etwas nicht!" sagte Bertram und duzte sie nun.

„War das eine Frage? Wenn nicht, dann halt einfach die Fresse!"

Der Fischspezialist entfernte sich, während Frau Gisenko auf den Plan trat.

„Guten Morgen. Sie sind Frau Halvers, richtig?"

Nadine schaute auf die Armbanduhr und legte ihr I-Pad zur Seite.

„Ja, bin ich. Und"

„Was heißt hier „und"? Ich bin die Frau Gisenko, ich kümmere mich um die Gewürze und die Getränke. Sie sollen dort auffüllen. Folgen sie mir bitte. Ich zeige ihnen, was sie gleich machen werden."

Halvers folgte ihr wortlos.

„Haben sie schon Erfahrung im Einzelhandel?"

„Sicher."

Vor dem Gewürzregal blieben sie stehen.

„Herr Pfitzner bringt ihnen gleich neue Ware. Sie können sich dann hier austoben."

„Alles klar."

„Wenn sie Fragen haben, finden sie mich hinten in der Nähe bei der Obstabteilung."

„Ja, ja, alles klar! Wann bringt der die Ware?"

„Was ist denn das für ein Ton? Gefällt ihnen etwas nicht?"

„Doch, alles okay. Ich würde nur gern anfangen."

Kopfschüttelnd machte sich die Verkaufsveteranin aus dem Staub. Sie hatte in den 40 Jahren, die sie in diesem Geschäft bereits zugebracht hatte, schon eine Menge erlebt. Dieses Verhalten war aber auch ihr neu. Keine Freundlichkeit und schon gar keine Herzlichkeit oder ein Anzeichen von Humor.

Etwas später besorgte Nadine sich etwas zu trinken und lernte eine weitere Auffüllkraft kennen. Susanne Schuster fiel wegen ihres leicht gekrümmten Ganges auf. Sie hatte vor allem arbeitsbedingt extreme Beschwerden mit der Körperhaltung. Ratschläge von Kollegen betreffend ihres Rückens tauchten immer mal wieder auf. Es half aber nichts und auch die neue Kollegin mit der schicken Brille hatte keine nützlichen Vorschläge parat.

Nachdem Nadine eine Flasche Fruchtmilch aus dem Kühlregal befreit hatte, sah sie Schuster mit großen Augen an. Sie stellte sich wie empört vor die langjährige Mitarbeiterin.

„Was ist denn los? Du gehst ja total krumm. Das kann man ja nicht mit ansehen."

Die gutmütige Susanne Schuster reagierte nicht gekränkt und fühlte sich nicht direkt attackiert.

„Ich habe Bandscheibenprobleme. Sind sie die neue Aushilfe, die kommen sollte?"

„Warum versuchst du nicht, dich gerade zu halten? So was kann man ja nicht ertragen."

Der Groschen fiel nun auch bei Schuster und sie wich etwas zurück.

„Du brauchst ja nicht hinzusehen. Lass mich in Ruhe!"
Nadine drehte sich um und latschte zur Kasse, wo sie die nächste Kassiererin kennenlernte. Andrea Schoninger hatte gerade Platz genommen. Ihr Markenzeichen war ein geflochtener Zopf mit einem halben Meter Länge. Nadine bezahlte und blieb dann stehen und betrachtete eingehend die Haarpracht von der Seite.
„Das ist doch viel zu lang. Wie frisierst du dich denn morgens?"
Die erste Kundin kam zur gleichen Zeit an die Kasse. Halves sah die Frau im braunen Mantel von der Seite an.
„Finden sie nicht, dass meine Kollegin mit kürzeren Haaren besser aussehen würde?"
Die Kundin schaute sie verdutzt an und erwiderte nichts. Schweigend nahm sie ein paar Münzen Wechselgeld entgegen und war auch schon weg.
„Das ist doch meine Sache. Außerdem kennen wir uns gar nicht."
„Bitteschön, du kannst ja herumlaufen, wie du willst. Von mir aus."
„Danke. Auf wiedersehen."
Der Tag zog sich lang wie Kaugummi. Bis zum Feierabend hatte jeder Mitarbeiter des Supermarkts mehr oder weniger intensive Bekanntschaft mit Nadine Halves gemacht.
Merk rief den Leiter eines anderen Supermarktes an, bei dem sie zwei Monate gearbeitet hatte. Allein eine Auskunft zu bekommen, konfrontierte ihn mit einer erbosten Reaktion, bevor der betreffende Marktleiter sich zu einer kurzen Auskunft bereit erklärte. Von Marktleiter zu Marktleiter gab es einen kleinen Austausch. Vor allem eines konnte ihm der gute Mann mitteilen und das war nichts Unerwartetes. Sie hatte eindeutig nicht alle Tassen im Schrank. Es gab psychische Probleme. Das Wort Pseudologie fiel und man dürfte jemanden wie sie nicht auf die Menschheit loslassen. Da sie außerdem eine talentierte Schauspielerin zu sein schien, kam sie irgendwie durch das Leben.
 In den folgenden Tagen hielt sich Nadine erstaunlich zurück und teilte nur gelegentlich scheinbar harmlosere Beleidigungen aus. Es fielen Blödmann, Idiot, Arschloch, Zuhälter, Saftsack, Verbrecher, Mörder, armer Tropf, Scheißer und zuweilen wurden diese Worte passend zur Zielperson auch in die weibliche Form umgewandelt.
Fast alle, nein, alle Mitglieder des Stammpersonals sehnten das Wochenende wie eine Erlösung herbei. Manchem graute vor dem Montag und der erneuten Konfrontation mit der Harmoniegegnerin. Sie hätte am Montag laut Plan morgens um 8.00 erscheinen müssen, wie Pfitzner und Bertram feststellten. Der Lagerist wirkte erleichtert, als sie bis neun Uhr noch nicht

da war.

„Die Neue ist nicht gekommen? Na, vielleicht hat sie endlich jemand massakriert."

Beide Männer lachten.

„Das ist ärgerlich. Sie sollte heute die neuen Tiefkühlwagen auspacken. Scheiße, jetzt muss ich das machen", teilte Frau Gisenko den beiden Herren mit, die das gar nicht interessierte.

„Hauptsache, die kommt nicht. Ich packe gern nachher den Kram aus, wenn ich Zeit habe."

Pfitzners Angebot war ehrlich gemeint.

Ein Monat später.

Marko Holbach war der zuständige Bezirksleiter jener Kette, der der Supermarkt angehörte. Er kam in unregelmäßigen Abständen in die Filiale, um die Rentabilität des Geschäfts abzustecken. Ganz besonders die Läger mit ihren Warenbeständen hatte er auf seiner Agenda.

Diesmal war am Vormittag der große Kühlraum für Gefrorenes dran. Merk und der Zentralgast zogen die warmen Jacken an, ohne die man es bei minus 18 Grad nicht lange aushalten konnte.

Kalte Luft entwich sofort aus dem großen Gefrierhaus mit fast 40 Quadratmetern, das einer Riesenmenge Artikel Platz bot.

„Wann haben sie hier zum letzten Mal aufgeräumt?" fragte Holbach.

„Nicht vor kurzem."

„Das sehe ich. Hier steht ja alles kreuz und quer. Hier muss aufgeräumt werden. Da stehen überall Rollbehälter herum. Schnappen sie sich mal den Herrn Briba und den Herrn Moers. Die sollen mal..."

„Die sind beide im Urlaub. Wir haben zu wenig Personal. Wissen sie das immer noch nicht?"

„Bisschen komisch riecht das hier hinten."

„Aber nur ein wenig, oder?"

Holbach trat in die hinterste Ecke und fand eine große fahrbare Kühlbox, die nur einen Spalt breit geöffnet war. Dort roch es penetranter als weiter vorn, wo sie zuvor standen.

„Hier ist ein Mensch...Um Gottes Willen!"

Holbach stürzte aus dem Kühlraum und ging in die Hocke. Er kämpfte mit einem Würgegefühl.

Auch Merk kam nun heraus und schloss geschockt die Pforte.

„Das ist ja Wahnsinn! Ich rufe die Polizei."

„Wer ist das? Wissen sie wer das ist? Mir ist übel."

„Ich weiß, wer das ist. Wir haben sie schon vermisst."

„Wieso ist sie denn dort drin? Die ist doch tot. Die ist erfroren. Sowas kann man nicht überleben. Mann, was ist hier los bei ihnen?"

„Was soll denn los sein?"

„Das muss die Mordkommission klären. Los, rufen sie an."

Holbach wurde den Geruch nicht los und übergab sich unmittelbar neben der Tür.

Die tiefgefrorene Nadine Halvers verließ den ungastlichen Ort einige Zeit später in einem Metallsarg.

Wie die gerichtsmedizinische Untersuchung später ergab, handelte es sich bei der Todesursache weniger um mehrere Schläge mit einem stumpfen Gegenstand, die eindeutig festgestellt wurden, sondern um Erfrieren. Jemand hatte sie an Händen, Füßen und Oberschenkeln gefesselt und mit einem Fahrradschloss an einen Eisenhenkel im Inneren der Kühlbox gekettet. Nachdem Befragungen nichts ergaben, wurde der Fall ungeklärt abgeschlossen. Niemand konnte als Täter überführt werden.

Merk schaute häufig auf den Personalplan und las die Namen seiner Mitarbeiter der Reihe nach ab. Immer biss er sich auf die Lippen. Ganz unten stand sein Name und er lachte immer wieder.

Ende des gewöhnlichen Hundelebens

Seltsam. Etwas war plötzlich anders. Plötzlich wusste er, was er war. Ein
Hund und er wurde sich dessen bewusst. Ein neues Gefühl war da und es
wuchs ein richtiger Verstand. Wie kam das bloß?
Die Sonne hatte ihn am Morgen besonders intensiv erwischt. Das war gewiss
nichts Neues. Diesmal hingegen rauschte der Rest eines Schrottsatelliten in
der Wüste hernieder und für den echten Sekundenbruchteil reflektierte er
einen Strahl, der sich bündelte und ein minimaler Ableger verbrutzelte dem
armen Hund ein Stück Kopfhaare. Eine kleine Schneise schmückte sein
Haupt fortan oder zumindest bis die Haare wieder nachgewachsen waren.
Schmerz. Er schüttelte sich. Die Strahlung löste eine Kettenreaktion in
seinem Schädel aus, die bis zu seinem Hundehirn durchdrang.
Vielleicht war die wahre Intelligenz der Menschheit vor so einiger Zeit mit
einem derartigen Ereignis wie dem Gehirnschmoren entstanden, wer wusste
das schon mit Bestimmtheit.
Der arme Köter beendete sein bisheriges Leben unfreiwillig und wurde
richtig nachdenklich. Dieses Gebruzzel auf seiner Kopfhaut leitete eine neue
Phase seiner Existenz ein. Wie konnte das nur geschehen? Wie sicher waren
die Forscher doch, dass Tiere sich nur begrenzt weiterentwickeln konnten
und im Großen und Ganzen im Verhältnis zu den Menschen dumm waren
und es hoffentlich blieben. Hoffentlich, denn welches Chaos wäre auf der
Welt entstanden, würden alle Tierarten unverhofft klug werden. Aber der
Held mit dem Wuschelschwanz war eine Ausnahme.
In seiner Erinnerung war sein Leben schlicht. Er schlief, fraß, pisste, kackte,
rannte gern herum und machte sich durch Bellen bemerkbar, wenn ihm
etwas Besonderes zuteil wurde oder er Hunger hatte. Und er schnupperte
und leckte für sein Leben gern. Gerüche waren sein ein und alles gewesen.
Nie hatte er darüber nachgedacht, weil er es nicht wirklich konnte. Er tat es
einfach und er war gehorsam.
Doch jetzt auf einmal stand er auf seinen vier Pfoten und erkannte die ganze
Tragik seines Lebens. Diese großen Wesen, die auch vier Pfoten besaßen,
aber nur auf zwei von ihnen liefen, bestimmten alles, beherrschten die Welt
um sich und ihn herum. Ihre Rolle auch in seinem Leben war speziell. Er
war Eigentum einiger dieser größtenteils haarlosen Wesen. Sie legten ihm

draußen stets ein Sklavenhalsband um den Hals und nur zuhause, ihrem und seinem Heim, nahmen sie es ihm ab. Er verstand nun warum. Man wollte verhindern, dass er fortrannte, glaubte er. Dabei hatte er das doch nie vor gehabt. Seine Nahrung bekam er von diesen hochgewachsenen Kreaturen. Am liebsten hätte er sie allerdings gefressen. Sie hatten sehr viel Fleisch zu bieten. Der Versuch, an ihnen zu knabbern, hätte jedoch seine sichere Existenz gefährdet. Andere Zweibeiner hätten ihn getötet. Er hatte zwar schärfere Zähne, aber sie hatten die Waffen. Mit seinen kleinen Tatzen konnte er nicht richtig greifen. Innerhalb enger Grenzen konnte er Dinge fassen. Er fragte sich ernsthaft, warum die Figuren ohne Fell, denen er bedingungslos ausgeliefert war, solch enorme Macht über ihn hatten. Zu seinem Glück durfte er an jenem bedeutenden Tag eine Weile lang ohne Leine laufen. Er sollte herumtollen in diesem umzäunten Gehege, das man speziell für ihn und andere Hunde eingerichtet hatte. Herumtollen! Was für eine jämmerlich unanspruchsvolle Beschäftigung. Das würde er nie mehr machen. Nie wieder würde er seine Zeit mit solchem Blödsinn verschwenden. Sein Mensch, eine weibliche Person, beobachtete ihn nur gelegentlich. Das Frauchen war in Gespräche mit anderen Menschen vertieft. Dass er nur noch in einer Ecke stand und seine Leidensgenossen mitleidvoll betrachtete, bekam sie nicht mit. Was sollte dieses alberne Gerenne im Kreis und von einer Zaunseite zur anderen?

Er verspürte Kopfschmerzen, bei denen es sich um Nachwirkungen seines außergewöhnlichen Sonnenbrands handelte. Sein Gehirn war so groß wie eine Frikadelle und es war eigentlich gar nicht genug Platz für all das, was sich nun darin tat. Es musste expandieren, sich selbständig um eine Erweiterung kümmern, die aber unmöglich war. Die Schmerzen dadurch wurden unerträglich. Vieles verschmolz und dann waren es Zufallsverbindungen. Der Hund fand es nicht mehr passend, blöde herumzuspringen und den Zweibeinigen vorzumachen, er wäre immer noch jener, der mit heraushängender Zunge durch die Gegend hechelte. Kein Stöckchen würde er mehr holen, nie mehr und Gebell war ohnehin sinnlos. Er wollte heraus aus dem Leben, das ihn mit Zwängen erfüllte. Sein Lebensinhalt durfte nicht mehr darin bestehen, als angeketteter Sklave mit dem Schwanz zu wedeln. Nahrung würde er schon bekommen. Und so bündelte er all seine Kräfte und nahm Anlauf. Es folgte ein gewaltiger Sprung, der seines Lebens. Oberhalb des Gatters blieb er hängen und zappelte hilflos mit den Beinchen. Aber er wollte kein Gelächter verursachen, seine Würde durfte nicht von den spottenden Menschen verletzt werden. Darum strengte er sich wiederum enorm an, um seine hintere

Körperhälfte nach vorn zu werfen. Es brauchte mehrere Versuche und der Bauch schmerzte. Rote Striemen zeichneten sich ab und dann hatte er es endlich geschafft, selbst wenn es überall weh tat. Freiheit. Ihm wurde klar, dass er der einzige intelligente Hund auf der Welt sein musste. Zunächst diente ihm das nächste erreichbare Gebüsch als Versteck. Es dauerte Stunden, bis es dunkel wurde. Aber es gab kein Zurück. Sie würden ihn suchen und nicht finden. Hunger und Durst wurden ganz langsam stärker und da war die eine Seite, die sich nach den leckeren Bröckchen in seinem Heim sehnte. Nein, er fluchte innerlich, das war kein Heim, sondern eine Sklavenunterkunft. Und doch war sie gemütlich. Er hatte es nicht schlecht, aber diese Gedanken sollten verschwinden. Er war diesen langen Klugscheißern jetzt ebenbürtig und nicht mehr ihr Untertan. Er wollte die Ära der intelligenten Hunde begründen, Gleichberechtigung auf dem Planeten einfordern. Es war schwer und eigentlich unmöglich, an der absoluten Herrschaft der aufrecht Gehenden zu rütteln. Zuerst brauchte es eine funktionierende Verständigung mit den Gebietern. Und mit seinen Artgenossen gab es auch Probleme. Sie waren ihm an Klugheit unterlegen. Wie sollte er mit ihnen Pläne schmieden und Strategien ausarbeiten, wo sie doch nichts anderes gelernt hatten, als jaulende Lakaien der Zweibeiner zu sein?

Die Informationen, die er im Laufe seines bisherigen Lebens angesammelt hatte, lagen griffbereit vor ihm und er wusste alles über seine beiden Herrschaften, obwohl ihm die seltsamen Töne unverständlich waren, die sie ständig von sich gaben. Gewiss liebten sie ihn und versorgten ihn mit allem, was er brauchte. Trotzdem tat es ihm weh, dass er nur ein Kuschelspielzeug darstellte. Oder gehörte er gar zur Familie? Nein, sie waren ja nicht verwandt. Sonst hätte er ausgesehen wie ein Hundemensch oder ein Menschenhund ohne Fell auf allen Vieren mit einem vielleicht noch längeren Schwanz. Womöglich war es seine Bestimmung, ihr haariger Begleiter zu sein und revolutionäre Denkprozesse waren nicht für ihn vorgesehen. Die Natur war doch letztendlich nichts anderes als ein großer Chaot ohne richtigen Plan und ein riesiges Flickschusterwerk. Er dachte daran, woher die Menschen das Recht nahmen, über alle anderen Lebewesen zu herrschen. Immer wieder dieser Gedanke. Natürlich gab es Gründe und der klügste Hund aller Zeiten kannte sie. Es waren die Stärke in der Gemeinschaft, die Intelligenz und die Organisationsfähigkeit, basierend auf einer gut funktionierenden Verständigung untereinander.

Es begann zu regnen und er vermisste plötzlich den Regenschirm seines Frauchens. Wollte er doch lieber die Behütung? Oder war er doch der zukünftige Streiter für sein Hundevolk? Was denn nun? Nun lernte er also auch mangelnde Entscheidungsfähigkeit kennen. Nie gab es früher eine Wahl. Unentschlossenheit war eine typisch menschliche Eigenschaft oder gar das überlegene Merkmal wahrer Klugheit. Er musste vieles abwägen und brauchte eine Strategie. Rasch legte er noch einen Haufen ins Gebüsch und machte sich dann daran, die nass gewordene Straße zu überqueren.

Es quietschte fürchterlich und dem Hund wurde klar, dass er nicht auf diese großen Metallvehikel geachtet hatte, die überall in der Gegend herumrasten. „Der arme Dackel", sagte der Fahrer seufzend zu seiner Frau, während er das Hündchen vorsichtig aufhob.

Das Schicksal meinte es gut mit ihm und er überlebte. Ein paar Kratzer reichten dem Tierarzt nicht zum Einschläfern. Über eine Suchanzeige und ein paar nette Leute kam er wieder nachhause und nicht mal zwei Tage später lag er wieder im Körbchen und wurde mit köstlichen Fressalien verwöhnt. Seine revolutionären Pläne begrub er vorerst. Seine Zeit würde kommen. Irgendwann würden sie den Menschen ihre Grenzen aufzeigen. Bis dahin durfte er sich nichts anmerken lassen. Das fiel ihm nicht schwer, schließlich war er für diese auf zwei Beinen umher stolzierenden Figuren nur ein kleiner Hund. Er durfte nur nicht vergessen, gelegentlich mit dem Schwanz zu wedeln. Denn sonst merkten sie womöglich noch, dass etwas mit ihm anders war als früher.

Die Kopf-Trilogie Teil 2

Ein Experiment

Philippe trank den Kaffee nicht mehr mit Genuss. Zuerst schmeckte er ihm noch. Aber nach der Offenbarung eines, wie er fand, Haufen Schwachsinns protestierten nicht nur Zunge und Gaumen, sondern alles in ihm und an ihm protestierte.

„Ich werde dir dabei nicht helfen. Das ist Selbstmord."

„Man kann Finger und ganze Hände annähen."

„Ja, sicher. Glaubst du, das ist dasselbe?"

„Natürlich nicht. Aber es ist möglich."

„Die Revolution hat dir das Hirn vernebelt. Du solltest dich endlich mit etwas anderem beschäftigen, als mit unserer Revolution und dem Köpfen." Jacques Tourrain lehnte sich in seinem Sessel zurück und verschränkte bedeutungsvoll lächelnd die Hände hinter dem Kopf.

„Ich bin Wissenschaftler. Ich habe keine Familie. Dieses Experiment ist für mich enorm wichtig. Und für die Mikrobiologie ist es ein Meilenstein."

„Die Idee ist pervers!"

„Es ist sinnlos und unnötig, so lange darüber zu diskutieren. Hilfst du mir oder nicht?"

„Du verstehst mich nicht. Das ist einfach total abgefahren. Willst du das mit der Guillotine im Keller oder mit deinem Apparat oben machen?"

„Im Keller ist ein Museumsstück."

„Wir sind seit Ewigkeiten Freunde. Ich möchte einfach nicht, dass du wegen so einer verrückten Idee stirbst. Kapierst du das nicht?"

„Es ist ein Freundschaftsdienst, den du mir leisten sollst. Genau das. Ich vertraue niemand anderem außer dir. Erinnerst du dich an den Fassadenkletterer, der ohne weitere Hilfsmittel an Hochhäusern bis ganz nach oben geklettert ist? Das war viel gefährlicher als mein Vorhaben."

Tourrain legte ein vorbereitetes Din A4-Blatt vor seinem besten Freund auf den Tisch.

„Nerven und Adern und alle anderen Verbindungen werden nicht auseinander gerissen, sondern nur durchtrennt und bleiben exakt aneinander.

Es ist nur ein kompletter Schnitt, so, als wäre nichts geschehen. Nehmen wir einfach zwei Hälften eines Rohrs, das man in der Mitte mit einer Metallsäge durchtrennt hat. Lötet man beide Enden wieder fest zusammen, ist es wie vorher."

Calvert wog ungläubig den Kopf hin und her.

„Und was ist mit der Schnittstelle? Glaubst du, das hält so und wächst direkt wieder zusammen?"

„Natürlich nicht. Ich bin ja kein Idiot."

„Wie willst du dich bücken, schlafen, den Kopf bewegen? Das dauert Wochen, bis es...was muss ich tun, damit du mit diesem Unsinn aufhörst?"

„Das habe ich alles bedacht. Es gibt ein Spezialklebeband, das sehr strapazierfähig ist und in der Chirurgie verwendet wird und dann kommt natürlich ein dicker Verband dazu. Ich darf mich nicht schnell bewegen, keinen Sport treiben. Auf jeden Fall darf ich nichts mit Gewalt gegen den Kopf bekommen. Das gilt es alles zu vermeiden. Mach dir nicht so viel Sorgen. Der Kopf bleibt dran. Ich werde beweisen, dass man Köpfe transplantieren kann. Es ist nur ein Selbstversuch, sonst nichts."

„Damit beantwortest du aber nicht die Frage, wie lange das Gehirn nach dem Tod noch aktiv ist. War das nicht dein vordringlichstes Interesse, das herauszufinden?"

„Das ist...organisatorisch ja nicht möglich."

„Was würde Amanda dazu sagen?"

„Nichts. Wir sind auseinander und damit basta. Komm mir nicht mit solchen Sachen. Sie wäre der letzte Grund, mein Experiment abzusagen."

„Wenigstens kommt sie dann zu deiner Beerdigung. Ich soll dir also nur den Kopf annähen."

„Die Befestigung ist das Wichtigste nach der Durchtrennung. Du bist Chirurg. Ich zahle dir...."

„Nein!" fuhr Calvert barsch dazwischen.

„Nicht für Geld. Einverstanden. Versuchen wir es ."

Calvert starrte auf seine Hände, in denen das Leben seines besten Freundes lag.

„Du musst mir dann auch die Fäden ziehen."

„Paradox."

„Was ist paradox?" fragte Tourrain.

„Alles!"

Tourrain führte ihn ins Labor im ersten Stock. Calverts Pupillen wollten aus den Höhlen springen, als er den grandios irrsinnigen Mechanismus zu Gesicht bekam, den sein Freund da zusammengeschraubt hatte. Umgeben von Ablagen und Schränken erinnerte diese Kammer an ein ärztliches Untersuchungszimmer mit einem Konstrukt halb Zahnarztstuhl, halb Metallsäule, das in der Mitte wartete.

Das war nichts für zarte Gemüter und Calvert schluckte. Für ihn traf hier die eiserne Jungfrau den elektrischen Stuhl. Gegenüber wartete der Computer, der das Ganze steuerte und eine Kamera war bereit, alles aufzuzeichnen. Drei Monitore waren angeschlossen, welche seine aktuellen Daten anzeigen sollten.

„Es ist alles dokumentiert für den Fall, dass etwas schiefgeht."

Calvert sah sich um und staunte. Entweder war sein langjähriger Wegbegleiter genial oder verrückt. Beides natürlich und irgendwo zwischen Genie und Wahnsinn würde er sicher auch enden.

„Okay. Ich muss jetzt los. Wann willst du es machen?" fragte er den Mikrobiologen.

„Jetzt. Wir können sofort anfangen. Ich bin mental schon lange darauf vorbereitet und ich freue mich auf das Resultat."

Calvert sagte kein Wort und schaute auf den Boden. Jetzt war er im Gegensatz zu Tourrain mental am Ende, während der fröhliche Biologe es anscheinend kaum erwarten konnte, ins Jenseits vorzustoßen. Was war bloß mit dem Kerl los, fragte sich der Chirurg. Das konnte nur schiefgehen.

„Du bist wahnsinnig!"

„Na, das ist ja wohl keine Frage, oder?" lachte er.

„Du musst mich einweisen. Wie soll das technisch funktionieren?"

Tourrain schaltete die seltsame Anlage ein, die sich rund um den Zahnarztstuhl türmte. Dann waren Computer und Monitore dran.

„Keine Sorge, ich habe daran lange gearbeitet. Es ist vorbereitet. Du brauchst fast nichts zu tun. Du musst nur meinen Kopf wieder an den Hals nähen und dann das Klebeband befestigen. Danach spannst du den Kragen um meinen Hals."

„Einen Kragen?"

„Der ist aus Plastik mit einem Fell an der Innenseite. Das ist für meine Haut angenehmer. Wie eine Rüstung. Du siehst, ich bin abgesichert."

Calvert zog sein Sakko aus und putzte seine Brille.

Auf den Buildschirmen siehst du mein EKG, den Blutdruck, Puls usw. und auf dem ganz rechts siehst du einen Querschnitt von meinem Halsbereich direkt unter dem Kinn. Du kannst oben die obere und unten die untere Seite sehen. Nach dem Schnitt beobachten wir, wie genau die Verbindungen aneinander bleiben."

„Soll ich dich da etwa anschnallen?" fragte Calvert mit nach wie vor ungläubigem Unterton.

„Klar. Wie soll ich das selbst machen können? Den Schnitt führe ich selbst durch."

„Zum Nähen muss ich dich am Hals betäuben und...ich habe keine Nadel und keine passenden Fäden. Also können wir das erst mal vergessen."

„Habe ich alles vorbereitet. Glaubst du etwa, ich hätte nichts da? Liegt drüben auf dem Tisch. Eine Betäubung möchte ich nicht."

„Bist du... was frage ich noch."

„Die Schmerzen werden mich am Leben halten. Ich möchte sie spüren." Calvert griff sich an den Kopf, bevor er sich hauchdünne Nitrilhandschuhe überstreifte.

Tourrain zeigte ihm die hauchdünne Klinge, die er ausklappte. Sie funktionierte wie eine seitlich verankerte Guillotine und sah ähnlich aus. Der Chirurg erschauderte bei diesem Anblick. Als erstes wurde die Kamera eingeschaltet.

„Ich habe den Apparat selbst programmiert. Mit Alfreds Hilfe."

„Alfred? Lubier? Der hat was auf dem Kasten. Wie hast du ihn dazu gebracht?"

„Er hat genauso reagiert wie du. Als er gemerkt hat, dass ich verrückt bin, hat er sich viel Mühe gegeben. Aber dabei sein wollte er nicht."

„Verständlich. Es ist gut, dass du dir über deinen Irrsinn im Klaren bist. Du lebst nur noch ein paar Minuten. Bist du dir dessen bewusst?"

„Es kann nichts schiefgehen. Du überwachst die Anzeigen. Wenn ich es nicht überlebe, erbst du alles, was ich besitze."

„Im Ernst? Dann wollen wir mal hoffen, dass es schiefgeht."

Beide lachten, aber es war ein Gelächter, dass sich mit den letzten Tönen ins Bizarre verdrehte. Tourrain strahlte siegessicher und erzeugte die ultimative Verwirrung bei seinem besten Freund.

„Es ist ein fantastischer Zufall, dass du ein so guter Chirurg bist."

„Für so gut halte ich mich nicht. Normal, würde ich sagen. Ich habe keine Fehlerquote."

Tourrain setzte sich und hielt seinen Oberkörper kerzengerade. Schädel und Brustkorb wurden mit Metallbügeln festgeschnallt. Die beiden Hälften durften sich nicht bewegen, während die Prozedur stattfand. Calvert betrachtete die Anzeigen. Der Biologe war selbstbeherrscht und keiner der Werte erhöhte sich exorbitant. Fasziniert und ängstlich zugleich beobachtete Calvert den Monitor, der die beiden Querschnitte zeigen sollte. Dort war nichts zu erkennen.

„Wie soll ich Abweichungen feststellen? Das funktioniert nicht richtig."

110

„Schau mal, ob die Seitenkameras an sind. Das müsste einen Querschnitt wie von einem MRT abbilden."

Die kleinen Aufnahmegeräte waren eingeschaltet, übertrugen jedoch kein Bild.

„Das kann nur schiefgehen."

„Mein Freund: Gerade deswegen wird es klappen."

Tourrain wartete nicht mehr länger und betätigte mit der rechten Hand einen Hebel, der sich unmittelbar vorn unter der Armlehne befand.

Keine Sekunde dauerte der rasante Schnitt. Das Blatt war hauchdünn und toppte jede Rasierklinge. Die eisernen Stützen hielten die beiden Halshälften fest und wie von Tourrain auch erwartet, traten nur wenige Tröpfchen des roten Lebenssafts aus der runden Schnittfläche hervor. Der Mikrobiologe öffnete den Mund und verdrehte die Augen. Die Pupillen fixierten die Monitore.

Nun stieg der Blutdruck und die Herzfrequenz erhöhte sich.

Der Sauerstoffgehalt des Blutes veränderte sich ebenfalls. Die Atmung stockte für einen Augenblick. Erst schlug das Herz schneller, dann langsamer und dann schien der gesamte Organismus zu kollabieren.

Tourrain versuchte, etwas zu sagen, brachte dabei nur ein Krächzen heraus wie von einer heiseren Krähe. Die Zähne klapperten. Tourrains Augen schlossen sich für ein paar Sekunden. Die Werte stiegen insgesamt und nur wieder ein paar Sekunden später normalisierte sich der Gesamtzustand.

Lediglich mit dem Sprechen haperte es. Calvert betrachtete ungläubig die Schnittstelle unter dem Kropf. Die dünne Klinge hatte selbst die Knochen problemlos getrennt. Nun durfte es nach dem Willen des verrückten Forschers weh tun. Wie zu erwarten spürte er es überdeutlich. Die Hände des Delinquenten ballten sich zu Fäusten und die Augen waren wieder hellwach.

Es war nicht ganz einfach, so zu arbeiten, aber Calvert gelang das Kunststück, die Haut der Halsenden zusammenzuflicken. Dazu brauchte er keine zehn Minuten. Über seine Routine beim Nähen dachte er nicht nach. Was er an jenem Tag machte, sollte ein einmaliges Ereignis in seinem Leben sein. Nach dem Zusammenknoten beider Enden kam das Klebeband an die Reihe.

Er konnte gar nicht glauben, wie einfach das war.

Schließlich löste er die Umklammerung der irren Maschine. Tourrain blieb sitzen und bewegte sich nicht. Er konnte zwar seinen Hals nicht bewegen, richtete aber demonstrativ den rechten Daumen hoch. Die Prozedur war überstanden und er lebte. Calvert löste die Verbindungen zu den Anzeigen. Sämtliche Verkabelungen ließen den Kopf hängen. Der verrückte

111

Wissenschaftler räusperte sich, wobei er Blut aus seinem Mund spuckte. Im Zeitlupentempo stand er auf und torkelte wie seinerzeit Frankensteins Monster in der Grusellektüre.

Seine Kehle brachte die ersten neuen Töne hervor und es war eine Stimme, wie Calvert sie noch nie gehört hatte. Eine hohe und eher heisere Tonlage meldete sich.

„Was sagst du jetzt?" fragte er, während er vorsichtig einen Fuß vor den anderen setzte und dabei die Tür ansteuerte.

„Dein Bewegungszentrum ist intakt. Äh, was ich sage? Nichts. Ich hoffe, dass...du kannst nicht allein bleiben. Du musst bei uns übernachten. Und zwar im Sitzen."

„Geht das?"

„Ich habe darüber nicht nachgedacht. Wie denn auch. Du kennst Anna. Sie wird nichts dagegen haben.

Calvert hatte das Sofa im Gästezimmer ausreichend vorbereitet. Sein Freund wurde von einigen großen Kissen gestürzt. Alles war schwieriger als vorher. Das Umziehen, das Binden der Schnürsenkel, welches der Chirurg erledigen musste, der Gang zur Toilette und auch das Essen, wobei es nach anfänglichen Schluckbeschwerden wieder besser gelang, Bröckchen herunter zu schlingen. Seiner Gattin erzählte Calvert, der Biologe hätte sich den Hals verrenkt und benötigte deshalb derartig intensive Unterstützung.

Am nächsten Morgen machte Tourrain die ersten vorsichtigen Kopfbewegungen seitwärts, bei denen er stets die Hände links und rechts benutzte, um das edle Haupt an seinem Platz zu halten. Der komische Anblick amüsierte Calverts Frau Anna.

„Es läuft besser, als ich dachte", empfand Tourrain.

Der Chirurg telefonierte und erfand eine Ausrede, um in der Nähe seines besten Freundes bleiben zu können. Einen Tag musste die Klinik ohne ihn auskommen und er machte sich noch keine Gedanken darüber, ob es noch ein weiterer Tag werden würde oder sogar etliche. Eine vertrackte Lage, in die ihn Tourrain gebracht hatte.

„Ich möchte nach draußen."

„Wie bitte? Bist du verrückt? Ich frage schon wieder, vielleicht bin ich auch schon bekloppt. Du meinst also, dass du einen kleinen Spaziergang wagen kannst?"

„Ja. Die Galerie Lafayette ist doch um die Ecke. Nur eine kleine Runde."

„So früh am Morgen ist noch nicht viel los. Deine Stimme. Sie klingt fast normal."

„Das geht viel schneller, als ich dachte. Ich habe kaum Schmerzen. Siehst du? Es war ein voller Erfolg. Ich habe für morgen in der Uni mein Forschungsergebnis angekündigt. Du solltest dabei sein."

„Morgen? Du hast wirklich damit gerechnet, dass es funktioniert. War die Klinge eigentlich sterilisiert?"

„Aber klar doch. Ich habe keinen Schal dabei. Ich brauche einen neuen ganz verrückt gemusterten Schal, den ich dabei trage."

„Ja, ganz bestimmt", pflichtete ihm Calvert zynisch bei.

Erst ganz vorsichtig, dann etwas legerer stolzierte Tourrain los und Calvert war immer direkt neben oder hinter ihm, stets darauf bedacht, dass der Kopf nicht herumruckelte und auf dem Hals blieb. Die Befestigung vertrug durchaus ein paar kleine Strapazen. Es durfte nur nicht zu viel sein. Beide wollten sich nicht ausmalen, was bei einem Schlag gegen den Kopf passieren konnte. Aber das ließ sich gut vermeiden. In der Galerie war in der tat wenig los. Nur ein paar Kinder turnten wild in der Gegend herum. Da war Abstand angebracht, was absolut kein Problem darstellte. Auf die Treppe verzichteten die beiden vorsichtigen Herren.

„Die Schals gibt es oben."

„Ich möchte mir ein paar Delikatessen ansehen."

Schon ging es auf die Rolltreppe, die gewöhnlich keine Gefahr darstellte. Sie hatten die Hälfte der Strecke abwärts zurückgelegt, als einige der herumtobenden Kinder oben die Rolltreppe betraten. Tourrain hielt das Gummiband vorsichtig fest. Einer der Jungs zog daran und es passierte nichts. Der Mann mit den zusammengenähten Halshälften ließ es los und hielt sich gerade. Nur ein paar Meter noch und die Fahrt auf der langen Rolltreppe war zu ende. Dann sprang eines der Kinder auf eine der Metallstufen. Es knirschteund ein metallisches Geräusch kündigte eine Katastrophe an. Mit einem gewaltigen Ruck blieb die Rolltreppe stehen. Der Schwung ging nach hinten los. Calvert versuchte, seinen vor ihm stehenden Freund festzuhalten, aber es gelang nicht. Der starke Ruck wuchtete Tourrains Kopf schnell und schwungvoll nach vorn, während sein Körper sich reflexartig nach hinten bewegte. So purzelte der also doch nicht stark genug befestigte Kopf die restlichen Stufen herunter und blickte nach oben zur großartigen Kuppel der Galerie.

Und er hatte ein letztes Lächeln auf den Lippen.

Eine runde Sache

Gegen sieben klingelte es. Ausgerechnet während des Abendessens. Dabei war Familie Brune noch niemals zuvor gestört worden. Klaus, Klara und die beiden Kinder Annette und Sebastian zelebrierten das abendliche Menü als Hauptmahlzeit. Bei dieser Zeremonie zu stören war ein absolutes Tabu. Klaus schlug tatsächlich mit der Faust auf den Tisch und fletschte die Zähne wie ein beißwütiger Rottweiler.

„Reg dich nicht auf, Schatz."

Wer wagte es um diese Zeit, den besinnlichen Tagesausklang zu stören?

„Kriegen wir heute Besuch, Mama?

Klara zog die Mundwinkel nach unten und sah sie streng eng, wobei sie den Kopf bedächtig von links nach rechts schwenkte.

Der Herr des Hauses öffnete und fand zwei uniformierte Polizisten vor.

„Guten Abend, Herr Brune. Wir sind auf der Suche nach zwei ihrer Nachbarn, den Wicklager-Brüdern."

„Um diese Zeit? Was haben wir damit zu tun?"

„Tut mir leid, wenn wir sie stören. Wir dachten, vielleicht haben sie die beiden ja gesehen."

„Wollen sie mich verspotten? Ich habe sie angezeigt und ich werde sie von meinem Grundstück jagen, diese verdammten Wilderer!"

„Kommen sie ruhig wieder runter," wollte ihn der gesprächführende Beamte beruhigen.

„Die klettern über unseren Zaun und fangen mit ihren scheiß Netzen unsere Kaninchen ein. Ich hoffe, sie verhaften die Kerle."

„Das steht im Raum, richtig, aber sind das nicht wilde Karnickel?"

„Sie sind auf meinem Grundstück, also gehören sie mir und meinen Kindern. Meine Kinder lieben sie."

„Sind sie Vegetarier?" fragte der zweite Beamte und lachte nur für eine Sekunde.

„Wir essen auch Fleisch. Aber nur von gezüchteten Tieren. Behalten sie ihre Meinung für sich und ich verbitte mir irgendwelche Witze. Das Recht ist auf meiner Seite."

Grußlos wandten sich die beiden Gesetzeshüter um und stapften zum Haus auf der gegenüber liegenden Straßenseite.

Was sie tuschelten, interessierte Brune nicht.

„Die suchen diese beiden Mistkerle, die immer wieder über unseren Zaun klettern."

Annette liefen sofort ein paar Tränen über die Wangen.

„Sie haben zwei von unseren Kaninchen verschleppt."

„Ja, ich weiß. Wir werden einen Stacheldrahtzaun oberhalb der Bretter befestigen."

„Was hat denn der Rechtsanwalt gesagt?" fragte Klara.

„Ich kann Einbrecher nur in Notwehr erschießen. Ansonsten darf ich sie mit dem Gewehr in Schach halten. Die Rechtslage ist schwierig. Ich darf die Typen nur abknallen, wenn sie mich direkt angreifen."

Annette wischte sich die Tränen ab.

„Ich habe gestern einen komischen Mann mit einem Zylinder in der Stadt gesehen."

„Oh, haben wir einen Zirkus zu Gast?" fragte Klaus sein Töchterlein, das plötzlich bis über beide Ohren strahlte.

„Unsinn!" wiegelte Klara ab.

„Das ist nur ein Spinner!"

„Nein," sagte das Mädchen.

„Ich habe ihn gefragt, ob er zaubern kann."

„ Auf keinen Fall darfst du mit Fremden sprechen. Um verrückte Leute musst du einen Bogen machen, Fräulein! Zeig mir den Typ morgen mal."

„Aber Mama, ich habe ihn doch angesprochen. Nicht er mich."

„Hast du den Kerl schon vorher irgendwann in der Stadt gesehen?" schaltete sich Klaus in das Gespräch ein.

„Nein. Er hat gesagt, er kann nicht zaubern und ich wäre wunderschön. Und dann hat er mich gefragt, ob ich einen Wunsch habe."

„Einen Wunsch?"

„Ja, ich habe gesagt, dass unsere Kaninchen immer wieder ermordet werden.Und er hat gesagt, er kümmert sich darum. Nie wieder wird jemand von unserem Grundstück ein Kaninchen stehlen."

Die Augenbrauen des Vaters konnten gar nicht weiter nach oben gelangen. Er war sprachlos.

„Ich habe ihn gefragt, ob er alle Leute verschwinden lassen kann, die unseren Kaninchen etwas Böses antun. Er hat gesagt, alle würden bestraft und in seinem Hut verschwinden. Ich glaube, er ist doch ein Zauberer. Er kann Kaninchen aus dem Zylinder holen und auch Tiere und Menschen wieder verschwinden lassen."

Klaus fand es amüsant und war wieder völlig entspannt nach seinem Ausfall wegen der Störung beim Essen und er konnte wieder Witze machen.

„Vielleicht hat der Magier die beiden Wicklagers verschwinden lassen."
Der nächste Bissen blieb ihm im Halse stecken. Der bloße Gedanke daran,
diese frechen Typen wären weggezaubert worden, verursachte fast einen
Lachkrampf bei dem sonst berechenbar vernünftigen Techniker.
Auch die Kinder fanden es lustig. Nur Klara nicht.
„Mein Bruder hat sich heute nicht gemeldet."
„Vielleicht ist er auch..." Klaus beendete den Satz nicht musste aber
dennoch losgelöst von jedem Taktgefühl lachen.
„Mach dir keine Sorgen. Er wird sich schon melden. Rabauken sind zäh."
„Er ist kein Rabauke. Ich möchte nicht, dass du so über meinen Bruder
sprichst."
„Entschuldige. Ich habe mir das nur bildlich vorgestellt. Ist er nicht
überhaupt mit diesen Leuten mit dem seltsamen Nachnamen befreundet?"
Sie antwortete nicht. Das Gespräch während des Abendessens war beendet.
Ein späterer Anruf ergab keinen Kontakt. Das Handy war tot und daheim
meldete sich nur der Anrufbeantworter des eigenwilligen Blutsverwandten.
Der Gedanke daran, dass dieser seltsame Kerl mit seinem Hut tatsächlich die
drei vermissten Personen hatte verschwinden lassen, ließ die Dame des
Hauses vorerst nicht mehr los.

Nachdem sie ihren Bruder am nächsten Morgen auch nicht erreichen konnte,
führte ihr Weg sie zur Polizei.
„Ihr Mann war gestern nicht sehr entgegenkommend. Er hasst die beiden
Wicklager-Brüder."
„Das können sie ihm nicht verdenken. Sie sind einfach über unseren Zaun
geklettert und haben die wilden Kaninchen gejagt, die sich dort tummeln und
sehr niedlich sind. Wir füttern sie. Sie verlassen unser Grundstück nicht. Ich
habe auch mal diese Asozialen verjagt. Ich bin aber wegen meinem Bruder
hier. Er wohnt zwei Straßen weiter."
„Paul Semmler. Wir kennen uns. Er ist ein netter Kerl."
„Woher kennen sie ihn?"
„Wir sind hier auf dem Dorf, auch wenn wir zur Großstadt gehören. Wir
kennen uns alle. Das wissen sie doch oder ist das neu für sie? Ihn wollen sie
also als vermisst melden. Mein Kollege, der gestern mit bei ihnen an der Tür
war...der ist heute morgen nicht zum Dienst erschienen."
„Hat er ihnen etwas erzählt?"
Der Polizist rückte mit dem Kopf näher über den Tresen und sah seine
Klientin mit unnatürlich geweiteten Augen an.

116

„Was soll er mir erzählt haben?"

Sie zögerte und biss sich auf die Lippen.

„Sagen sie schon, was ihnen auf der Zunge liegt. Raus damit!"

„Hat er etwas gesagt über...Kaninchen? Dass er sie isst oder...ich weiß nicht. Nein, vergessen sie den Quatsch. Ich ... sie halten mich für verrückt."

„Ich halte sie nicht für verrückt. Keinesfalls. Aber was soll das Verschwinden oder Fernbleiben von Leuten mit Kaninchen zu tun haben? Wie kommen sie auf sowas?"

Sie erzählte von der kurzen Begegnung ihrer Tochter mit einem angeblichen Zauberer mit kleinem Zylinder.

„Sehen sie, Frau Brune, das hört sich ja ziemlich durchgeknallt an. Aber es besteht natürlich die Möglichkeit, dass wir es mit einem Psychopathen zu tun haben. Es gibt nichts, was es nicht gibt. Mit der fixen Idee im Kopf, die Leute zu töten, die kleine Tiere quälen, läuft er hier herum. Das hört sich zwar geisteskrank an, aber ganz ausgeschlossen ist es nicht. Wenn schon jemand mit einem Zylinder auf dem Kopf herumläuft...der fällt sowieso auf. Ich werde ihn mir gleich mal vornehmen."

„Das ist ja schrecklich!"

„Ganz ruhig. Es ist nichts bewiesen. Ich glaube auch nicht, dass sie sich Sorgen um ihren Bruder machen müssen. Gehen sie nachhause. Ich rufe an, wenn ich etwas gehört habe. Warten sie mit der Vermisstenanzeige noch einen Tag, okay?"

Klara wanderte in ihren gewöhnlichen Alltag zurück und Bernd Kress, der Polizeihauptmeister aus dem beinah idyllischen Vorort, machte sich allein auf den Weg zum Dorfplatz, der das kleine Zentrum mit einigen Geschäften und einem winzigen Hotel darstellte. Jeder grüßte ihn und das notwendige ständige Zunicken seinerseits konnte ihm auf die Nerven gehen. Irgendwo hatte er diesen Typ mit dem Zylinder schon gesehen. Im Freien trieb sich der Bursche nicht herum. Das Hotel zur alten Eibe war sein Hauptziel. Die Zimmer dort waren nicht sehr teuer und obskure Personen stiegen seiner Meinung nach genau dort ab. Kress hatte noch keinen Ton zum Portier von sich gegeben und konnte sein Glück kaum fassen, denn der gesuchte Zauberkünstler saß in der Lobby und blätterte in einer Zeitung.

„Guten Tag, ich bin Polizeihauptmeister Kress. Kann ich ihnen ein paar Fragen stellen?"

Dem Polizisten schmerzten die Augen vom Anblick des Outfits dieses Avantgardisten. Der schwarze Zylinder war in der Tat etwas kürzer und erinnerte an die Mode des 19.Jahrhunderts, eine Zeit, in der man derlei auf dem Kopf trug. Dazu ein weißes Hemd mit schwarzer Weste darüber und eine karierte Hose mit schwarzen und roten Quadraten. Die schwarze Brille mit ihren runden Gläsern verlieh dem eigenartigen Zeitgenossen dagegen eine unheimliche Aura. Optisch halb Clown, halb Steampunkfan, wirkte er nicht lächerlich, sondern unberechenbar. Stechende Augen jagten dem Uniformierten eine Gänsehaut über den Rücken. Als der Mann plötzlich grinste und ihm die Hand entgegen streckte, war Kress sprachlos.

„Prick. Ich freue mich, sie kennen zu lernen."

Kräftig wurde die zögernd vorgehaltene Hand des Beamten geschüttelt.

„Was kann ich für sie tun?"

„Sie hatten gestern eine Begegnung mit einem kleinen Mädchen."

„Ja, aber natürlich. Sie hat mich gefragt, ob ich ein Magier bin. Natürlich nicht. Ich bin Künstler. Deswegen auch meine Kluft. Mir gefällt es, so herum zu laufen, wie ich Lust habe. Mich für einen Zauberer zu halten, ist natürlich witzig."

„Sie hat ihnen also von den Kaninchen berichtet?"

„Possierliche Tierchen. Ich liebe sie. Sie sind zauberhaft. Das finden sie doch auch, oder?"

Prick wurde ernst und sein Oberkörper kam etwas näher über den Tisch auf ihn zu, wölbte sich vor, als wollte er irgendwo aus dem Fenster schauen. Sein stechender Blick traf Kress wie ein Stromstoß. Es schien ihm, als würde er mit der falschen Antwort vom Erdboden verschwinden. Ein Gefühl erfasste ihn, wie er es selten spürte. Er war erwachsen, groß und kräftig und trotzdem fühlte er, wie die Furcht ihn ganz langsam durchzog. Er war wie gelähmt und wollte die richtige Antwort geben.

„Ja, sie sind wirklich süß."

„Sie hat mir erzählt, dass fremde Männer auf ihr Grundstück geklettert sind und diese kleinen Nager gefangen haben, sie gegessen haben. Ist das furchtbar oder nicht?"

Kress versuchte, sich zu konzentrieren. Hatte er wirklich eine Panikattacke? Er saß da und dann versuchte, seine Gedanken wieder in normale Bahnen zu lenken. Er war das Gesetz und er räusperte.

„Ich muss jetzt zum Thema kommen. Es sind mehrere Personen verschwunden, nachdem sie mit der Kleinen gesprochen haben. Alle diese Personen haben Kaninchen gestohlen oder sie zumindest getötet und gegessen. Haben sie etwas damit zu tun?"

„Ich? Haben sie eines der Tiere gegessen?"

„Ich habe ihnen eine Frage gestellt."

„Die beantworte ich, wenn sie meine Frage beantwortet haben."

„Wir sind hier nicht im Kindergarten, Herr...Prick, richtig? Aber um es klar

118

zu sagen, ich habe seit vielen Jahren keine Kaninchen mehr gegessen und ich habe auch nicht vor, es wieder zu tun."

„Jetzt bekommen sie meine Antwort. Ich zeige ihnen, wo die vermissten Personen sind. Folgen sie mir!"

Prick stand auf und verließ schnurstracks die Lobby. Ohne weitere Worte zu wechseln, marschierte der Künstler auf das Grundstück der Brunes zu und Kress folgte ihm im beständigen Abstand von mindestens zwei Metern. Vor dem Holzzaun blieb er stehen.

„Wir klingeln. Das gehört sich ja so, oder? Oder?"

„Ja, sicher", erwiderte der Polizist. Annette selbst rannte auf die Gartentür zu.

„Das ist aber schön, dass du uns besuchst. Ich dachte, du wolltest weiterziehen."

„Nein, mein Kind, ich werde hier noch kurz im Ort gebraucht. Morgen fahre ich weiter. „

„Jetzt ist Schluss mit diesem Unsinn", polterte Kress los.

„Annette, hol bitte deine Eltern. Der Herr Prick möchte uns etwas zeigen."

Prick wartete nicht und schritt einige Meter weiter an eine Lichtung genau zwischen mehreren annähernd kreisrund angeordneten Bäumen.

Die Stimmung des Polizeihauptmeisters rutschte in den Keller.

„Ich sehe hier nichts Besonders. Was soll dieser Unsinn? Haben sie jetzt etwas mit dem Verschwinden der Leute zu tun, oder nicht?"

„ Aber guter Mann, warten sie es doch ab."

Prick streckte die rechte Hand aus und hielt sie exakt über die Rasenfläche zwischen den Bäumen. Es dauerte wenige Sekunden, bis sich ein Kreis von zwei Metern im Durchmesser abzeichnete.

„Was ist das denn?"

„Immer noch abwarten, Herr Kommissar, oder was sie sind."

Kress antwortete nicht mehr und konnte seine Augen nicht von der Erscheinung abwenden, die sich manifestierte.

Allmählich wurde die gesamte kreisrunde Fläche dunkler und die Gräser verschwanden. Eine Schwärze entstand binnen Sekunden, die allenfalls an ein Schwarzes Loch erinnerte, wie man es aus der Astronomie kannte. Kress zuckte herum und schon taumelte er und wie ein Staubsauger sog ihn die finstere Öffnung in sich hinein, der Schlund schluckte ihn einfach.

„Er hat gelogen, dieser Dummkopf. Hat mir erzählt, er hätte schon lange keine Kaninchen mehr verspeist."

„So ein Lügner." Annette und Prick hoben ihre rechten Hände und klatschten sich ab.

„Kannst du das offen lassen?"

„Nein, das geht nicht. Das Loch wird sich aber öffnen, wenn wieder jemand eines deiner Tiere stehlen will. Nur den gutmütigen Lebewesen wird nichts passieren."

„Danke. Aber du bist trotzdem ein Zauberer, oder?"

„Ich muss jetzt gehen. Erzähl deinen Eltern nichts mehr über mich. Das ist besser."

„Du bist ein Zauberer!"

„Nein, bin ich nicht. Ich muss hier nur nach dem rechten sehen, das ist alles."

Zügig strich der eigenartige Zeitgenosse davon. Er war fertig mit seiner Arbeit. Annette winkte ihm nach, aber er winkte nicht zurück.

„Was ist denn hier los gewesen?" erkundigte sich Klara.

Das Mädchen drehte sich um.

„Pass auf, dass du nicht in das Loch fällst, Mama."

„Welches Loch? Wem hast du zugewunken?"

„Ach, so. Es ist ja weg."

Sie überlegte kurz.

„Da war niemand. Ich dachte, es wäre der Mann mit dem Zylinder. Aber der ist schon abgereist."

Ihre Mutter sah sie ernst an und ging dann ins Haus zurück, während die Kaninchen sich wieder aus den Verstecken in den Büschen heraus trauten.

Chaoszone

Barns verstand nicht, warum ständig Helikopter über dem Gelände schwirrten. Das war doch sinnlos. Wozu wurde da unnötig Sprit verbraucht? „Warum schütteln sie den Kopf?" fragte ihn der Seargent, der sich mit seiner Maschinenpistole beschäftigte.
„Brauchen wir das Ding denn unbedingt?"
„Sicher ist sicher. Sie machen die Aufnahmen, ich gebe ihnen Rückendeckung. Das ist der Befehl."
„Okay."
Barns Kamera war bereit, brauchbare Aufnahmen zu liefern. Sie hing um seinen Hals wie das übergroße Amulett eines Hohepriesters der Azteken. Das Smartphone hatte er in der Hosenseitentasche der mit Tarnmuster gesprenkelten Armeehose. Er durfte als erster Fotograf in das als Chaoszone titulierte Gebiet mit einem Umfang von knapp 20 Quadratkilometern. Das Areal war komplett von einem zwei Meter hohen Stacheldrahtzaun umgeben, den man innerhalb weniger Tage unter schwerster Bewachung errichtet hatte. Niemand durfte das Gebiet betreten. Militär überwachte jeden Zentimeter der Umrandung. Ein einziger Zugang wurde lediglich gebildet, den man bisher noch nicht benutzte. Kein Ufo und kein Meteorit waren abgestürzt und auch keine Fabrik und kein Atomreaktor hatten eine Katastrophe verursacht. Die Sperrung dieses hügeligen und sehr zerklüfteten Gebiets samt einer uralten Festungsruine hatte einen geradezu paradox anderen Grund. Tausende Bäume waren im Zuge einer noch nicht bekannten Katastrophe verrottet. Eine Art Verpuffung gab den eigentlichen Ausschlag für die Quarantäne des kaum bewohnten Landstrichs und ereignete sich nachts. Ein überlautes Platzen irgendwo zwischen einem Knall und dem absteigenden Ton einer Hupe beunruhigte Menschen in einem Umkreis von weit über dem bezeichneten Radius vor allem, weil es sich wiederholte. Man zählte sechs dieser hässlichen Weltuntergangstöne. Am Morgen nach dem Ereignis hatte sich ein hellgrauer Nebel über die Fläche gelegt, der erst nach zwei Wochen begann, sich aufzulösen. Die Strahlenwerte waren unbedenklich. Bei den Messungen wurde nur der Rand berücksichtigt, weil niemand sich in diese Chaoszone hineinwagte.
Barns war der beste Pressefotograf und auch der einzige, der sich für eine stattliche Summe nach Cornwall in die verseuchte Gegend traute. Der

ebenfalls mutige Begleiter hatte sich freiwillig gemeldet und ihm war etwas anderes in Aussicht gestellt worden, wenn er den Knipser begleitete: Eine Beförderung, die natürlich auch nicht zu verachten war.

Ein noch schwacher Geruch nach würzigem Käse empfing beide Männer bereits zu Beginn ihres Ausflugs.

„Hoffentlich wird das nicht schlimmer mit dem Gestank."

Barns Bemerkung entlockte seinem Begleiter ein verkrampftes Lächeln.

„Das ist nicht schädlich. Leichen riechen schlimmer."

„Verstehe."

Die Umgebung veränderte sich nach wenigen Metern. Zuerst waren die Büsche und Sträucher noch grün. Nach zwanzig Metern waren sie nur noch hellgrau und weiß gesprenkelt. Die Unnatürlichkeit der Umgebung begann bei der wilden Entwurzelung zahlreicher Bäume. Manche Stämme hatten sich von unten heraus gespalten oder teilten sich oben in große faserige Holzsplitter in nunmehr weißgrauer Farbe. Die Blätter waren in Grautönen gesprenkelt. Viele der einst stolzen hohen Gewächse lagen dagegen wie aus der Erde geschleudert kreuz und quer in der Gegend herum.

Die Straße war nicht mehr gut passierbar und zu einem Hindernisweg geworden. Der Fotograf machte im permanenten Wechsel Aufnahmen mit der Kamera und Kurzvideos mit dem Smartphone.

„Haben sie genug? Können wir gleich zurück?"

„Wie bitte? Sie machen wohl Witze? Ich werde dafür bezahlt, dass ich das Zentrum aufnehme. Das ist der Ort..."

„Ja, ja, ich bin ja nicht doof. Sie sollen den Ursprung dokumentieren. Das hat man mir aber nicht gesagt. Ich wurde gebeten, quatsch, ich habe den Befehl, Proben zu nehmen. Von Chemikalien oder irgendwas, wenn es möglich ist."

„Von mir aus können sie zurück, sie tapferer Mann. Ich verstehe das."

Ronson, wie er hieß, knirschte mit den Zähnen. Er wusste, mit seinem Aufstieg in den nächst höheren Rang würde es nichts,wenn er sich nun feige aus dem Staub machte. Seiner Überzeugung nach waren sie Versuchskaninchen. Wenn sie unversehrt zurückkamen, konnte sich der Tross der Wissenschaftler auf den Weg machen, um das Gebiet auf den Kopf zu stellen.

Nach den ersten hundert Metern intensivierte sich der Geruch. Die anfangs wenigen blassgelben Punkte auf dem Boden wurden mehr und bildeten bald einen dichten klebrigen Belag, der Lehm ähnelte. Der graue Asphalt der schmalen Behelfsstraße schimmerte nur noch gelegentlich durch diese Art von Schimmelüberzug. Er roch aber kaum und der intensive Dunst, der die

Nasen der beiden Besucher belästigte, kam aus der Mitte der Zone.

„Da ist wohl eine Molkerei in die Luft geflogen", schimpfte der Soldat mit dem roten Barett. Barns wusste nicht, was er entgegnen oder überhaupt etwas dazu bemerken sollte. Er hielt nichts von Nebenbeigewäsch, nur um unbedingt Worte herauszusprühen. Er schwieg und dachte daran, was ihm ein Colonel mitgeteilt hatte: Es gab keine Radioaktivität und sämtliche messbaren Giftstoffe waren ausgeschlossen worden. Die Gefahr, falls es überhaupt noch eine gab, blieb auf ihrem Areal und verbarg sich. Von Drohnen aufgenommene Bilder hatten mehr Fragen aufgeworfen, als beantwortet werden konnten. Der Krater in der Mitte war mit Pilzgeflechten zugewachsen, was ein absolutes Novum darstellte. Ein ferngesteuertes Roboterfahrzeug war im Geäst hängengeblieben und hatte den spärlichen Eindruck einer neuen Welt übermittelt. Und was sich dort im Zentrum abspielte, war schwer zu verstehen. Besonders für die beiden Männer, die immer langsamer vorankamen.

Auch einige Menschen hatten sich im Unglücksradius aufgehalten. Die erste und letzte Begegnung mit einer Frau stand ihnen bevor, die bereits von Weitem durch ihr vermeintlich sinnloses Herumstehen auffiel.

Ronson blieb stehen und visierte die Dame im hellgelben Kleid an.

„Sie ist tot! Sie können das Gewehr runter nehmen."

Der Seargent schaute seinen Begleiter von der Seite an und rümpfte die Nase.

Des widerlichen Bodens wegen kamen sie nur im Kriechtempo vorwärts. Das Alter der Frau war nicht mehr schätzbar. Sie war von oben bis unten mit einer neuen Haut bedeckt. Es war ein fleckiger, weißlich und gelblich schimmernder Überzug, der mit seinen Ringen und Streifen am ehesten an einen hellen Schimmelpilz erinnerte.

Die Frage, was mit ihr passiert war, erübrigte sich. Sie war stehen geblieben und hatte etwas beobachtet. Von unten hatte sich der Pilz ausgebreitet. Daher rührte auch die Haltung. Der Mund der festgewachsenen Lady stand weit offen. Die beiden Füße waren zu einem fettig glänzenden Klumpen mutiert, der bis über die Knöchel reichte.

„Warum ist sie nicht weggelaufen?" fragte der Fotograf mehr sich selbst als den ebenso ahnungslosen Begleiter, der nur die Schultern zuckte.

Als Reaktion auf die Bemerkung trat Ronson der verseuchten Dame von hinten gegen den Rücken. Was dabei geschah, erschreckte beide Männer. Die Frau knickte einfach unterhalb der Knie nach vorn, während Füße und Schienbeine fest im Boden verankert blieben. Der Anblick verstörte Barns, der daraufhin endlich begann, seine nächste Fotoserie zu schießen und merkte, dass er sich immer schlechter vom Boden lösen konnte. Nach Aufnahme eines Kurzvideos setzten sie ihren Weg fort. Barns bedauerte es, dass man ihm nicht einen geselligeren Aufpasser an die Seite gestellt hatte. Die Dumpfbacke mit dem Gewehr im Anschlag gefiel ihm nicht und er war wohl seines Eindrucks nach auch nicht der bevorzugte Reisebegleiter des Soldaten. Eine moderate Unterhaltung hätte er bevorzugt. Gemeinsames Nachgrübeln über das Ereignis hätte die Anspannung, die beiden unangenehm aufstieß, lockern können.

Ihr Gang wurde immer langsamer und die Umgebung verwachsener und trostloser. Die Bäume waren zu verschimmelten Auswüchsen geworden, die überall nur noch schräg und manchmal gerade aus der weich gewordenen Erde ragten.

„Was bekommen sie für ihre Bilder?"

„Einiges. Obwohl ich das nicht verstehe. Mit Drohnen kann man heutzutage so ziemlich alles erforschen."

„Wie bitte? Das verstehen sie nicht? Wir sind Versuchskaninchen. Es geht um unsere Interaktion mit dieser Zone. Wir hätten schon längst umkehren müssen. Aber das können wir nicht, weil sie das Geld brauchen und ich werde Lieutenant."

„Sie werden also tatsächlich vom Unteroffizier zum Offizier befördert? So einfach geht das?"

„Es ist unseren Leuten sehr wichtig, was wir hier tun. Darum. Ich war dabei, als über die Erkundung diskutiert wurde. Man will kein Risiko eingehen und keiner dieser wertvollen Pupser sollte einer Gefahr ausgesetzt werden. Die Bilder und unsere Eindrücke sollen das weitere Vorgehen beeinflussen."

„Aber das ist doch kein Himmelfahrtskommando. Hier passiert kaum etwas."

Ronson erwiderte nichts und deutete auf die Erhebung vor ihnen, die an einen schneebedeckten Kilimandscharo im Kleinformat erinnerte.

Der Krater war das Ziel. Sie erreichten ihn schneller als erwartet und das trotz der Verlangsamung durch den schmierigen Grund unter ihnen. Das lag auch daran, dass der Radius dieses runden Mittelpunktes sehr viel größer war als angenommen. Ein schmutziges Weiß war um sie herum und nur der Himmel wies mit seinem Dunkelgrau noch einen anderen und ebenso trostlosen Farbton auf. Wäre er wenigstens blau gewesen oder hätte ein paar wärmende Sonnenstrahlen durchgelassen, es hätte wenigstens einen einzigen positiven Effekt für ihre Stimmung gehabt, aber dazu war das ekelhafte Klima dieses Tages nicht bereit.

Vier Meter hoch war die von weißgrauem Schleim überzogene

Aufschüttung, die sie erklimmen mussten, um dort hineinschauen zu können. Was man mit Drohnen wegen der trüben Sicht kaum richtig hatte wahrgenommen können, sahen sie alsbald aus direkter Nähe. Unklare Muster aus dem Krater hatten zu allgemeiner Verwirrung beigetragen. Barns hatte Mühe, sich zwischendurch den mehligen Belag an seinen Sohlen anzuschauen. Der käsige Geruch kam von den Schimmelpilzen. Teils flüssig, teils fest und körnig und immer auf Expansion aus war diese Art des Lebens., eine perfekte und auch perverse Daseinsform, die so kaum etwas mit den leckeren Pilzen für Genießer zu tun hatte. Trotzdem waren sie verwandt.

Ronson nahm das Barett ab und kratzte sich die Kopfhaut und wischte sich den Schweiß aus den kurzgeschorenen Haaren. Er starrte auf das Innere und Barns machte wieder seine Arbeit.

Dort unten tobte eine Schlacht, wie sie noch kein Menschenauge gesehen hatte. Der Krater war in zwei Hälften gespalten. Die vordere, den beiden Männern zugewandte Seite, wies weißlich gelbe Kulturen auf und die andere genau angrenzende Hälfte war dunkelbraun bis schwarz gesprenkelt. Im Grunde war es dieselbe Pilzgattung, ein Hallimasch mit gigantischen Ausmaßen. Ein Knirschen und Pfeifen dröhnte aus der Mitte nach oben. Kleine graue dampfende Wolken lösten sich aus Spalten, die sich öffneten und wieder schlossen. Es stank unerträglich nach Schweiß und Kot. Die kleinen Pilze wuchsen auf beiden Seiten in einem verrückten Tempo. Innerhalb von Sekunden sprangen immer neue Kuppen mit ihren Stielen hoch aus einer riesigen Pilzfleischmanufaktur unter der Erde. Dort in der Mitte, wo sie aufeinander trafen, war die Atmosphäre explosiv. Je mehr aufeinandertrafen , desto stärker rumorte es. So hatte es bei der ersten Begegnung dieser beiden feindlichen Pilzkulturen der gleichen Art auch begonnen. Ihre Überreste wurden in alle Richtungen versprüht. Es war Krieg. Zwei feindliche Hallimasch bekämpften sich untereinander. Entweder war es eine Fehlentwicklung der Natur oder eine spannende Weiterentwicklung. Diese Pilze hatten die nächste Sprosse ihrer eigenen Evolution erklommen. Barns und Ronson standen nur noch da und staunten. Es wimmelte und vibrierte dort unten in der Mitte. Sobald sich zwei feindliche Pilze berührten, verschmolzen und platzten sie gleichzeitig. Sie beherrschten den Untergrund und ihr Einflussbereich vergrößerte sich. Die beiden Besucher blieben dort, wo sie standen. Sie konnten nicht mehr selbst zurück zu den anderen Menschen, um ihre Sichtungen zu beschreiben. Barns schickte noch alle Fotos und Filme zu seinen Auftraggebern, bevor der Hallimasch an ihm empor kroch, seine Hände lähmte und seinen

Verstand übernahm. In diesen Momenten war es überdeutlich, was die Gemeinschaft der Pilze bedeutete. Sie waren viele und doch nur einer, der sich innerlich gespalten hatte. Der Hass auf den jeweils anderen war unbeschreiblich groß und die Gebietsansprüche mehr als verständlich. Wie sollte man sich auch weiter ausbreiten, wenn man sich selber im Weg stand? Typisch Pilz eben. Er wuchs einfach, wo er wollte. Und er wich niemals zurück. Schon gar nicht vor seinem geteilten Ego.

Beamers Insel

„Sie ist 4 Quadratkilometer groß und am gesamten Strand, rundherum, sind über 200 Holzpfähle in den Boden getrieben, auf denen Totenschädel befestigt sind."

„Passt das zum Radius bei 4 qkm? Hast du das berechnet? Und wie groß ist der Abstand zwischen den Pfählen?"

„Das ist doch egal."

„Nein, ist es nicht. Der Zuschauer berechnet das in Gedanken mit. Es geht um Glaubwürdigkeit und Realismus."

„Realismus bei einem Horrorfilm? Ich bitte dich."

„Die Realität kann brutaler sein, als du mit deinen Horrormärchen. Da geht es nicht um Gespenster, Mann. Da geht es um Perverse, Killer usw. Brutalität ist das Thema. Mach weiter mit deiner Idee."

„Die Insel ist im Privatbesitz eines Holländers."

„Niederländer. Holland ist ein Teil der Niederlande."

„Er sammelt Kunstobjekte und verlässt häufig die Insel. Ach, so, bis auf die Strände ist die Insel voll mit Urwald. In der Mitte ist seine Plantage."

„Warum muss das eigentlich ein Holländer sein?"

„Jetzt hast du selbst „Holländer" gesagt."

„Egal. Also, warum?"

„Curacao gehört zu den Niederlanden. Ich finde das reizvoll. Eine Mischung aus europäischem und karibischem Flair. Ich war schon dort. Allein die Häuser sind eine Klasse für sich. Das muss man einfach gesehen haben und die Strände...ich komme wieder ins Schwärmen. Das ist außerdem eine tolle Filmkulisse nebenbei. Ich meine für zusätzliche Szenen. Die Haupthandlung ist ja nicht dort."

„Da werden wir auch mal hindüsen. Willemstad ist ein Nebenschauplatz?"

„Richtig. Es geht eigentlich um dieses Labyrinth und die Sammlung dieses Verrückten. Palmen, Strand, Karibik, Romantik und viel Blut."

„Ehrlich gesagt, die Mischung, dieses Drumherum alles in allem klingt interessant. Mir gefällt das Skript. Ich denke, die Anderen werden meiner Meinung sein. Ansonsten produziere ich allein. Das kriege ich sicher hin. Wir brauchen ja kein Megabudget. Ein paar Kulissen auf der Insel werden nicht die Welt kosten. Lara hat keine Ahnung vom Geschäft. Ich würde ihr am liebsten..."

„Sie findet mich ja auch scheiße. Beim letzten Mal hat sie mich gefragt, ob ich morgens dusche. Aber ich schweife wieder ab. Für die Regie wäre mir Steve Grittner am geeignetsten."

„Der ist total out. Die letzten beiden Filme waren Flops. Die hat er lieblos heruntergekurbelt. Ein Scheiß eben. Wir sollten keinen bekannten Regisseur nehmen. Besser ist ein unbekanntes Talent, das sich voll reinhängt. Glaub mir, die Erfolgsaussichten sind da viel besser."

Beamer zuckte mit den Achseln.

„Und wenn er wieder in die alte Form findet? Du sagst doch selbst, dass die Geschichte innovativ ist."

„Der spult das wieder lieblos runter wie eine x-beliebige Auftragsarbeit. Da fehlt mir der volle Einsatz. Dann muss ich ständig mit ihm über jeden Mist diskutieren. Vergiss ihn. Wir finden jemand anderes."

James Wincott liebte die Ideen seines alten Freundes und Gelegenheitsdrehbuchautoren und malte sich schon kurz nach dem Treffen ein paar passende Szenen aus. Inklusive der Vorproduktion hatte er schon einen Zeitplan von acht Monaten im Kopf. Für die Dreharbeiten selbst plante er lediglich 6 Wochen ein. Vor den Dreharbeiten in der Karibik musste er noch ein Versprechen einlösen. Seine quängelige Frau bestand auf einem Urlaub, der mindestens 1 Woche zu dauern hatte. Eigentlich hasste er sie, andererseits brauchte er sie, denn sie war nicht gerade unvermögend. So ließ sich Wincott recht einfach in die Kategorie der falschen Fuffziger einordnen. Den Sex spulte er in einer ähnlich lieblosen Art ab, wie er es im Verhältnis zu Steve Grittners Regietätigkeit bei dessen letzten Filmen kritisierte. Am liebsten hätte er sie dem niederländischen Bösewicht der fiktiven Insel aus Ralph Beamers Drehbuch zum Fraß vorgeworfen.

„Du wolltest doch gern in den Urlaub mit mir."

„Mit wem denn sonst, du Schwachkopf?"

Lara Wincott, gefühlt Mitte dreißig, in Wahrheit fast sechzig Jahre alt, liebte ihren Göttergatten nur zum Teil. Seine fleischliche Leistungsbereitschaft war enorm, was sich auch leicht erklären ließ, dachte er doch bei den Gelüsten mit ihr ausschließlich an die vielen Affären mit anderen Frauen, die er im Wochentakt wechselte. Das erleichterte es ihm, mit ihr zusammen zu leben und hässlich war sie ja nicht und er ebenso wenig. Sie hätte anstatt des vierzig Jahre alten Produzentenfuchses auch einen noch jüngeren Partner bekommen, aber er sah blendend aus und sein verschmitzter Humor gefiel ihr. Neben dem Sex war sein Unterhaltungsfaktor ein wichtiger Aspekt. Dass er sie ins Jenseits befördern wollte, war nicht nur ein Running Gag, über den sie sich tatsächlich beide lustig machten, sondern für ihn eine unbestrittene Tatsache. Sie nahm es als Spaß auf und dachte nicht daran, dass er es womöglich ernst meinen könnte. Er schmiedete heimlich Pläne und wusste genau, wie er sie letztendlich los werden konnte.

„Wir haben ein neues Projekt, nach diesem, und das..."

„Du willst wieder Urlaub an einem Drehort machen. Wo?"

„Niederländische Antillen. Curacao. Klingt das nach etwas in deinen Ohren?"

„Im Ernst? Du willst mich doch verarschen."

„Nein. Im Gegenteil. Ralph hat ein tolles Skript abgeliefert. Das spielt auf einer Insel in der Nähe von Curacao. Wir können ein paar schöne Bootsausflüge machen usw. Eine Woche. Was hältst du davon?"

„Viel. Wenn du es ernst meinst."

„Ja. Einhundert Prozent!"

Sie küssten sich und dachten dabei an unterschiedliche Dinge, auf die sie sich in diesem Urlaub freuten. James sah in Gedanken, wie er sie in volltrunkenem Zustand über Bord schubste und sie sah sich nackt auf dem Sonnendeck einer Yacht bei gewissen Gelüsten zu. Fragte sich nur, mit wem sich besagte Lara dort in ihrer Fantasie vergnügte.

„Ralph ist ein kleiner Pisser. Aber das mit der Karibik hat er gut gemacht. Willst du wirklich mit diesem Idioten ein Projekt starten?"

„Wir haben schon oft zusammengearbeitet, bevor wir verheiratet waren. Hast du das vergessen?"

Sie zündete sich eine Zigarette an und warf sich in den Liegestuhl.

„Der Typ ist mir egal. Aber Gnade dir Gott, wenn das diesmal nicht klappt. Eine Woche ist nicht viel. Strand, die Insel ist geil, also mehr kann man nicht verlangen. Wenn das nicht läuft, kannst du deinen nächsten Streifen selbst bezahlen. Alles klar?"

„Schatz, du bist alles, was ich will."

Wincott hätte sie nur zu gern an Ort und Stelle erwürgt. Allein die Beseitigung der Leiche war problematisch. Eigentlich wollte er warten, bis ihr Vater endgültig, so nannte er es wenig freundlich, seinen Geist aufgegeben hatte. Die Geduld ging ihm jedoch ab. Ein paar Millionen mehr oder weniger spielten keine Rolle. Er war auch nur mit ihrem Anteil zufrieden.

„Es wird eine unvergessliche Reise", sagte er grinsend und küsste sie.

Das Hotel gehörte zu den besten von Willemstad. Die Stadt war so, wie sie es erwartet hatten und es gab Postkartenmotive an fast jeder Ecke. Teilweise kunterbunt spielte die Inselhauptstadt ihre Reize aus. Für den dritten Tag hatte James Wincott eine große und komfortable Yacht gemietet. Sein Plan, zwei Nächte auf ihr zu verbringen und die Inseln nach einem geeigneten Drehort abzugrasen, war nur Nebensache. Alkohol musste auf jeden Fall an Bord sein. Petterson, sein Assistent, begleitete die Beiden wie ein Schatten und regelte sämtliche Formalitäten. Der schlaksige Bürohengst organisierte das Essen und die gesamte Crew für die Schipperfahrt. Neben dem Kapitän, einem waschechten holländischen Seebären mit Vollbart und Glatze wurden zwei Matrosen und zwei weibliche, natürlich vollbusige, Bedienungen für sämtliche Bedürfnisse der Gäste engagiert. Weiter dazu gesellten sich die Köchin und ein Steward, der sich ausschließlich um die Getränke kümmern sollte. Der Schwerpunkt im flüssigen Bereich lag bei den Cocktails. Wincotts Gattin musste den Pegel überschreiten. Und das möglichst bald nach Einbruch der Dunkelheit. Klappte es in der ersten Nacht nicht, dann in der zweiten.

„Soll ich nicht doch mitkommen? Wäre doch gut, wenn ich...“

„Nein!“ fuhr Wincott seinen Assistenten Petterson an. Das fehlte ihm noch, dass dieser Naseweis zur falschen Zeit auf der Yacht herumlief. Zuviel Eigeninitiative passte dem Produzenten nicht in den Kram. Etliche Millionen warteten auf ihn, über die er allein verfügen wollte. Erst als das Boot abgelegt hatte, atmete Wincott auf und inspizierte als erstes das Barsortiment auf dem Sonnendeck.

„Hallo, ich bin Angelo Ballini. Ich bin als Barmixer engagiert.“

„Freut mich sehr. James Wincott. Ich Hatte einen Steward erwartet, aber sie haben nur zwei Personen mit ausreichend Getränke zu versorgen. Meine Frau und mich.“

„Das sagte mir ihr Agent schon. Ist er auch dabei?“

„Agent?“

Wincott schüttelte nur innerlich den Kopf.

„Nein, er ist nicht dabei. Ich nehme keine Angestellten mit auf Ausflüge.“

„Welche Cocktails bevorzugen sie ?“

„Bevorzugen?“

Wincott sah mit zusammengekniffenen Augen in die Schäfchenwolken und setzte dann seine Sonnenbrille auf.

„Meine Frau liebt süßes Zeug. Margarita, Sex on the Beach, Pina Collada und so. Vielleicht kennen sie noch andere."

„Klar. Und sie?"

„Gin Tonic und Cuba Libre. Mich brauchen sie eigentlich nicht zu versorgen. Das mache ich selber. Meine Frau soll Spaß haben."

„Sie sollten sie aber im Auge behalten. Es sind schon viele Personen betrunken über Bord gegangen. Wenn sie möchten, kann ich sie nebenbei im Auge behalten. Wäre mir ein Vergnügen, Mr. Wincott."

Der Angesprochene verzog keine Miene, hätte den Servicemitarbeiter aber am liebsten sofort selbst über Bord geprügelt. Mit jemandem, der sich auf diese Weise in den Ablauf einzumischen drohte, hatte er nicht gerechnet. Was bildete sich dieser Klugscheißer ein, dachte er und musste sich zurecht legen, was er sagte, damit nach Laras Ableben keine unnötigen Verdächtigungen aufkamen. Oder sollte er den Typ gleich mit entsorgen?

„Meine Frau und ich brauchen keinen Aufpasser. Wir sind erwachsen und wissen, was wir tun. Was bilden sie sich ein? Ratschläge erteilen? Halten sie einfach das Maul und machen sie ihre Arbeit. Ich zahle ihnen genug Geld. Wenn etwas passiert, was es aber nicht wird...was rede ich da? Ich philosophiere mit einem Barkeeper, den ich nicht kenne. Habe ich mich verständlich ausgedrückt?"

„Entschuldigen sie. Ich wollte nur meine Hilfe anbieten. Sie werden nichts mehr von mir hören. Ich werde nur die Drinks servieren."

„Ist schon gut. Ich will auch nicht unhöflich sein. Sie bekommen 1000 Dollar extra bar auf die Hand, wenn sie einfach ihre Arbeit machen und uns ansonsten in Ruhe lassen."

„Danke, das ist sehr großzügig."

Ballini drehte ab und kümmerte sich anschließend um den Kühlschrank und das gesamte Equipment an schluckbaren Materialien und Gläsern.

Lara kam endlich auf das Deck und machte es sich in einem der Liegestühle bequem.

„Der Typ sieht aus wie ein Apotheker."

„Meinst du das wegen seiner Brille?"

„Ja, und irgendwie ist er auch so dünn. Ich will einen Cocktail. Jetzt!"

„Klar Schatz. Ich hoffe, du bist zum Sonnenuntergang nachher noch voll da. Den müssen wir genießen. Was soll ich dir denn bringen?"

„Ist mir scheißegal", sagte sie mit ihrer rauchigen Stimme und zündete sich sogleich den nächsten Glimmstengel an, von denen sie am Tag 40-50 konsumierte.

Als Einstand gab es einen Mojito. Die Yacht entfernte sich immer weiter vom Hafen und die zweitägige Rundreise in diesem Bereich der Karibik begann.

„Wozu hast du zwei junge Frauen mit großen Brüsten engagiert? Was soll das?"

„Ähm, die habe ich nicht eingestellt. Das war Petterson. Der hat sie ausgesucht. Wir brauchen sie. Wer soll dein Bett machen und die Toilette reinigen? Das erledigt sich nicht von allein."

„Schwätzer! Mädchen mit großen Titten einzustellen ist eindeutig deine Handschrift. Du bist ein geiler Bock. Erst machst du mich betrunken und dann vögelst du die beiden unten in der Kabine oder hier oben. Mach es! Aber vorher besorgst du`s mir hier vor dem Sonnenuntergang."

„Kein Problem."

„Schick den Affen da nach unten. Weißes Hemd und schwarze Fliege. Hält der Apotheker sich für James Bond?"

„Das ist so üblich. Er wird gut bezahlt und muss er ordentlich aussehen. Und du tust den Leuten Unrecht, die Medikamente verkaufen."

Ballini bekam noch keine Kostprobe von den ordinären Umgangsformen der Gastgeberin mit und durfte in der weitläufigen Komfortzone unter dem Sonnendeck TV schauen, während es oben zur Sache ging. Die zwei gebräunten Damen durften auf ihre Einsätze warten und vielleicht bald Erbrochenes in der Schlafkabine beseitigen. Die beiden Matrosen hatten es nicht so idyllisch getroffen. Sie hielten sich in einem strikt getrennten Bereich auf und lediglich der Kapitän durfte fast alle gemieteten Räume betreten.

Nach Sonnenuntergang präsentierten sich die Wincotts dem Personal gegenüber von der geselligen Seite. Agneta, die Köchin, die beiden Hausdamen und natürlich auch wieder der Steward durften die warme Luft ganz oben auf dem Kahn einsaugen.

Lara stolzierte schon in leichter Schieflage auf den Herrn mit dem Propeller zu und zog an dem schwarzen Accessoire.

„Einen Daiquiri. Kriegst du den hin?"

„Aber klar."

Während Ballini die Zutaten zusammenstellte, entdeckte Wincott inmitten seiner Flirtergüsse eine Insel, die romantisch vom Mond bestrahlt wurde. Am liebsten hätte er sofort eine Kamera gezückt. Berauscht vom Anblick des kleinen einsamen Fleckchens auf dem Wasser, machte er sich sofort auf den Weg zum Kapitän, der auf Wincotts Anweisung hin unweit der Insel den Motor etwas drosselte.

132

Verzückt betrachteten nun auch die Anderen den Strand dieses winzigen exotischen Juwels. Ein paar Lichter flackerten in der Mitte durch das dichte Buschwerk der Insel hindurch. Zu rasch kam die romantische Landoase außer Sichtweite. Nicht mehr ganz kerzengerade machte sich Wincott auf den Weg zum Kapitän, der die Yacht in der Nähe der nächsten Insel bis zum kommenden Morgen verweilen lassen sollte. Schon nach wenigen Minuten legte sich der Motor schlafen. Mittlerweile war es zwei Uhr geworden. Lara schnarchte zwar nicht, aber ein wohlwollendes Pfeifen unbestimmbarer Tonlage begleitete ihren traumlosen Schlaf. Erschöpft von zu viel Alkohol wusste man nicht, kam es aus Nase oder Mund oder beidem gleichzeitig. James, der sich bereits den Kopf darüber zerbrach, ob er seinen Plan überhaupt bewerkstelligen konnte, hatte auch einiges mehr intus, als er gewöhnlich vertrug. Aber warum sich nicht einmal gehen lassen? Auf seinen Befehl hin schlürfte auch Ballini kräftig mit. Das Ehepaar schaffte es nicht mehr bis in die Kojen und bezüglich Wincotts respekteinflößendem Befehl wagte auch niemand, sie auf dem Oberdeck zu stören, was bedeutete, dass keine Person sie ins Bett tragen brauchte.

Das Schiff bewegte sich nur minimal im sanften Seegang. Der romantische Sonnenaufgang weckte Niemanden, dafür waren alle zu betrunken gewesen. Erst gegen zehn Uhr blinzelte Wincott und hielt sich die rechte Hand auf die Augen. Er machte sich nicht die Mühe, darüber zu sinnieren, wann er denn jemals zuvor auf einem Liegestuhl unter freiem Himmel genächtigt hatte. Ein gewaltiger Brummschädel hinderte ihn am Aufstehen und es dauerte ein paar Minuten, bis er sich mühsam aufrichten konnte. Wenig später, als er klarer denken konnte, war er verärgert darüber, dass Lara noch gesund, aber immerhin nicht ganz munter zu sein schien. Er bugsierte sie gespielt vorsichtig die schmalen Treppen hinunter bis zum Esszimmer. Wenn er dabei stolperte und sie losließ und sie richtig stürzte, konnte sie sich schwere Schädelverletzungen zuziehen. Gerade, als er spontan diesen Entschluss fasste, nachzuhelfen und für ein paar irreparable Schäden am Köpfchen seiner Liebsten zu sorgen, tauchte der verschmitzt grinsende Ballini am Treppenende auf und legte hilfsbereit Hand an.
Wincotts verkrampftes Lächeln nahm der Italo-Amerikaner nicht bewusst wahr. Auch ihm sah man die zweistellige Zahl mit diversen Köstlichkeiten gefüllter Gläser an, die er bis weit nach Mitternacht konsumiert hatte.
„Darf ich unter die Arme greifen?" war keine Frage, denn er stützte Lara so ab, dass ein Sturz unmöglich war.

133

„Halt`s Maul", war ihre lapidare Antwort. Die Gattin des Produzenten schien noch nicht bereit für einen umfangreicheren Einsatz ihres exzellenten Vokabulars. Das üppige Frühstück genossen die beiden Hauptpersonen auf der einen und die weiblichen Angestellten sowie der Mixer auf der anderen Seite.

Kapitän Valenbek tauchte unverhofft am Tisch auf.

„Hallo Kapitän. Haben sie schon gefrühstückt?" erkundigte sich James höflich, obwohl es ihn in Wahrheit nicht interessierte.

„Deswegen bin ich nicht hier. Ich habe eine schlechte Nachricht."

„Ist deine Mütze festgewachsen?"

Der breitschultrige Hüne mit der Aura der Kompetenz sah die Filminvestorin kurz teilnahmslos an und dann wieder ihren Gemahl.

„Der Motor startet nicht."

„Wieso?"

„Das müssen wir herausfinden. Mein Männer und ich werden das jetzt machen. Eigentlich dürfte das gar nicht passieren. Der Kahn ist in Ordnung."

„Ja", sagte Wincott und schaute aus dem Fenster. Tiefer nach unten konnten seine Mundwinkel nicht sinken.

„Was ist das für eine Insel?" fragte er und deutete auf das besagte Plätzchen mit den unübersehbaren Kokospalmen.

„Sie gehört einem Landsmann von mir. Eine Privatinsel."

„Wie bitte?"

Wincott rutschte beinah ein Stück belegtes Toast mit Rührei aus dem Rachen und er dachte sofort an Beamers Skript. Ein Niederländer mit einer eigenen Insel.

„Haben sie ein Fernglas?"

„Natürlich. Oben am Steuer", gab der Seebär zur Antwort. Ohne weitere Worte machte Wincott sich mit dem Schiffssteuerer zur Brücke auf. Er konnte nicht darüber reden, warum ihm das nähere Betrachten dieses Südseestrandes so wichtig war, denn er wollte sich nicht lächerlich machen. Nachdem er sich nochmal intensiv auch die allerletzten Schlafbröckchen aus den Augenwinkeln gepult hatte, setzte er den Feldstecher an. Es gab zwar keine Pfähle mit aufgesetzten Schädeln, dafür jedoch Warnschilder in regelmäßigen Abständen. Die Aufschrift selbst bedeutete nichts Sensationelles. Es wurde lediglich darauf hingewiesen, dass sich die Insel in Privatbesitz befand. Und das Betreten war logischerweise streng verboten. Über den groß geschriebenen Buchstaben prangte ein freundlich gestimmter und aufgemalter Totenschädel. Genau so einen als echtes Accessoire hatte sich Wincott in seiner Fantasie vorgestellt. Keine Frage: Beamer hatte sich hier die Anregung für sein Drehbuch geholt. Das war durchaus plausibel. Schließlich hatte der bei seiner Frau unbeliebte Kumpel hier Urlaub gemacht. Eine andere Frage drehte sich um die Identität des Eigentümers. Dieser Punkt machte ihn neugierig. Ein echter Psychopath und Kunstsammler, der Falltüren und unterirdische Folteranlagen für ausgewählte Gäste bereit hielt, konnte es kaum sein. Das stand nur im Drehbuch. In seiner Fantasie wurde Lara in einer Speerfalle aufgespießt und grausam getötet.

„Kennen sie den Besitzer?"

„Nicht persönlich. Habe nur von ihm gehört. Hat sich eine eigene Galerie gegönnt. Wollen sie ihn besuchen?"

„Wie bitte?"

Jetzt zweifelte Wincott an seinem Verstand. Veranstaltete Beamer eine Werbetour für sein Geschreibsel? Er hatte schon eine Zusage bekommen.War der Kapitän beauftragt, seine Fahrgäste in eine Falle zu locken?

Wincott spielte alle möglichen Eventualitäten durch und lachte. Das konnte wirklich ein Ausflug nach Maß werden. Für alle Fälle war er ja bewaffnet.

„Meinen sie, dass er Gäste unangemeldet empfängt?"

„Warum nicht? Ich hörte nur, dass er sich über Interessenten an seiner Kunstgalerie sehr freut."

„Dann machen wir einen Abstecher. Haben sie ein Rettungsboot?"

„Einer meiner Männer wird sie bringen. Wir haben ein Motorboot für 5 oder 6 Personen. Und wir werden das Schiff in der Zeit wieder flottmachen."

Von Wincott gab es einen Daumen nach oben. Lara musste unbedingt dabei sein. Seine Waffe war geladen und groß überzeugen brauchte er seine Angetraute nicht. Trotz ihrer teils schlichten Mentalität hatte sie einen Hang zu moderner Kunst. Kurz vor dem Start musste er noch ein wichtiges Telefonat führen.

„Rat mal, wo wir sind?"

Beamer am anderen Ende tat ahnungslos. Er schien nach der Offenbarung des Urlaubsortes jedoch wenig überrascht zu sein.

„Das war mir fast klar. Dort gibt es übrigens noch mehr private Inseln. Eine gehört sogar dem König von...keine Ahnung mehr von wo. Ich habe deine Anmerkung übrigens berücksichtigt. Jetzt ist im Skript nicht mehr ein Niederländer der Besitzer der Insel, sondern ein Norweger. Was hältst du davon."

„Wie bitte? Hast du sie noch alle? Wir haben hier unseren Drehort und es passt alles so gut. Es bleibt ein Holländer. Basta!"

„Mit wem telefonierst du?" fragte Lara, die sich für den Ausflug praktische Kleidung verpasst hatte.

„Ralph."

„Kann ich ihm kurz was sagen?"

Er hielt ihr das Smartphone hin.

„Fick dich!" schleuderte sie dem Ärmsten ins Ohr.

Und Wincott drehte ihr in Gedanken mal wieder den Hals um. Er wusste genau: Von dieser Insel würde sie nicht lebend zurückkehren.

„Was hast du bloß gegen ihn?"

„Er ist unattraktiv, er stinkt nach Schweiß, hat Mundgeruch und eine hässliche Frisur. Er ist einfach nur scheiße."

Sie griff sich an die Stirn und schloss für ein paar Sekunden die Augen.

„Ich werde heute Abend nichts trinken."

„Was?" fragte er gespielt erstaunt. Mehr fiel ihm nicht ein, stand doch noch gar nicht fest, ob sie es überhaupt konnte.

„Ist das dein Ernst, Liebes?"

„Weiß ich noch nicht. Vielleicht sollte ich jetzt nicht mit auf diese Insel."

„Du kannst dich dort an den Strand legen."

„Los. Du hast mir doch was von einer Galerie erzählt. Wir sehen es uns an."

Das Mal-So-Mal-So nervte ihn. Sanft schob er sie auf das abgelassene Motorboot.

Das gemietete Personal hatte Zeit, ihnen vom Sonnendeck aus zuzuwinken, was nur James freundlich erwiderte. Lara interessierte sich mehr für ihr Smartphone.

Keine zwei Minuten dauerte die rasante Fahrt. Das Boot konnte an einem schmalen Steg anlegen, der für eingeladene Besucher bereit stand. Der Produzent und seine Kettenraucherin gehörten gewiss nicht dazu. Das graue Sakko störte ihn bei der aufkommenden Hitze. Aber darauf zu verzichten war kaum möglich, denn die Waffe mit Schalldämpfer, die er lizensiert mitführen durfte, wollte er verbergen. Vielleicht brauchte er sie ja gar nicht. Warum sollte der reiche Niederländer nicht Fallen aufgebaut haben? Allein auf einer Insel und mit riesigem finanziellem Spielraum. Da ging doch einiges.

„Wir sind in einer Stunde wieder hier."

Der junge Mann in kurzen Hosen und mit weißem T-Shirt nickte nur und spielte dann mit seinem Androidhandy herum.

„Was willst du denn mit der Waffe? Eine Vorsichtsmaßnahme?"

„Was?"

Verdutzt sah er seine Frau an.

„Wie hast du das gesehen?"

„Glaubst du, ich bin doof? Das merkt doch jeder Blinde. Hast du Angst vor Raubtieren oder warum nimmst du deine Knarre mit?"

„Unsinn. Ich will dich ermorden", sagte er und grinste sie dabei an.

Lara lachte und schüttelte den Kopf, während beide weiter auf einen sehr schmalen Pfad durch den bereits direkt am Strand beginnenden dichten Dschungel zusteuerten. Das Besondere waren die ausgelegten Holzdielen auf dem Weg.

„Hast du einen Termin gemacht?"

„Nein. Brauchen wir nicht."

In etwa hundert Metern Entfernung präsentierte sich ein Herrernhaus im Stil der Bauweise der US-Südstaaten. Sie markierte die exakte Mitte der Insel, so hatte es zumindest den Anschein. Mit den pompösen Säulen und einem Eingangstor in der Mitte passte sie weder hierher, noch war der Architekturstil ausgewogen und bei näherem Hinsehen eher ein Hybridbau. Vergitterte Fenster und nicht zuletzt das schmiedeeiserne Tor anstatt einer Tür waren ungewöhnlich.

Auch an das weiße Haus in Washington erinnerte das Prunkstück.

Lara blieb nach der Hälfte des Weges stehen.

„Das gefällt mir nicht! Hier ist keine Menschenseele und das Haus sieht komisch aus."

Statt ihr etwas zu sagen, untersuchte James das Gebüsch unmittelbar links von ihnen. Es war dicht verwachsen. Wenn er ihr an dieser Stelle in den Kopf schoss, brauchte er sie nur noch in das Dickicht zu schubsen und sie wäre spurlos verschwunden. Aber die Fenster des Gebäudes waren nicht blind. Man hätte es sehen können. Eine Schnapsidee mehr, dachte er sich.

Sie raffte sich auf und begleitete ihn weiter bis zum vergitterten Eingang.

Es existierten weder Klingel, noch Glocke. Der Bereich war betoniert und passte mit dem tristen Grauton nicht hierher.

Hinter dem Gitter erkannte James eine gläserne Doppeltür. Darauf folgte ein Gang mit Marmorwänden.

„Hallo!" ref Wincott.

„Hier ist keiner. Das ist mir zu blöd. Ich gehe jetzt zum Boot zurück."

„Hab doch mal ein bisschen Geduld! Da kommt bestimmt jemand."

„Ich kenne die Leute hier nicht."

Tatsächlich eilte eine Person herbei, die sie hier nicht vermutet hätten. Beamer kam und schob die beiden Gitter auseinander. Freudestrahlend sah er seine Besucher an.

„Was machst du denn hier?" erkundigte sich Wincott und bekam den Mund mal wieder nicht zu.

Lara war nicht weniger erstaunt und witterte sofort ein abgekartetes Spiel zwischen den beiden Freunden.

„Kannst du mir mal erklären, was das soll?" herrschte sie ihren Mann an.

„Guck mich nicht so an! Ich bin genau so überrascht wie du."

„Die Insel gehört mir!" verlautbarte der mittelgroße Brillenträger mit den wuseligen Haaren.

„Warum hast du mir das denn nicht erzählt?"

Es sollte eine Überraschung werden. Ich habe gewusst, dass ihr herkommen würdet. Der Kapitän ist übrigens ein Bekannter von mir."

„Du bist kein Niederländer", bemerkte Wincott und lachte.

„Ich kotze gleich!"

Lara drehte sich um und marschierte los.

„Willst du die Kunstwerke sehen oder nicht?"

Auf die Frage ihres Mannes hin blieb die wütende Lady stehen und zündete sich eine Zigarette an. Zögerlich kam sie wieder näher.

„Du willst mich doch verarschen. Was hast du denn mit Kunst am Hut?"

Beamer räusperte sich.

„Ich habe zum Beispiel Verhaltenskultur. Und gutes Benehmen."

Sie versuchte, ihre Abneigung zu kontrollieren. Die Neugier überwog. Was konnte dieser Bursche angehäuft haben?

„Warum siehst du dir nicht einfach an, was ich gesammelt habe? Du wirst deine Meinung über mich revidieren. Ich weiß es."

Nicht das Flehentliche in seiner Stimme erzielte wider Erwarten eine Reaktion bei Lara, die ihn verabscheute. Ihr Interesse, zu sehen, was er unter Kunst verstand, wurde größer. Sie durfte zuerst eintreten.

„Warum hast du nicht erzählt, dass du hier wohnst? Wie finanzierst du das?"

„Welche Frage soll ich zuerst beantworten?" antwortete Beamer seinem Freund mit der Gegenfrage.

„Was ist denn jetzt? Gehen wir weiter oder bleibt ihr stehen und quatscht?"

„Sei doch nicht so ungeduldig!" fuhr Wincott seine Liebste an.

Der mutmaßliche Inselherr überholte Lara wieder und führte sie eine Etage tiefer. Im Untergeschoss gab es nur einen breiten Korridor. Die Wände waren mit geriffelten Holzvertäfelungen anspruchsvoll ausgestattet. Nur eine Tür gab es am anderen Ende des Weges. Der weitläufige Raum dahinter maß über 100 Quadratmeter und beherbergte eine Unmenge Staturen, Gemälde und obskure Metallobjekte. An einem Kabel, das quer durch die kleine Ausstellungshalle an der Decke hing, baumelten ein paar Glühbirnen. Die hässliche und respektlose Beleuchtung entschuldigte er mit bevorstehenden

Schlussarbeiten, denn es war ja noch nicht alles fertig.

Zielstrebig präsentierte Beamer sein bestes Stück, das in der Mitte thronte.

Das ist meine Krönung. Warum liegt denn Zeitungspapier neben deinem guten Stück?"

„Das wirst du gleich sehen. Es heißt „Der Schlachter". Es ist einzigartig."

„Von wem ist das?" wollte Lara wissen.

„Von mir. Ihr wisst doch, ich habe viele verrückte Einfälle. Und das war einer davon."

Stolz war er auf dieses selbst entworfene Konstrukt aus einer Vielzahl von überdimensionalen Schneiden, Klingen und Sägeblättern, welche an einem balkenartigen Mittelstück befestigt waren.

„Bullshit. Hast du etwas von namhaften Künstlern in deiner Sammlung oder nur solchen Mist?"

Ihre Augen machten eine Runde und sie schüttelte den Kopf.

„Du hast mein schönes Werk beleidigt. Das verdient eine Bestrafung."

„Ja? Na, los, bestraf mich, du Arschloch!"

Beamer sah Wincott an, der nur mit den Schultern zuckte.

So betätigte er also den einzigen Hebel an seiner Gerätschaft. Daraufhin sauste eine der langen hauchdünnen Blätter seitlich hervor und vollführte einen sauberen Schnitt, der den Körper der Lady in zwei Stücke teilte.

Wincott betrachtete gleichgültig, was da vor ihm auf dem Boden lag. Dann sah er seinen alten Kumpel an.

„Was hast du getan?"

„Ich habe dir einen Gefallen getan. Du wolltest sie doch loswerden oder nicht?"

„Ja, aber ich wollte es selbst tun. Du hast mir den Spaß verdorben. Warum hast du mich nicht an den Griff gelassen? Aber jetzt ist es zu spät. Wenigstens bin ich dadurch kein Mörder. Eigentlich ist es auch richtig, dass du es gemacht hast. Bei dem, was sie alles über dich gesagt hat...einmal alle Schimpfwörter rauf und runter."

Er verstand die Sache mit dem Zeitungspapier. Bis auf ein paar ausreißende Spritzer blieb der Boden sauber. Der große Raum mit dem schwarz weiß karierten Parkettboden hielt eine weitere Überraschung parat, die in der hintersten rechten Ecke wartete.

„Ich freue mich, dass es dir gefällt."

„Was sind das für Leute in dem Bottich?"

„Ähm..." war Beamers vielsagende Antwort.

„War ja klar. Deine Insel und so. Ich muss jetzt zurück auf die Yacht."

„Was sagst du den Leuten, wo deine Frau ist?"

„Sie ist von einem Hai zerfleischt worden. Ich werde gleich die Polizei benachrichtigen oder die Küstenwache, oder was es hier gibt. Der Matrose wird es bestätigen, denke ich."

„Ja, das wird er."

James Wincott hatte es geschafft. Die gespielte Trauer verflog im Laufe des Abends. Er trank so viel wie in seinem ganzen Leben zuvor noch nie. Alle Bediensteten an Bord bis auf die drei Crewmitglieder saßen mit ihm auf dem Sonnendeck und Ballini fiel es immer schwerer, Drinks zu mixen, weil sein Kopf schon mit dem Drehwurm, einem scheußlichen Tierchen, flirtete. Wincott schlenderte an der Reling entlang und dachte daran, wie schnell Beamers kleine Welt bald auseinanderfallen würde. Bald schon würde man die ursprünglichen Bewohner der Insel oder ihre beiden Wächter vermissen. Schwach war ein Hai zu erkennen, der an der Oberfläche mit der Flosse wedelte. Er winkte dem Produzenten zu, der sich nur mit einer Hand festhielt und sich mit der anderen das köstliche Spätgesöff in den Schlund schubste. Prall gefüllt mit dem Elan des Trunkenbolds holte er weit aus und mit ein wenig zu viel Schwung schleuderte er das Glas in die Wellen. Leider war es wirklich mehr Schwung, als er verkraften konnte. Die Begrenzung reichte nur bis Hüfthöhe. Das Meerwasser empfing ihn großzügig. Ein paar Schwimmbewegungen und Rufe waren umsonst. Der Hai, den er eben noch zu sehen glaubte, war wirklich da. Und der ließ es sich nicht nehmen, mal zu kosten, obwohl er eher auf Fisch stand. Probieren geht über studieren, dachte der Knorpelfisch.

Ein besonderes Haus

Beatrice Gobel liebte das alte Speicherhaus mit den hellgrauen Ziegelsteinen am Ende ihrer Straße. Es war ihre Straße, weil sie jeden Menschen dort kannte und vieles, nicht alles, über sie wusste. Sie war der Meinung, ein Recht zu haben, über alles und jeden in ihrem kleinen Revier Bescheid zu wissen und das fußte auf ihrer Neugier.

Nur das zwölf Meter hohe Speicherhaus war für sie ein Terrain, an das sie nicht herankam. Sie war noch nie drinnen gewesen. Von außen war es eine Attraktion, die unter Denkmalschutz stand. Ein Schild mit dem Wappen des Bundeslandes hatte man neben der Eingangstür angebracht. Das Datum des Baus war direkt unter der Kennzeichnung zu erfahren. Es gab nur ein paar wenige kleine Fenster. Niemand betrat das Haus und schon gar keiner kam heraus. Weder am Tag noch in der Nacht gab es Lebenszeichen. Das wunderschöne Gebäude existierte nur, damit man es sich anschauen konnte und als Beispiel für die Bauweise derartiger Relikte aus dem 17.Jahrhundert. Kaffee, Tee und Mehl waren die einzigen Produkte, die einst dort gelagert worden waren. Ein Stück Geschichte stand bereit, nur um gesehen zu werden. Mehr nicht. Beatrice liebte das Haus. Jeden Tag kam sie daran vorbei und freute sich über den Anblick des romantischen Steinwerks. Immer wieder fragte sie sich, wie es wohl von Innen aussehen mochte. War es leer? Standen alte Möbel darin? Lagerte dort immer noch etwas? Warum wurde es nicht besucht? Niemand aus der Nachbarschaft kümmerte sich jemals um das steinerne Andenken. Sie hätte zu gern einmal einen Blick hineingewagt und spielte mit dem Gedanken, sich an den Eigentümer zu wenden. Vielleicht war es möglich, es zu besichtigen. Warum auch nicht? Selbst wenn man ihre Bitte für lächerlich hielt, war es doch einen Versuch wert. Welchen Grund sollte sie anführen, es von Innen sehen zu wollen? Man konnte ein Museum daraus machen, dachte sie.

Genau gegenüber befanden sich Mehrfamilienhäuser. Beatrice kam sich selbst fast wie eine Idiotin vor, als sie bei einigen Bewohnern nachfragte, ob sie in letzter Zeit jemanden gesehen hätten, der das interessante Gebäude betrat oder verließ. Niemand wurde gesehen und schon nach drei Parteien im parallel gegenüber liegenden Gebäude reichte ihr das Resultat ihrer kleinen Umfrage bei den ausgewählten Mietparteien. Sie kannte jede Person flüchtig. Auch die ältere Dame aus dem dritten Stock, deren Namen sie nicht wusste.

Beatrice wollte gerade den Weg nachhause antreten, als genau diese rüstige Dame Mitte achtzig die Treppe herunterkam.

„Warte mal, junge Dame!"

Beatrice schaute sie erwartungsvoll an und wartete. Eilig hatte die betagte Lady mit den weißen Haaren die Treppen hinter sich gebracht. Extra dieser anstrengende Weg für die nicht mehr durchtrainierten Knochen und nur, um das Mädchen noch zu erwischen.

„Hallo. Haben sie mich gehört?"

„Ja, es schallt sehr im zweiten Stock. Ich wohne eine Etage höher."

„Ich habe gefragt, ob jemand schon mal eine Person in dem Haus auf der anderen Straßenseite..."

„Ja, ja, ich bin nicht taub, obwohl ich so alt bin. Das habe ich genau verstanden. Warum willst du das wissen?"

„Haben sie denn etwas beizutragen?"

„Wenn du meine Frage nicht beantwortest, werde ich es dir nicht zeigen."

Beatrice Pupillen fuhren an der Alten hoch und runter.

Wie eine klischeehafte Hexe sah sie nicht aus. Eher nur etwas ungepflegt.

„Ich kenne das Haus ja seit ich klein war. Es wirkt tot. Dort wohnt doch niemand. Warum kann man es sich nicht von Innen ansehen?"

„Darum also dieses Interesse. Du willst sehen, was dort drinnen ist. Ich zeige dir etwas. Komm mit nach oben!"

„Oder ist es leer? Durch die Fenster kann man nichts sehen."

„Nein, Liebes. Es ist nicht ganz leer. Komm mit."

Bei den vielen Horrormärchen, die sie aus dem TV kannte, kam ihr sofort der Gedanke, dass in der Mansardenwohnung nicht alles mit rechten Dingen zuging. Aber sie würde nicht essen und trinken, was die gute Frau ihr anzubieten gedachte. Außerdem war sie ihr körperlich haushoch überlegen, denn sie spielte im Verein Damenfußball.

„Ich kann dir leider nichts anbieten, Liebes."

Beatrice wurde in das kleine urgemütliche Wohnzimmer geführt. Das Fenster zur Straße lag exakt gegenüber einem der drei kleinen quadratischen Fenster des Speicherhauses.

Die ältere Dame schob einen Stuhl vor die Fensterbank.

„Setz dich und sieh genau hin."

Verwundert nahm sie platz und betrachtete eindringlich das kleine Fenster.

„Da ist etwas hinter Scheibe."

„Ja, Mädchen. Das Fernglas gehörte meinem Mann."

142

Beatrice sah sie entgeistert an.

„Sie sind aber gut ausgerüstet."

„Ich lebe mit Angst, seit ich es zum ersten Mal gesehen habe. Was meinst du denn, warum ich ausziehen will? Nicht nur wegen der Treppen."

„Sie wollen von hier fort?"

„Ja. Aber nicht ins Pflegeheim. Dazu geht es mir noch zu gut. Ich bin ja erst 83," sagte sie und lachte heiser.

Beatrice setzte den Feldstecher an und hinter der von außen stark verschmutzten Scheibe war ein Gesicht. War es Mann oder Frau? Das Gesicht war verzerrt und bei aller Undeutlichkeit erkannte sie ein Grinsen.

„Abends schaut es böse und früh am Morgen traurig. Und jetzt mittags lacht sie. Oder er."

Beatrice schüttelte sich am ganzen Körper und gab ihr das Fernglas zurück.

„Unsinn. Da sitzt eine Puppe. Weiter nichts. Die kann ihre Miene nicht ändern."

„Warten sie. Oder kommen sie abends nochmal her. Sie werden es sehen."

„Dann setzt eben einer die Puppe um, tauscht sie aus oder was weiß ich!"

„Und wer? Du hast doch selbst gesagt, da geht niemand ein und aus. Ich weiß es auch."

„Also ein Spukhaus. Ich werde einen Geisterjäger anrufen."

„Hast du Angst?"

„Nein. Überhaupt nicht. Ich muss jetzt los. Danke, dass sie mir das gezeigt haben."

„Komm nachher wieder und sieh dir das andere Gesicht an."

„Brauch ich nicht. Das ist immer noch kein Beweis, dass es dort...was rede ich? Ich bin ihnen sehr dankbar."

Erst auf der Straße dachte sie darüber nach, aufzugeben. Nur ein paar Schritte nachhause und sie änderte ihre Meinung wieder. Trotz allem fand sie es unheimlich, was sie erfahren hatte. Ihre Gelassenheit gegenüber der Greisin war vorgetäuscht. Sie wurde die Gedanken an den hübschen Ziegelbau nicht mehr los. Was sollte das, verschiedene Puppen abwechselnd vors Fenster zu setzen, wenn es denn stimmte?

Beatrice raffte sich noch einmal auf und vergewisserte sich, dass es stimmte, was Anna Wagranis, wie die betagte Mieterin hieß, behauptet hatte.

„Du solltest dich nicht zu sehr hineinsteigern. Halte dich davon fern!"

„Sie haben einen Mann gehabt? Ist er verstorben?"

„Ja, schon lange. Er hat sich auch mal eine Zeit lang gefragt, was es dort drüben gibt. Das war vor über 50 Jahren. Wir haben damals ein Haus weiter gewohnt."

„Wahrscheinlich hat er auch nichts herausgefunden."

„Er hat einem Weg zum Hintereingang entdeckt."

„Ja, der ist komplett von fremden Gärten umgeben und mit Gittern gesichert. Außerdem ist die Tür mit Holzlatten vernagelt. Ich bin kein Einbrecher. Kennen sie den Eigentümer des Hauses?"

„Ja. Natürlich. Die Stadt ist der Eigentümer und sie werden dich nicht dort hineinlassen, nur weil du es gern möchtest. Such dir ein paar Burschen, die einen Bruch machen. Gibt genug solche Typen am Bahnhof im Zentrum."

„Nein, danke. Aber ich finde es lustig, dass sie mir als...gesittete Dame so einen Tipp geben."

Beatrice schmunzelte und fuhr sich über den Pferdeschwanz.

„Bis dann!"

Nur kurze Zeit später schaute sie sich auch das dritte Minenspiel der unheimlichen Fratze an. Gerade weil sie nicht genau zu erkennen war, fuhr es ihr eiskalt den Rücken hinunter. In Gedanken überbrückte sie die Hürden und drang von hinten in das Gebäude ein. Ihr fiel endlich jemand ein, für den es ein Kinderspiel war, dort hinein zu kommen. Es war ein alter Freund ihres Bruders. Er hatte Autos geknackt, als es noch leicht war und arbeitete bei einer Fahrzeugverwertung. Was für ein Glück, dachte sie.

Dass ihn jemand auf dem Schrottplatz besuchte, verstand Nils Freiwert nicht. Er dachte zuerst an die Polizei, als sein Chef ihn aus einer Ecke in einer Lagerhalle herauskramte. Das konnte aber nicht sein. Die letzte Straftat lag Jahre zurück, derer man ihn überführt hatte.

„Hey, Bea, was machst du denn hier?"

„Grüß dich. Ich wollte zu dir."

„Ja, ist mir klar. Hast mir einen Schrecken eingejagt. Dachte, es sind die Bullen. Aber ich bin sauber, weißt du."

„ Ich brauche deine Hilfe."

Nils sah sich um. Sie standen direkt hinter der Einfahrt und nicht eine einzige Menschenseele leistete ihnen Gesellschaft. Irgendwo fünfzig Meter hinter ihnen scheppert es sporadisch. Die Kunden wühlten nach Teilen und hörten nichts.

„Leg los! Was soll ich für dich erledigen."

„Schnellmerker."

„Klar, du kommst doch nicht her, um mich zum Tanztee einzuladen."

Als sie ihm den Auftrag schilderte, lachte er los.
„Die alte scheiß Bude? Was willst du denn da drin? Da gibt es nichts zu holen."
„Du kennst das Gebäude gut."
„Klar kenne ich das gut. Hör mal, ich bin in der scheiß Gegend aufgewachsen."
„Warum musst du immer „scheiß" sagen?"
„Von hinten kommst du nicht ran. Aber...was zahlst du überhaupt?"
„Dreihundert Euro."
„Schade ums Geld. Aber wenn es dein Ernst ist... Ich mach dir in 1Minute die Vordertür auf, Süße."
„Vorne am Eingang?"
„Klar, vorne ist der Eingang, alles okay mit deinem Kopf? Glaubst du, nachts um drei beobachtet jemand den Eingang von dieser alten Bruchbude? Ich bin nach 1 Minute weg und du kannst dann stöbern. Ich würde die Tür danach anlehnen. Wenn du deine Karriere als Einbrecherin weiter betreiben möchtest, lass mich bitte da raus, okay?"
Sie schüttelte stirnrunzelnd den Kopf.
„Spinner!"

Beatrice versuchte, den Tag über ein Auge zuzudrücken. Es gelang ihr nicht. Die junge Frau wurde immer nervöser, je weiter die Zeit lief. Sie reflektierte über sich selbst, über ihre Motivation. Wie verbissen hatte sie sich in etwas hineingesteigert, was eigentlich sinnlos war. Warum musste sie unbedingt dort hinein? Sie wurde zur Einbrecherin. Wozu das alles? Nur um die Neugierig zu befriedigen? Und dann war da diese Dame im dritten Stock, die ganz sicher keinem Hexenzirkel angehörte. Ganz sicher nicht? Beatrice wollte nicht alles in Zweifel ziehen. Vielleicht war es nicht nur eine fixe Idee und sie war schon besessen bis psychisch gestört. Aber so fühlte sie sich nicht. Nach wie vor konnte das Mädchen mit dem Pferdeschwanz klare Gedanken fassen.
Sie wohnte selbst als ältestes Kind allein in der Mansarde direkt über der Wohnung, dort, wo ihre Eltern und ihre drei Geschwister lebten.
Mit Handschuhen und einer starken Taschenlampe ausgerüstet schlich sie kurz vor drei Uhr nachts aus dem Mietshaus. Fünfzig Meter weiter lauerte ein Schatten auf sie. Direkt vor der Tür saß Nils mit angewinkelten Beinen und tat gelangweilt.
„Na, endlich. Du kannst sofort reingehen. Ist schon offen", flüsterte er.

„Du bist schon fertig?"

„Was denkst du denn? Das fällt doch schon auseinander."

„Ich dachte..."

„Nicht denken. Um das Schloss hat sich seit Ewigkeiten niemand mehr gekümmert. Ein Kinderspiel."

Der Schein der weit entfernten Straßenlaterne erlaubte keine optimale Sicht. Als sie ihre Taschenlampe zum Vorschein brachte, umfasste der freundliche Einbrecher des Vertrauens ihr Handgelenk.

„Nicht hier! Das könnte gesehen werden. Du kannst leuchten, wenn du in der Bude bist, verstanden?"

„Ja, ist klar."

„Ich bin jetzt weg. Und ich war natürlich nicht hier! Noch ein Tipp von mir, den ich dir schon gegeben habe: Lehne die Tür nur an, wenn du gehst. Das Schloss ist jetzt kaputt. Aber es wird niemand merken. Dann geh eng an den Häusern entlang zurück. Bleib nicht zu lange da drin. Das Geld bitte."

„Du hast bitte gesagt."

Sie spürte, dass ihm nicht ganz wohl war. Wie ein unsichtbarer Ninja verschwand er im Dunkeln und sie war endlich am Ziel.

Es müffelte nicht einfach nur dort drinnen. Die Luft stank regelrecht nach Moder. Der Geruch erinnerte an alte Zeitungen aus dem Keller, die ihr Großvater unzählige Jahre gesammelt hatte. Als sie die Taschenlampe betätigte, zuckte sie zusammen. Schon direkt an der Tür standen sie um den weiblichen Eindringling herum. Schaufensterpuppen aus den fünfziger und sechziger Jahren des abgelaufenen Jahrhunderts. Mit bunten schmutzigen Kleidern behaftet und mit wirr und irrational geschminkten Gesichtern umringten sie das Mädchen. Das Erdgeschoss war regelrecht vollgestopft mit diesen lebensgroßen Figuren aus Plexiglas oder ähnlichem Material. Es waren verschiedene Modelle. Jemand hatte sie alle angezogen und ausgestattet. Bea wollte zum 3. Stock, der sie magnetisch anzog. Den Stuhl wollte sie sehen. Mief umhüllte sie und sie musste husten. Während sie sich den Weg durch die Reihen der leblosen Plastikkreaturen bahnte und viele wegstieß, tauchte ein Gefühl auf, das sie bisher kaum in Verbindung mit dem Gebäude gebracht hatte. Sie bekam Angst. Erst nur ein wenig, aber mit jedem Schritt weiter in das Haus und in seine Geheimnisse, wurde es ihr unangenehmer. Sie begann leicht zu zittern. Der Holzboden knarrte permanent, als würden ihre Schritte das alte Fundament quälen. Nach den ersten drei Treppenstufen blieb sie stehen und drosselte ihren Atem. Ihr Herz schlug immer schneller. Auch die Stufen säumten zu beiden Seiten die grinsenden Menschenpuppen und glotzten sie an, als hießen sie sie als neue

146

Attraktion willkommen. Einfach umdrehen und wieder raus. So einfach war das. Sie wollte schon kehrt machen, redete dann mit sich selbst und flößte sich Beruhigung ein. Nichts in dem Haus war lebendig. Ihr konnte nichts geschehen. Wenn sie jetzt davonlief, würde es nie wieder eine Chance geben. Sie musste es einfach durchziehen. Nur zwei Etagen höher war das Fenster. Hoch und wieder runter so schnell es ging. Ihr Atem hatte sich wieder normalisiert. Es knarrte wieder unter ihren Füßen. Dann stolperte sie fast über eines der Plastikbeine, das ihr entgegen gehalten wurde. Brutal trat sie gegen das leblose Glied der Figur. Der nächsten Puppe schlug sie gar ins Gesicht, so dass die Perücke auf den Boden fiel. Endlich wusste Beatrice ja, was sich hier befand und ihre gefühlt ewig zurückliegende Neugier nahm ein Ende: Puppen, die noch bis in die 70er Jahre verwendet worden waren. Ein Sammler hatte sie alle hier zusammengetragen. Sie erreichte den zweiten Stock. Die Anordnung der Fenster irritierte sie. Als sie den zweiten Stock erreichte, fiel ihr ein Ledersofa auf, ein Fremdkörper zwischen der Unmenge der Schaufensterpuppen. Darauf lag ein stark verwester männlicher Leichnam. Sie musste das Sweatshirt vor die Nase ziehen. Der bestialische Gestank hatte sie schon seit dem Eindringen im Erdgeschoss begleitet und war nun unerträglich. Das war er wohl gewesen, der Meister der Puppen, der Liebhaber, der sich leidenschaftlich mit dem Ankleiden und Bemalen der Plastikmenschen beschäftigt hatte. Hier war er gestorben. Mitten unter den Traumobjekten seiner Liebhaberei beendete er ein erfülltes Dasein. Die Leiche trug keine Kleidung. Sie wagte nicht, sich die abartigen Gelüste vorzustellen, die jener Mann ausgelebt haben mochte. Nacktheit sprach für sich und symbolisch trugen einige seiner leblosen Freunde ganz sicher auch seine Kleidung.

Es war totenstill. Eigentlich beruhigte sie die absolute Ruhe. Schließlich war es ja keine Hauptverkehrsstraße. Die Puppen rührten sich nicht. Bea selbst rüttelte sich aus der Lethargie und setzte ihren Weg fort. Dann sah sie das Fenster und den besagten Stuhl. Und sie verstand nicht, wieso dort niemand saß. Also musste es doch jemanden geben, der verschiedene Puppen dort platzierte.

Man hatte sie zum Narren gehalten. Steckte die Alte mit dem Witzbold unter einer Decke? Alles wirkte plötzlich konfus für sie. Bea spürte auf einmal keine Panik mehr, sondern Wut. Die Rage spülte alle Unsicherheiten weg. Sie ergriff den antiken Holzstuhl und schlug ihn gegen das Fenster. Die Scheibe barst und schon war das wertvolle alte Stück auf dem Weg nach unten. Sie sah ihm nach. In der Schwärze half der schwache Schein der Laterne nicht viel. Als sie sich umdrehte, starrte sie die Fratze an, die sie durch das Fernglas gesehen hatte. Sie wurde ohnmächtig und stürzte rücklings aus dem Fenster. Sie schrie, aber es hörte sie niemand.

Normalerweise konnte kein Mensch einen solchen Sturz überleben. Der sichere Tod ereilte sie jedoch nicht. Wie eine Katze kam sie aus einem ungewöhnlichen Grund mit ausgestreckten Armen und Beinen auf. Beatrice überlebte und blieb bis zum Morgengrauen liegen. Die Überbleibsel ihrer Taschenlampe wurden auf der Fahrbahn verstreut. Eine der Batterien rollte in den Gully und verschwand.

Als der Krankenwagen sie vom Boden auflas, kam sie wieder zu sich und war selbst darüber verwundert, dass sie noch auf Erden wandelte.

„Was ist mit ihnen passiert? Sind sie überfallen worden?"

„Was?" fragte sie und war verständlicherweise völlig neben der Spur.

„Ich war in diesem Speicherhaus. Ich bin aus dem 3. Stock durch die Scheibe...oder so ", verriet sie benommen.

Ein Polizeibeamter trat hinzu.

„Was sagen sie da? Sind sie dort eingebrochen? Quatsch. Ich kenne ihren Vater. Er ist Finanzinspektor."

„Doch. Ich bin eingebrochen. Da drin spukt es."

Der Uniformierte fummelte an der Tür herum und kam wieder zu ihr.

„Das Schloss ist in Ordnung. Und Splitter sind auch keine auf der Straße."

„Und der Stuhl? Ich habe einen alten Stuhl aus dem Fenster geworfen."

„Es gibt auch keinen Stuhl hier unten. Hier ist nichts außer ihnen und ihrer kaputten Taschenlampe. Wollen sie den Täter schützen, der sie verprügelt hat?"

Sie zweifelte an ihrem Verstand und improvisierte, was zu einer plausiblen Geschichte führen sollte.

„Entschuldigung. Ich bin total im Eimer. Mir tut alles weh.Ich habe etwas beobachtet und..."

„Sie haben hier jemanden gesehen, stimmt`s?" ergänzte der Polizist mit freundlicher Miene.

„Ja. Jetzt weiß ich wieder...das mit dem Sturz ist Unsinn. Da war jemand an der Tür. Ich habe wohl die Einbrecher vertrieben und dafür haben sie mich zusammengeschlagen."

„Wie spät war es denn?"

„Ich weiß nicht mehr. Hier ist es so ruhig, ich spaziere oft...zwölf oder so."

„Das sollten sie sich besser abgewöhnen. Abends allein, als hübsche junge Frau."

148

„Ich mache, was ich will und spaziere, wann ich will."
Der Polizist lächelte wohlwollend.
Sie wurde notdürftig verarztet. Prellungen und Schürfwunden, ein blaues Auge und ein Nasenbeinbruch machten ihr zwar zu schaffen, aber das war nichts gegen das, was ihr eigentlich hätte widerfahren müssen. Trotz verordnetem Urlaub auf dem Sofa packte sie am nächsten Nachmittag die am Vormittag verordneten Krücken und hoppelte zum Haus der alten Dame. Mühsam kraxelte sie die Treppen hoch und wurde mit strahlendem Lächeln empfangen, welches sich aber sofort in eine besorgte Miene verwandelte.
„Meine Arme, was ist denn passiert? Komm rein und setz dich."
Für einen Moment dachte Bea, dass sie der Hexe nun hilflos ausgeliefert war. Sie wischte ihre negativen Gedanken sofort wieder beiseite.
„Ich war dort drüben drin. Letzte Nacht."
„Oh, das ist ja...Und was hast du gesehen? Woher stammen die Verletzungen?"
„Haben sie nicht aus dem Fenster geschaut?"
„Mein Schlafzimmer liegt auf der anderen Seite."
Sie setzte sich auf die Couch neben das Fenster.
„Viele alte blöde Schaufensterpuppen gibt es da. Ich habe außerdem einen nackten Leichnam gesehen. Das kann man ohne Atemmaske nicht aushalten."
Die alte Dame setzte sich neben sie und sah auf den Boden vor dem Sofa.
„Es ist mein Mann. Er hat sich dort ausgelebt und...ich möchte nicht sagen, was er in seinen Fantasien alles mit den Puppen getan hat. Er hat ihnen Wäsche angezogen...Da drüben ist er auch gestorben."
„Wie ist er denn hineingekommen?"
„Er war Hausmeister. Bevor das Gebäude komplett stillgelegt wurde, hat er sich einen Nachschlüssel machen lassen. Niemand hat sich daran gestört, weil niemand wusste, was er treibt. Ich habe mich geschämt und ihn als vermisst gemeldet. Ich habe gelogen und gelogen."
„Auf dem Stuhl saß niemand. Ich bin ausgerastet und habe den Stuhl durch die Scheibe geworfen. Das komische Gesicht war da und hat mich nach unten geschleudert. Das ist doch..."
Bea nahm den Feldstecher von der Fensterbank und riskierte einen Blick zum Fenster auf der anderen Straßenseite. Die Fratze grinste sie wieder an und für einen Moment spürte sie das dominante Gefühl der Angst.
„Du hättest dort nicht hineingehen sollen. Die Verletzungen sind ein Denkzettel für dich. Sie wollten dich nicht töten. Nimm es als Geschenk, dass du noch lebst."

Sprachlos machte sie sich wieder auf den holprigen Gang abwärts. Mit einem anderen Gefühl als sonst starrte sie ab jenem Tag auf das historische Ziegelwerk. Von nun an liebte sie es nicht mehr. Und sie verfluchte ihre Neugier. Die stillen Bewohner des Hauses wollten ihre Ruhe haben.

Die Kopf-Trilogie Teil 3

Eine Schlagzeile

„Nehmen sie Platz, Herr Ringer. Was kann ich für sie tun?"
Chefredakteur Robert Schick lehnte sich weit zurück und war gespannt, was
der Endvierziger mit dem Vollbart Außergewöhnliches zu berichten hatte.
„Es geht um den Kopfjäger."
„Und? Was ist ist mit dem? Haben sie etwas Neues herausgefunden?"
Ringer holte tief Luft und wartete einen Moment, bevor er weitersprach.
„Sie brauchen sich nicht zu verstellen. Ich weiß, dass sie es sind."
Schick fuhr zusammen und rutschte nach vorn. Das war es dann gewesen mit
der bequemen Sitzhaltung. Seine Miene wurde finster wie der Himmel vor
einem Gewitter. Und gleich würde es Funken sprühen.
Aber nur eine halbe Minute später schlug die Stimmung des Chefs in
Heiterkeit um. Spontan folgte schallendes Gelächter.
„Sie finden das witzig?"
„Selten so einen Stuss gehört. Haben sie irgendwas geraucht?"
„Nein. Ich gehe zur Polizei. Oder sie zahlen sie mir 100.000 Euro."
„Eine lustige Methode, um eine Gehaltserhöhung zu beantragen."
„Ich gehe zur Polizei. Ich brauche keine Erhöhung."
"Wissen sie was, ich rufe jetzt selbst die Polizei. Aber verraten sie mir, wie
sie auf diesen Quatsch kommen!"
„Sie waren am Donnerstag am letzten Tatort. Ich habe dort Fotos gemacht
und Notizen."
„Und?"
„Ich habe sie gesehen."
„Ja, weil ich dort war. Ich wohne nicht weit weg. Das ist alles?"
„Natürlich nicht. Ich fragte mich, warum sie dort zwischen den Leuten
standen. Dann bin ich ihnen zum Garstedter Weg 28 gefolgt."
„Wohin? Garstedter Weg? In welcher Ecke ist das?"
„Nicht weit von...hören sie auf! Sie wissen doch genau, wo das ist. In der
Einfahrt gibt es einen Seiteneingang zu den Kellern."
Ringer machte eine Pause und beobachtete seinen Chef, der aber entgegen
aller Erwartung nicht nervös wurde und gut gelaunt auf die nächsten Worte

lauerte.

„Weiter. Das klingt spannend. Was haben sie dann gesehen?"

„Da unten ist ein ganzer Komplex. Ich hatte das Gefühl, sie wollten mich dort nach unten locken. Türen standen auf. Was ich gesehen habe..."

„Los, raus damit! Was haben sie gesehen?"

„Das wissen sie doch!"

„Erst machen sie mich neugierig und dann fangen sie mit der Geheimniskrämerei an. Haben sie immer noch nicht gemerkt, dass ich es nicht gewesen bin, dem sie gefolgt sind? Haben sie mich von vorn gesehen? Wahrscheinlich nicht."

Ringers Lippen bewegten sich, konnten aber keine Worte formen. Der Kopf des Pseodointellektuellen qualmte innen und bald wollte weißer Rauch aufsteigen. Nur wurde kein neuer Papst verkündet, sondern neue Wahrheiten oder Fehlbeobachtungen. Hatte er sich verschätzt oder wollte ihn sein Chef, der offenbar seiner Meinung nach mutmaßliche Kopfjäger, verunsichern? War es denkbar, dass er sich bei den vielen Passanten und Reportern am Schauplatz des Mordes getäuscht und jemand anderes verfolgt hatte? Schick als wahnsinniger Serienmörder? Dieser auf Schlagzeilen und Finanzstrategien versessene Journalist und Chefredakteur?

„Es tut mir leid. Mein Scherz hat nicht funktioniert."

„Das war kein Scherz. Sie haben das ernst gemeint. Halten sie mich nicht für einen Idioten. Sie brauchen sich keine Mühe zu geben, aus der Geschichte so wieder heraus zu kommen. Vergessen wir das. Erzählen sie mir, was sie noch entdeckt haben!"

„Köpfe. Von der Decke hingen Köpfe herunter. Dann bin ich abgehauen."

„Warum haben sie nicht sofort die Polizei gerufen?"

Ringer kratzte sich den Bart. Er legte einen Blick auf, der jeglichem Eindruck von Intelligenz abträglich war. Schick überlegte, ob er jemals einen dämlicheren Ausdruck bei einem menschlichen Wesen gesehen hatte.

„Wir werden uns das jetzt sofort gemeinsam ansehen. Richter und Wisotzky werden uns begleiten."

Richter war Fotografin und Wisotzky Schicks Assistent und Sekretär in Personalunion.

„Haben sie noch jemand Anderen dort gesehen? Vielleicht erinnern sie sich an ein bekanntes Gesicht?"

„Nein, absolut nicht."

„Wir haben eine Megastory, Mann! Nur schade, dass sie so einen blöden Anfang gewählt haben. Ich mache ihnen keinen Vorwurf, auch wenn sie mich erpressen wollten. Der Mensch ist potentiell habgierig. In Zehn

152

Minuten unten am Eingang. Gehen sie nochmal aufs Klo!"

Das Geschlecht des Serienkillers war unklar. In der Regel handelte es sich bei den metzelnden Zeitgenossen um Männer und die Presse traute die Gräueltaten nur einem echten Kerl zu. Seit mehr als zwei Monaten beherrschte diese mutmaßliche Krone der Schöpfung die Presse. Und natürlich wurde auch im Ausland die hoffnungslose Arbeit der Kriminalisten mitverfolgt. Alle vier bis fünf Tage lag irgendwo in Hamburg eine kopflose Leiche herum. Zusätzlich dazu wurden auf einer Müllkippe einige Torsen gefunden. Man konnte also davon ausgehen, dass noch weit mehr Menschen in die Fänge des Irrsinnigen geraten waren, als offiziell verlautbart wurde. Die einzige Gemeinsamkeit war das fehlende Haupt, das jeweils sauber abgetrennt nicht mit aufgefunden wurde. Eben so sauber, wie es möglich war, denn eine Unmenge Blut machte aus jedem Tatort ein rotes Meer. Die Opfer kamen auch unterschiedlich zu Tode. Erwürgt, erstochen und da es mitten in der Stadt war, auch mit Schalldämpfer erschossen. Kinder wurden verschont und die jüngsten Opfer waren bislang um die dreißig Jahre alt. Die freie Gazette machte keinen großen Unterschied zu den übrigen Blättern, die den widerwärtigen Kopfsammler samt seines Hobbys als Aufhänger benutzten. Nun hatten die Macher des Blattes einen Trumpf in der Hand. Schick verließ seinen Schreibtisch nicht ohne seine Pistole, während seine drei Begleiter keine Waffen mitführten.
Wie verabredet traf man sich vor dem Haupteingang. Schick verschwand nur noch einmal und tauchte kurze Zeit später mit seinem gelben Lamborghini Urus auf. Die drei Begleiter saßen zum ersten Mal sowohl in einem solchen viertürigen Luxusschlitten und ebenso wenig hielten sie sich jemals im Privatfahrzeug ihres Chefs auf. Der war mit den Gedanken schon bei der sensationellen Schlagzeile des kommenden Tages.
Nach zwanzig Minuten parkten sie in der Nähe des angepeilten Garstedter Wegs.
„Nr. 28. Wir müssen auf die andere Straßenseite."
„Wir sind unbewaffnet. Was ist,wenn der Verrückte uns angreift?" fragte die kurzhaarige Lady mit dem Fotoapparat, der ein Vermögen wert war.
„Keine Sorge, ich habe meine Pistole dabei. Und einen Waffenschein habe ich natürlich."
„Ich wusste gar nicht, dass du einen Waffenschein hast", bemerkte Wisotzky.
„Muss ja auch nicht jeder wissen. Ich habe ein Grundstück. So einfach ist

das."

Ringer führte sie bis zu der besagten Einfahrt, die allerdings verschlossen vor ihnen lag und keine Einladungen aussprach.

„Und was jetzt?" fragte Wisotzky in die Runde.

„Eine tolle Truppe sind wir!" urteilte der Chefredakteur. Er rüttelte sinnfrei am Tor und schaute danach auf die Namensleiste neben der Türklingel. Das Mietshaus stammte noch aus der Gründerzeit. Eine Gegensprechanlage existierte nicht. Schick klingelte bei einem Nachbarn seiner Wahl. Er begann, annähernd logisch, ganz unten mit dem Geklingel. Sein Ehrgeiz war geweckt, wie es den Anschein hatte. Irgendwie würden sie in den Keller gelangen und er würde so ziemlich alles dafür tun.

„Sie haben nicht beschrieben, wie die Keller aufgeteilt sind."

Ringer wurde von seinen drei Begleitern erwartungsvoll betrachtet.

Die Blicke in seine Pupillen ließen ihn am Hemdkragen herumfummeln.

„Chaotisch. Es scheint einen Zugang zu einem alten Bunker zu geben."

„Das klingt ja interessant. Hoffentlich macht eine von den Kanaillen da oben bald auf", wurde Schick allmählich unwirsch.

„Ist das weiblich gemeint, Chef?" fragte Richter, die ihn mürrisch musterte.

„Kanaillen können weiblich und auch männlich sein. Der Begriff ist geschlechtslos. Reicht dir das?"

Ihre Augen wanderten in den Himmel und verdrehten sich.

Endlich meldete sich der Türsummer.

„Ihr wartet im Flur. Ich gehe kurz hoch und rede mit dem Mann, oder Frau oder der Transsexuellen."

„Das nenne ich investigativen Journalismus!" meinte Wisotzky.

„Er ist der Boss!"

Inzwischen schlich Ringer den langen Gang runter, an dessen Ende rechts die Verbindungstür zur Einfahrt lag. Genau parallel befand sich die Kellertür, vor der er stehenblieb.

„Scheiße, hier ist es!"

Die anderen beiden gesellten sich zu ihm. Richter stellte resigniert fest, dass die Tür verschlossen war.

„Hat der Typ einen Schlüssel gehabt?"

„Klar hatte er einen. Wie soll er denn sonst in den Keller gekommen sein?" betonte Ringer.

In Begleitung des Mieters trabte der Expeditionsleiter zu ihnen zurück.

„Das ist der Herr Waldauer. Er wollte unbedingt mitkommen."

Einhelliges Erstaunen seiner drei Getreuen erfolgte.

Ein mittelgroßer Herr, dessen Alter man auf mitte siebzig schätzen konnte, folgte Schick. Der Mann mit Geheimratsecken und weißem Vollbart wäre im Weihnachtsmannkostüm perfekt gewesen. Was er trug, schockierte die Anwesenden womöglich mehr als eine kopflose Leiche. Er kam im Morgenmantel und trug Badelatschen.

„Guten Tag, allerseits", grüßte er freundlich in die Runde.

„Der Herr Waldauer hat mich sofort erkannt."

„Das Profil ihres werten Chefs stand jahrelang auf der letzten Seite meiner Zeitung. Ich helfe ihnen mit dem größten Vergnügen bei der Hausbesichtigung."

„Du und deine verfickte Kolumne!"

Waldauer grinste.

„Ist das ihre Freundin?"

Schick reagierte nicht auf die Bemerkung. Was die Fotografin und er nebenher trieben, hatte niemanden zu interessieren.

Der breitschultrige Rentner schloss auf. Dann knipste er das Licht an. Die Treppe von mehr als 12 Stufen führte auf einen weiteren Gang. Die grauen Wände waren nur einer von vielen Bausteinen in dieser ungemütlichen Schmuddelwelt und passten perfekt zum Ambiente, das ein irrer Mörder einfach sein Eigen nennen musste. Das Licht spendeten nackte Glühbirnen mit weißen Plastikeinfassungen, wie sie seit Jahren vorgeschrieben waren und sie schienen das modernste zu sein, das es hier zu sehen gab. Links und rechts gab es Seitengänge mit mehreren Kellertüren und direkt vor ihnen am Ende des Hauptflurs befand sich ihr Ziel: Noch eine Tür.

„Ihr wollt bestimmt zu dem alten Bunker. Stimmt`s?"

„Ja, stimmt", antwortete Schick unwirsch.

„Die ist doch bestimmt auch zu!"

„Nicht mehr lange!" Waldauer hielt seinen Schlüsselbund hoch und lächelte triumphierend. Angeödet sah Richter ihren Chef an.

„Was ist das hier für ein Kabinett?"

Waldauer latschte die fünf Meter vor und öffnete die nächste Pforte. Ringer stand zögerlich abseits und grübelte.

„Was ist los mit ihnen?" erkundigte sich ein gespielt besorgter Chefredakteur.

„Es kommt mir vor, als liefen wir in eine Falle", raunte er.

„Ist das der Weg, den sie genommen haben?"

„Ja, exakt. Es geht rechts ab, aber mehr habe ich jetzt nicht mehr genau in Erinnerung."

„Herr Waldauer, was ist mit ihnen? Möchten sie uns weiter begleiten?"

„Ich? Nein, oh nein. Ich war noch nie dort drin. Na, ja, vielleicht einmal. Ist richtig dreckig. Nur Schutt und...man wollte das mal ausbauen, aber wirklich interessiert hat sich keiner dafür, glaube ich."

„Wer hat denn außer ihnen noch einen Schlüssel?"

„Keine Ahnung. Ich muss jetzt wieder hoch. Machen sie doch einfach zu, wenn sie wieder gehen. Ich schließe später ab. Und vielen Dank, dass sie meine Zeitung signiert haben."

„Ehrensache." Schick lächelte und zog die schmutzig graue Tür zum Paradies der Schlagzeilen auf.

„Gab es Licht?"fragte er Ringer.

„Ja, natürlich war da Beleuchtung."

Ringer fand den Schalter wie gewohnt rechts neben der Tür in Schulterhöhe.Nun gab es zwei Wege zur Auswahl. Kabel hingen zu beiden Seiten an einigen Stellen von der Decke und der Boden war von Steinchen und Staub überdeckt. Sie atmeten förmlich Dreck ein.

„Geradeaus oder rechts?" fragte Schick.

„Rechts."

Ringer wollte vorauseilen, aber der Chefredakteur hinderte ihn daran.

„Es könnte gefährlich werden und ich habe die Waffe, verstanden?"

„Ja, alles klar. Ich wollte nur..."

„Nichts wollten sie. Seien sie froh, dass ich sie nach der Aktion vorhin nicht rauswerfe."

„Oh, haben wir was verpasst?" spottete Wisotzky.

„Schluss mit dem Gefasel!"

Die Fotografin machte ein paar Aufnahmen des Ganges, der in der schummrigen Beleuchtung eine surreale Atmosphäre bot. Nach der Tür am Ende des rechten Weges folgte der nächste ungemütliche und dreckige Korridor von ungefähr zehn Metern Länge, an dessen Ende sich nun drei Abzweigungen befanden. Schicks Begleiter rückten ihrem vorschnellen Boss rasch wieder auf die Pelle.

„Es ist hinter der mittleren Tür", wusste Ringer.

„Ehrlich?" Schick fand das überschaubare Labyrinth allmählich amüsant. Ganz im Gegenteil zu seinen Begleitern. Er entsicherte seine Pistole und drückte vorsichtig die Klinke nach unten. Wie kaum anders zu erwarten, war es stockduster. Er fingerte an der üblichen Stelle und das einfließende Licht präsentierte ein riesige Rumpelkammer voller blutbeschmierter Werkzeuge und unzähligen leeren blauen Müllsäcken. Der widerwärtige Dunst von Verwesung beherrschte das unterirdische Areal. Die Tür zum dahinter gelegenen Bereich existierte nicht mehr. Was sie im nächsten Abschnitt erwartete, bildete den Höhepunkt aller Widerwärtigkeiten, die zumindest drei von ihnen überraschten. Ein drei Meter hoher Baum, ein Konstrukt aus matt schimmernden Metallstangen, ragte bis unter die Decke. Wie ein abstrakter Tannenbaum mutete das Kunstwerk an. Statt Christbaumkugeln baumelten zahllose Köpfe an den Zweigen des Meisterstücks der Perversion. Dünne Metallketten waren mit Haken oben in die Schädel getrieben worden und hielten das Gewicht der Häupter mit Leichtigkeit. Die Gesichter wiesen unterschiedliche Verwesungsgrade auf, weilten einige doch schon seit Monaten hier. Richter schoss Fotos aus allen Blickwinkeln und sie vergaß dabei auch nicht die Werkbank an der einen Seite der Wand, an welcher arg böse gewerkelt worden war.

„Wieviele Köpfe sind das?" warf Wisotzky die Frage in den Raum und erwartete keine Antwort.

„Eine ganze Sammlung, aufgehangen zum Bestaunen. Zähl sie doch!"

Der Aufforderung seines Chefs kam der Reporter nicht nach. Er begann damit, seine Aufnahmen mit dem Smartphone auf banale Weise zu kommentieren. Eine handliche Art Minikettensäge lag auf einem Tisch. Das Gerät hatte sich der Mörder selbst zusammenklabustert. Nicht weit davon gab es Handschuhe, Lederschürzen, etliche verschiedene Messer, bei deren Anzahl jede Fleischerei neidisch geworden wäre. Der Meister dieses Ortes verstand zweifellos sein Handwerk der Blutrünstigkeit. Leicht war es, seine Lieblingsfarbe zu erraten. An der rechten Wand lag der Rest Eisenstangen herum, die nach seiner großartigen Erschaffung des Weihnachtsbaumes besonderen Stils übrig geblieben waren. Daneben hatte der praktisch veranlagte Täter den Schweißbrenner achtlos beiseite gelassen. Dieses Instrument, das soviel für das abstrakte Kunstwerk beigetragen hatte, verdiente doch eigentlich eine bessere Behandlung mit mehr Respekt.

„Haben sie nicht mal erzählt, dass sie ihr Gartenhaus selbst gebaut haben?" Ringers Frage brachte ihm ein bösartiges Funkeln ein.

„Fangen sie nicht schon wieder an."

„Ich kann nicht mehr. Ich muss hier raus!" Die Fotografin war leichenblass geworden und stand kurz vor dem Übergeben.

„Hast du alles aufgenommen?"

Sie nickte und übergab ihrem Chef und Gelegenheitsgalan die teure Kamera der Marke Leica, die in der vorhandenen Ausstattung weit über 20.000 Euro wert war.

„Ach, so, übrigens, Herr Ringer, am verdächtigsten sind immer die Unverdächtigen. Verstanden? Wenn sie uns nicht hierher geführt hätten, wären sie für ihre falschen Anschuldigungen aus der Zeitung geflogen."

„He, Leute, lasst uns verschwinden!" schlug Wisotzky vor, der sich zunehmend unwohl fühlte.

„Du hältst die Klappe. In einer Stunde will ich den Text sehen. Eine volle Seite. Sobald wir im Auto sitzen, rufst du die Polizei an. Ein anonymer Anrufer hat etwas Verdächtiges gesehen usw."

Wisotzky sparte sich einen Kommentar, denn der Boss hatte gesprochen und das war Gesetz.

Nur Ringer fühlte sich nicht erleichtert, als sie wieder im gelben Schlitten saßen. Richter wischte sich ein paar kleine restliche Kotzbröckchen von den Lippen und rülpste. Schick sah sie kurz grinsend von der Seite an, während er den Wagen steuerte.

„Is was?"

„Alles okay?Tut gut, wenn man sich mal richtig auskotzen kann, was?"

„Arsch!"

„Ich liebe dich!"

Für Robert Schick war es wieder ein Hochgenuss, den neuesten Artikel über den Kopfjäger zu lesen. Er rezitierte das Geschreibsel seines Lieblings Wisotzky mehrmals und triumphierte. Diesmal hatte er den anderen Blättern noch mehr voraus als sonst.

Die Polizei honorierte den neuen Artikel und die scheinbar blutgetränkte Titelseite der Gazette nicht. Ein Anstandsbesuch zweier Kriminalbeamter war das Mindeste, womit er gerechnet hatte.

Hauptkommissar Schalck und Kommissar Kahl, beide üppig mit Bauchpolstern ausgestattet, durften es sich auf zwei Stühlen vor seinem Schreibtisch bequem machen. Der ranghöhere Schalck kam sofort zum Thema.

„Wie sind sie an die Informationen und die Fotos gekommen? Sind sie eigentlich noch bei Trost?"

„Wir hatten doch schon miteinander zu tun?"

„Na und? Ich hasse Leute ihres Schlages. Sie wollen nur Sensationen."

„Die Öffentlichkeit hat ein Recht, ach, was soll ich mich gegenüber ihnen rechtfertigen. Sie haben ja nichts zustande gebracht. Mir verdanken sie, dass sie dieses...Schlachthaus überhaupt gefunden haben."

„Der Mann läuft noch frei herum! Wir hätten ihn erwarten können. Mit ihrer scheiß Schlagzeile haben sie ihn abgeschreckt."

„Was halten sie von Gleichberechtigung? Es könnte auch eine Frau sein."

„Reden sie keinen Stuss! Sie haben von Anfang an über viele Insiderinformationen verfügt. Ich hatte fast gedacht, sie haben diesen Irrsinn selbst inszeniert, um ihre Auflage zu steigern."

„Gott bewahre. Sie haben eine blühende Fantasie, aber Schluss mit den Phrasen. Wir hatten einen anonymen Anrufer. Die Fotos wurden bei mir abgegeben. Ein Pizzabote hat sie gebracht."

„Sie und ihre Pressefreiheit."

„Fragen sie doch die Nachbarn in dem Haus."

„Da wohnen nicht mehr viele Leute. Ein älterer Mann hat einen Herzschlag bekommen, als wir ihn befragen wollten."

„Oh, tut mir leid. Lebt er noch?"

Schick behielt seine Körperhaltung bei. Jetzt durfte er sich nicht auffällig verhalten und bemühte sich, seine Gesichtsmuskulatur nicht im geringsten zu verändern. Das konnte ihn verraten. Darauf warteten die beiden Herren im Trenchcoat nicht unbedingt, aber sie hätten es sofort registriert. Andererseits machte übertriebene Coolness ihn vielleicht gerade verdächtig. Aber er hatte ja nichts verbrochen. Die Anteilnahme war nicht gespielt, denn den alten Mieter fand er sympathisch und er huldigte Schick schließlich mit der Bitte um eine Unterschrift.

„Machen sie nicht auf Betroffenheit. Das hat mit ihnen nichts zu tun."

„Lebt er also noch oder nicht?"

„Das scheint sie ja wirklich zu interessieren."

„Es interessiert mich nur..nur so eben. Reine Neugier."

„Er ist im Krankenhaus gestorben."

„Oh."

Robert Schick war nicht der einzige mit einem Brummschädel. Da war die Erinnerung an den Polizeibesuch und an die Feier am nächsten Abend im kleinen Rahmen in seinem Stammbistro. Richter und Wisotzky leisteten ihm an jenem Abend Gesellschaft und nun waren sie alle Drei gemeinsam hier. Seine beiden Angestellten erwachten ebenfalls langsam aus der Bewusstlosigkeit. Eine schöne braunhaarige Frau hatte Schick aus der Reserve gelockt und er konnte sich nicht mal mehr an ihr Gesicht erinnern. Sie musste ihn und seine engsten Mitarbeiter nacheinander betäubt haben. Nun bildeten sie ein Dreieck. Sie konnten sich gegenseitig ansehen. Bis zum Hals waren sie eingegraben und nicht fähig, sich zu bewegen. Jemand hatte sie gefesselt und mitten im Wald in die Erde eingelassen.

„Schön, euch zu sehen. Habt ihr eine Ahnung, was das soll?"

Wisotzky schüttelte den Kopf und stöhnte ob der Bewegung, die ihm nicht gerade guttat. Alle Drei hatten ein dringendes Bedürfnis, aber sie konnten nicht mehr zur Toilette und es gab nur die eine Möglichkeit, alles laufen zu lassen, was da kommen sollte.

„Mir hat eine Frau geholfen. Ich hatte zu viele Cocktails. Scheiße!" fluchte die Fotografin.

„ Sie hat uns draußen überrumpelt. Dieses Miststück. Aber was soll das?"fragte Wisotzky und brüllte im Anschluss in den Wald.

Schick machte sich seinen eigenen Reim darauf. Seiner Ansicht nach hing es mit dem verrückten Mörder zusammen. Er vermisste Ringer, der doch irgendwie dazu gehörte. Immerhin waren sie zu viert gewesen, als sie die Bastelstube des Irren besucht hatten.

Die Zeit kam ihnen endlos vor, bis endlich jemand kam. Es war jene Frau, die sie alle mit viel Cleverness ins Reich der Träume geschickt hatte.

„Was wollen sie von uns?" fragte der Chefredakteur.

Sie war in den dreißigern und hatte ein sehr scharf geschnittenes Antlitz. Auch ohne jegliches Make-up war sie beeindruckend anzusehen.

„Ich mache Kraftsport. Deswegen bin ich auch überdurchschnittlich stark."

„Hol uns hier raus! Ich habe mir in die Hosen gemacht!" schimpfte Wisotzky. Der blaue Müllsack, den sie über der Schulter trug, landete unsanft auf dem Boden.

Dann trat sie Wisotzky vor das Kinn.

„Du kannst mit Respekt ins Gras beißen oder schmerzhaft oder was weiß ich. Ist auch egal."

„Wer bist du?" Schick versuchte zu lächeln, auch wenn es ihm schwerfiel. Es wurde nur eine verkrampfte Grimasse, die er zustande bekam.

„Ihr sollt nicht dumm sterben. Ich habe Kunst studiert. Das Ganze war aber unser Gemeinschaftsprojekt. Bernd hatte die Idee, euch Arschgeigen in unser Atelier zu locken. Aber ich hatte einen Asthmaanfall und war für ein paar Stunden im Krankenhaus."

„Kraftsport und Asthma? Bernd? Ringer? Du bist seine Freundin, was? Der Drecksack. Das war also nur ein Trick, dass er mich angeblich...er hat viel riskiert."

„Nein, du Schwachkopf. Er hat nichts riskiert."

„Aber ich habe doch bei diesem Mann geklingelt und er hat uns aufgeschlossen."

„In den unteren drei Etagen wohnte nur noch mein Onkel. Der ist jetzt tot. Ihr habt ihm einen Riesenschreck eingejagt. Er hatte noch nie etwas mit der Polizei zu tun. Er wusste von nichts und war herzkrank. Ihr Schweine habt ihn auf dem Gewissen."

„Ich habe eine Idee."

Sie sah Schick von oben herab an und das war die einzige mögliche Position, dem Sensationslüsternen in die Augen zu schauen.

„Was denn für eine?"

„Du befreist uns und wir machen eine Wahnsinnsstory mit dir. Was hältst du davon?"

Sie lächelte.

„Ich kann euch nicht da rausholen. Das ist mir zu anstrengend. Außerdem habt ihr euch alle bestimmt schon eingepisst und der Gestank würde den Tieren hier nicht gefallen."

„Wo ist denn Bernd?"

Sie fasste in den blauen Sack und warf ihm den Kopf direkt vors Gesicht.

„Mein Onkel hat mich aufgezogen und dieser Wichser ist mitverantwortlich dafür, dass er..."

Sie vergoss ein paar Tränen.

„Es reicht mir!"

Was sie außer Ringers abgetrenntem Haupt noch dabei hatte, verschlug allen Dreien den Atem. Es handelte sich um eine Gartenschere im XXL-Format. Nach dem Motto Ladies frst kam zuerst Richter dran. Kraftvoll schnitt sie ihr den Kopf vom Rumpf. Dann war Wisotzky an der Reihe, dessen Brüllen nichts nutzte. Der Platz wurde zur roten Lichtung.

„Du musst das nicht tun!" versicherte ihr Schick in gespielt ruhigem Ton

Sie ignorierte die Phrase, die sie aus unzähligen Büchern und Filmen kannte. Sie musste nicht, aber sie wollte.

Waldauers Nichte sammelte die vier Köpfe ein und warf sich den blauen Sack über die Schulter. Mit dem Scherenwerkzeug in der Linken blieb sie kurz stehen und schaute sich um. Sie überlegte. Jetzt musste sie sich einen neuen Baum bauen. Vielleicht diesmal aus Holz.

Am Strand

Was für ein Paradies. Alwin genoss die Sonne, die seinen Körper erst
puterrot und dann mittelbraun färbte. Der Kopfhörer bescherte entspannende
Musik dazu. Das Idyll konnte perfekter nicht sein. Er schlief, träumte und
manchmal sprang er zwischendurch ins Wasser, nur um sich dann wieder auf
dem Liegestuhl von der geliebten Lebensspenderin trocknen zu lassen. Ein
Eismann tauchte sporadisch jede Stunde auf, dem er dann fast jedes mal
etwas zum Schlecken abkaufte. Er war fast allein dort in dieser nicht
überlaufenen Bucht im Süden von Rhodos. Nur ein paar wenige Touristen
hatten sich außer ihm hierher verirrt. Aber Alwin war nicht zufällig hier,
keine Spur von Verirrung. Er kannte dieses Fleckchen und seit Jahren nutzte
er den Geheimtipp zum Entspannen. Dieses Massengequake und
herumschallende Blabla der Wichtigtuer aller Sprachen konnte und wollte er
nicht mehr ertragen. Gesucht und gefunden hatte er einen Fleck wie diesen.
Seine Seele sog Energie aus den Klängen der progressiven Rockmusik, die
ihm die einzig wahre Dröhnung verpasste, die niemand anderes hörte und
die ihn auch einschläfern konnte, wenn sie leisere Töne anschlug. Wie
zufällig öffnete er die Augen und wischte sich den Schweiß ab, der sich
unter der Sonnenbrille angesammelt hatte. Irgendwas hatte ihn geweckt und
das war unangenehm, denn er wollte nur von selbst aufwachen. Ein schwerer
Gegenstand wurde ganz bewusst in den Sand gesetzt und hatte nichts mit der
sinnigen Bemerkung des Spottes zu tun. Der Bottich hatte außen zwei
Henkel, war wohl aus Blech und auf den ersten Blick handelte es sich um
einen Kochtopf. Auf dem Herd stand dieser hier aber nicht, sondern war
dort, wo er nichts zu suchen hatte. Das fand zumindest Alwin, der
unzufrieden blinzelte und sich dann wieder den Klängen ambitionierter
Rockmusiker hingab. Er dachte nach und riskierte dann noch einen Blick.
Zehn Meter entfernt begannen zwei Männer in legerer sommerlicher
Straßenkleidung den Topf mit Hilfe der zwei Henkel auszurichten. Zwei
weitere Männer kamen dazu und brachten Kästen mit stillem Wasser. Als
nächstes schütteten sie die Flaschen in den Bottich aus. Das reichte ihnen
scheinbar nicht, denn eifrig begannen sie damit, noch mehr Wasser mit
Eimern direkt vom Meer in den Topf nachzufüllen. Alwin wollte sie nicht
weiter beobachten. Er konnte jedoch nicht anders und drehte immer wieder
den Kopf zur Seite. Eine Frau mit langen weißen Haaren erschien auf der

162

Bildfläche und hielt andächtig eine große Flasche mit grünlich gelber Flüssigkeit in den Händen, die sie schließlich öffnete. Wie bei einer Sektenzeremonie hob sie die Flasche schließlich an und leerte den nicht gerade gesund aussehenden Inhalt in den Blechbottich. Was sollte das alles? Gab es nun eine gute Suppe? Der Werbetexter war gespannt, was als nächstes passierte. Allmählich trat sein Verlangen nach Idyll und Entspannung in den Hintergrund. Er wurde selbst nicht belästigt, was er auch nicht geduldet hätte und bekam nun ausgerechnet hier eine seltsame Darbietung direkt vor die Nase.

Weiter hinten erkannte er einige weitere Personen, die langsam, aber zielbewusst näher diesem Abschnitt zustrebten. Es kam ihm vor, als steckte er in einem wirren Traum fest. Der erste Mann bekam einen Becher, den er mit der gelben Brühe befüllte. Er trank aus, riss sich danach regelrecht die Kleider vom Leib und trat mit immer wackeligeren Schritten dem Wasser entgegen. Für einen Moment blieb er stehen, warf die Arme hoch. Dann kippte er einfach um. Zwei der anderen Kerle rollten ihn weiter ins Wasser, das ihn dann langsam fortspülte.

Der Nächste war an der Reihe. Inzwischen kamen immer mehr Menschen, ausschließlich Erwachsene und viele Ältere, an die Ausgabe des seltsamen Getränks. Alwin wusste, dass es sich nur um ein Gift handeln konnte. Die Abfolge blieb die Gleiche. Man trank einen tiefen Schluck oder gleich den gesamten Inhalt des Bechers. Die Wirkung war eindeutig. Als die ersten weiteren Personen eintrafen, packten die wenigen anderen Badegäste rasch ihre Klamotten und suchten das Weite. Alwin war dagegen fasziniert. Trotzdem räumte er alles zusammen und verstaute seine Kopfhörer im Rucksack. Er zog sich komplett an. Fast verwundert darüber, dass man keine Notiz von ihm nahm, legte er sich auf die Seite und beobachtete nur noch, was dort in seiner Nähe ablief. Es wurden immer mehr Menschen, die tranken, sich entkleideten und splitternackt in der Brandung starben. Sie legten eine erstaunliche Begeisterung an den Tag. Der letzte vernünftige Mann am Strand zweifelte nicht an seinem eigenen Verstand über das, was er wahrnahm. Sie alle dort neben ihm waren am Ende des Seins und des Verstandes angekommen, der im Wasser ertränkt wurde.

Mittlerweile gab es eine Schlange vor der Ausgabe des tödlichen Getränks. Er erkannte eine schöne Frau, die ihm schon mehrmals im Hotel in Gennadi über den Weg gelaufen war.

Völlig losgelöst sprang er auf und trat auf die Touristin zu, die in der Reihe an zehnter Stelle war. Ein beiläufiger Blick nach links erzeugte auf seinem Rücken eine Gänsehaut. Der Strandabschnitt war bereits von Leichen übersät und viele der Toten wurden gierig von den Wellen fortgetragen. Das zusätzlich Erschreckende waren mehrere Haifischflossen, die in sehr geringer Entfernung ein Indiz für ein bevorstehendes oder bereits stattfindendes Festmahl bedeuteten. Ob sie Fisch bevorzugten oder nicht war sekundär, weil sie viele Leiber ohnehin zerfetzten.

„Sie müssen sofort verschwinden. Das ist kollektiver Irrsinn!"

Sie lächelte nur und küsste ihn dann.

„Kommen sie mit mir. Wir müssen verschwinden."

Er war umso engagierter, weil sie ihm gefiel und es gab bessere Dinge, denen sie sich seiner Meinung hingeben konnte. Aber es war sinnlos.

„Was ist denn los mit euch? Seid ihr alle verrückt geworden?"

Wütend drehte er sich im Kreis und sah in die Gesichter der Menschen, sah Ihre Teilnahmslosigkeit und gleichzeitige Zielstrebigkeit, die ins Verderben führten und es war ihm unbegreiflich.

Die Frau, deren Namen er nicht wusste, entkleidete sich und schob ihn sanft zur Seite.

„Wenn du willst, können wir es jetzt zusammen tun."

Sie warf sich in den Sand und machte sich bereit für einen Geschlechtsakt.

„Nein. Das ist doch alles..."

Alwin schüttelte den Kopf und trat den Rückweg an. So hatte er sich das nicht vorgestellt. Was war mit den Leuten los?

Der Ansturm ließ nicht nach. Alwin setzt sich auf das Strandlaken und starrte fassungslos auf die Leute, die mit Begeisterung ihr Lebensende herbeisehnten. Ein paar hundert Leute erwarteten brav wie an einer Kette aufgereiht ihren Drink, der das Leben nachhaltig veränderte. Er setzte die Sonnenbrille wieder auf und riskierte einen flüchtigen Blick auf die Sonne, diesen über allem wachenden Stern des Lebens. Da war ein Funkeln oder Blitzen, das er nicht kannte und noch nie zuvor gesehen hatte. Etwas silbrig Glänzendes schien unter der Sonne zu schweben. Er blinzelte und dachte, er hatte es sich nur eingebildet. Plötzlich saß seine auserkorene Traumfrau neben ihm. Sie war wieder angezogen.

„Wir sind zu viele geworden auf der Welt", sagte sie und ihre Stimme hüllte ihn in Trance. Der Mann mit den kurzen braunen Haaren sah sie mit offenem Mund an.

„Findest du nicht, dass wir Menschen uns zu sehr vermehren? Wir sind einfach zu viele."

„Aber...ja, wir sind überbevölkert, die Welt ist überbevölkert."

„Irgendwo muss man doch anfangen."

„Warum gerade hier und jetzt?"

Vom großen Bottich schwappte eine laute Stimme herüber, die alle hörten, die sich in der Umgebung befanden.

„Es ist alle!"

Wie Drohnen wandten sich die Menschen um und verschwanden, als wäre es das Normalste der Welt gewesen, auf einen Becher gewartet zu haben, der einen ins Jenseits befördert. Alwin betrachtete die vielen Leichen und das rot gefärbte Wasser, die vielen angeschwemmten Leichenteile und die Frau, die mit ihren zarten Fingern ganz sachte die Knöpfe seines Hemdes öffnete.

„Wir sind noch da", sagte sie.

„Ja. Sind wir."

Und während ihre Leiber sich vereinigten, wurde der riesige Topf wieder fortgetragen.

Der lästige Gast

Da war sie wieder, diese leise Stimme, die ihm zuflüsterte, worauf er beim Menü nicht verzichten durfte. Sonst konnte es Konsequenzen geben. Greg hatte keinen richtigen Hunger. Nur so ein Appetit meldete sich, den er nicht ausknipsen konnte. Etwas Süßes wie Vollmilchschokolade brauchte er oder salziges Knabbergebäck. Scharfe Speisen vertrug sein Untermieter nicht. Aß er trotzdem Peperoni oder brennenden Senf, sorgte dieser kleine dürre Mistkerl für Übelkeit. Dieses Scheusal. Bald würde er ihm den Garaus machen.

Ein Schock war es, als er ihn einen Monat zuvor erstmals zu Gesicht bekommen hatte. Der dunkelblonde Endzwanziger putzte sich gerade die Zähne und nahm einen Schluck Mundwasser zum Gurgeln, als er im Spiegel hinter seiner Zunge ein winziges Köpfchen erkannte, das ihn vorsichtig und dabei ängstlich ansah. Was für ein Horror, so von Angesicht zu Angesicht nicht mit irgend jemandem, sondern seinem ihm eigenen Bandwurm. Aber dieser dünne mehrere Meter lange Bursche war etwas ganz Besonderes. Er hatte die Fähigkeit, mit seinem Wirt Konversationen zu führen. Hauptthema war natürlich die Ernährung. Schließlich zwackte das Würmchen von jedem Bissen, den Greg hinunterschlang, ein wenig für sich ab.

„Ich möchte heute Mittag Nudeln essen!" befahl die freche Schlange. Aber er liebte ebenso Reis und Schokolade. Dunkle bittere Sorten der Schokoladen mochte er aber nicht. Man durfte kaum glauben, welche Ansprüche dieses widerwärtige Geschöpf hatte. Alkohol mochte der Untermieter auch nicht. Trank der Textilhändler ein Gläschen, rebellierte der kleine Kerl und führte nicht nur unruhige Tänze im Darm auf. Er sorgte zusätzlich mit dem Ausstoß eigener Fäkalien schon im Magen statt erst im Enddarm im Magen für Übelkeit. Über einen Monat klagte Greg ja schon über Unwohlsein, gelegentliche Schwäche und er nahm 5 Kilo ab, blieb permanent bei 90 Kilo stehen, obwohl er mehr futterte als gewöhnlich. Es kribbelte und rumorte im Bauch, denn der Wurm wurde länger und fetter. Im Kot waren immer wieder weißliche Fädchen zu sehen, die er aber auch nicht mit einem echten Parasiten in Verbindung gebracht hatte.

Völlig unverhofft begann die Kommunikation direkt im Anschluss an den ersten Sichtkontakt. Dass dieses kleine Ekelpaket durch die Speiseröhre bis in seine Mundhöhle vordringen konnte, fand Greg beunruhigend. Als er beschloss, ihn loszuwerden, war dies wohl der Punkt, an dem sich der ungeliebte Gast bei ihm meldete.

„Wieso kann ich dich verstehen?" fragte Greg ihn und die Antwort kam nicht in gesprochenen Worten. Irgendwo in seinem Gehirn tauchte das auf, was das Tier dachte. Die Erklärung für die Kommunikation war plausibel, aber ungewöhnlich.

„Du hast mich beim Sushi mitgeschluckt. Ich komme ursprünglich aus Fukushima."

„Ich will wissen, wie du es schaffst, mit mir...du bist verseucht, mutiert. Scheiße. Das ist es."

Greg erschrak bei dem Gedanken, ein mutiertes und vielleicht radioaktives Ungeheuer im Körper zu haben. Er hatte Angst, diese offenbar intelligente Kreatur nicht los zu werden. Sie musste weg, raus aus ihm. Zum Glück konnte sie seine Gedanken nicht lesen. Oder doch?

„Ich kann mich an die Darmwand klammern und mit deinem Nervensystem verbinden. So kannst du erfahren, was ich will."

Er suchte im Internet nach Lösungen. Zuerst probierte er es mit heißem Wasser, welches er trank und das Resultat war eine Stunde Übelkeit und Schwindel. Der Wurm hatte sich gerächt. Dann waren Gewürznelken, Kokoswasser und Kurkuma an der Reihe.

Nach diesen Versuchen meldete sich der Bandwurm und drohte mit extremen Verdauungsbeschwerden, wie Greg sie angeblich noch nie erlebt hatte.

Letzten Endes ging er zuerst zu seinem Hausarzt, der ihn sofort zu einem Spezialisten für Mikrobiologie und Virologie schickte.

„Ein Bandwurm? Hat ihr Hausarzt eine Stuhlprobe untersucht?"

„Ja. Ich habe das Resultat dabei."

Der kahlköpfige Professor mit den Gluppschaugen überflog den handgeschriebenen Bericht und ließ Greg auf einem Zahnarztstuhl für Fortgeschrittene Platz einnehmen. Sein Körper wurde in extreme Schräglage versetzt.

„Er kommuniziert mit mir."

„Wie bitte?" erkundigte sich der Spezialist.

Greg ärgerte sich. Was hatte er da bloß gesagt? Der Mann würde ihn für verrückt erklären. Gedankenaustausch mit einem Bandwurm. Verrückter ging es nicht.

„Was sagten sie? Ich habe sie nicht genau verstanden!"
Jetzt hakte er auch noch nach.
„Ich meine Dr. Benchley. Wir haben darüber gesprochen."
„Ja. Gut. Sie sind nicht der erste Mensch mit einem Wurmbefall. Ich habe
eine Spezialmethode entwickelt. Das geht ohne lange Therapie, ohne
Tabletten und ist schnell und schmerzlos. Sie werden es gar nicht merken."
„Wunderbar. Das klingt gut."
Er streifte blaue Gummihandschuhe über, während eine Assistentin zu ihm
stieß und eine große Zange mit Gummigreifern reichte.
„Machen sie den Mund weit auf. So weit sie können."
Ein paar Sekunden lang hantierte der Mediziner an einer Ablage herum und
stellte kurz darauf einen kleinen Glaskasten neben dem Stuhl auf den Boden,
den er öffnete.
Dann streute er ein seltsames süßliches Pulver auf Gregs Zunge.
„Was...bäh!"
„Nicht sprechen, überhaupt nicht sprechen bitte. Nur den Mund offen lassen
und warten. Es geht recht schnell. Sie werden es sehen. Schließen sie am
besten die Augen."
Recht hatte der Mann. Es ging wirklich sehr schnell. Da tat sich was . Der
inzwischen daumendicke Wurm streckte sein Köpfchen weit vor. Das
süßliche Aroma dieses unwiderstehlicher Duftes lockte ihn nach vorn. Ruhig
und professionell näherte sich die Zange und erfasste das Köpfchen des
langen kleinen Ungetüms. Er zappelte ein wenig, aber es verlief reibungslos.
Der gute Virologe zog und zog und am Ende waren es fast vier Meter Länge.
Er passte gerade mal so in das Miniaquarium. Klappe, Wurm drin.
Greg fühlte sich befreit. Er konnte kaum fassen, dass es so reibungslos
geklappt hatte. Als er die weißgraue Schlange im Glaskasten sah, fiel er fast
in Ohnmacht. So ein Ungeheuer hatte in seinem Körper gehaust.
„Wie haben sie das bloß so einfach geschafft?"
„Erfahrung, mein Freund. Dazu muss man natürlich sagen, dass es sich hier
um ein Männchen handelt. Es könnte noch viel dicker werden und trotzdem
können sie relativ problemlos leben. Abgesehen von Darmproblemen. Aber
die sind nicht lebensgefährlich."
Greg verschwand und musste sich erst mal einen genehmigen.
Professor Healey wartete, bis seine Assistentin den Raum verlassen hatte
und betrachtete dann den Kopf des Wurms, an dem er deutlich ein winziges
Gesicht wahrnahm. Das eigenwillige Geschöpf bewegte seinen Mund.
Neugierig hielt der Professor sein rechtes Ohr an die Glasscheibe. Der Wurm
murmelte etwas, das der Gelehrte nicht verstand.

168

„Versuchst du etwa zu sprechen? Kannst du mich verstehen?"
Das winzige Gesicht nahm einen intelligenten Ausdruck an, soweit es ihm
möglich war. Es besaß sogar Augenbrauen.
„Du bist etwas ganz Besonderes. Ich denke, wir werden dich heute Abend
genießen. Statt Aal, den haben wir nämlich nicht bekommen. War leider
keiner mehr da."
Professor Healey lachte und freute sich auf das Dinner.

Impressum
©Copyrightby W.D.Sadlowski 2025
Umschlaggestaltung Norbert Gladis, Schrift und Grafik Weimar

Verlag: BoD · Books on Demand GmbH, Überseering 33,
22297 Hamburg, bod@bod.de
Druck: Libri Plureos GmbH, Friedensallee 273,
22763 Hamburg
ISBN: 978-3-8192-9543-0